生存或死亡

刘慈欣 王晋康 等 著

SURVIVAL OR DEATH

北京理工大学出版社
BEIJING INSTITUTE OF TECHNOLOGY PRESS

科幻硬阅读第二季
—— 我们每个人都是星辰

当小鲜肉、流量明星、鸡汤文和小清新大行其道,当坚硬强悍磊落豪雄变成小众,拼爹、晒富、割韭菜成为常态,当群氓乱舞中理性精神和至性深情被某些人弃如敝屣——我们是否可以反其道而行,暂离尘嚣,将目光投向自己的梦与理想,投向诗与远方,投向地球之外的星辰大海?

美国著名天文学家、天体物理学家卡尔·萨根曾说:"我们DNA里的氮元素,牙齿里的钙元素,还有我们吃掉的食物里的碳元素,都是宇宙大爆炸时千万星辰散落后组成的,所以我们每个人都是星辰。"

我们来自浩瀚宇宙,来自奇点大爆炸时的璀璨瞬间——我们每个人都是宇宙中极其微小的一部分,包括我们所生活的地球,以及地球上每时每刻正在发生的战争、瘟疫、政变、尔虞我诈勾心斗角……放在宇宙尺度上,都是小的近于无的微末存在。

也许,正因为人类逐渐意识到了自己的渺小,逐渐认清了自己在宇宙中所处的位置，才开始认真思考人类之于宇宙的价值和意义。于是，一种叫做科幻文学的艺术品诞生了。

它自诞生伊始，便展现出一种向高远、向未来的鲜活生机。它是尊重科学的，是基于科学的一种思考、推衍和设定；但同时它又是文学的，拥有自身的血脉和灵魂——它绝不是对科学的拙劣模仿和枯燥演示。

科幻不是目的，思考才是根本。所以这套书里除了传统意义上的硬核科幻，还会有其他一些提神醒脑类作品，希望它们能给读者朋友带来一丝极致的阅读体验——极致的思考或震撼、极致的美丽与忧愁、极致的愉悦和放松……不求完美，但求在某方面达到极致——极致，便是"科幻硬阅读"的注脚。

但这种"硬"绝不应该是艰深晦涩，故作深沉！

好看的作品通常都是柔软而流动的，如水，亦似爱人或者时光，默默陪伴，于悄无声息间渗透血脉、融入心魂，让我们在一条注定是一去不返的人生路上，逐渐、逐渐，获得一分坚强和硬度！

愿所有可爱而有趣的灵魂，脚踩大地，仰望星辰，追逐梦想。

——小威

科幻硬阅读，不求完美，追逐极致。

献给那些聪明的头脑和有趣的灵魂。

科幻
硬阅读
DEEP READ
不求完美 追逐极致

目录

001 | 朝闻道
　　　宇宙的目的是什么 / 刘慈欣

037 | 临界
　　　低烈度纵火 / 王晋康

071 | 猫
　　　生存游戏 / 卡卡的灰树干

207 | 新纪元
　　　启示 / 野火

独立思考，个性书写，充分表达，拥有独属于自己的风格和调性。

朝闻道

宇宙的目的是什么

文 / 刘慈欣

科幻
硬阅读
DEEP READ
不求完美 追逐极致

1. 爱因斯坦赤道

"有一句话我早就想对你们说了,"丁仪对妻子和女儿说,"我的心大部分被物理学占据了,只能努力挤出一个小角落给你们。为此我心里很痛苦,但也实在是没办法。"

他的妻子方琳说:"这话你对我说过两百遍了。"

十岁的女儿文文说:"对我也说过一百遍了。"

丁仪摇摇头说:"可你们始终没能理解我这话的真正含义。你们不懂得物理学到底是什么。"

方琳笑着说:"只要它的性别不是女性就行。"

这时,他们一家三口正坐在一辆时速 500 公里的小车上,行驶在一条直径 5 米的钢管中。这根钢管的长度约为 3 万公里,在北纬 45 度线上绕地球一周。

小车完全自动行驶,透明的车厢内没有任何驾驶设备。从车里看出去,钢管笔直地伸向前方,小车像是一颗运行在无限长的枪管中的子弹。前方的洞口似乎固定在无限远处,看上去针尖大小，一动不动。如果不是周围的管壁如湍急的流水飞快掠过，他们肯定觉察不出车的运动。在小车启动或停止时，可以看到管壁上安装的数量惊人的仪器，还有无数等距离的箍圈。当车加速起来后，它们就在两旁浑然一体地掠过，看不清了。丁仪告诉她们，那些箍圈是用于产生强磁场的超导线圈，而悬在钢管正中的那条细管是粒子通道。

他们正行驶在人类迄今所建立的最大的粒子加速器中。这台环绕地球一周的加速器被称为"爱因斯坦赤道"，借助它，物理学家将站在上世纪那个巨人的肩上实现巨人最后的梦想——建立宇宙的大统一模型。

这辆小车本是加速器工程师用于维修的，现在被丁仪用来带着全家进行环球旅行。这次旅行是他早就答应妻子和女儿的，但她们万万没有想到要走这条路。在这耗时六十小时环绕地球一周的旅行中，她们除了笔直的钢管什么都没看到。不过，方琳和文文还是很高兴、很满足，至少在这两天多的时间里，全家人难得地聚在一起。

旅行的途中也并不枯燥，丁仪不时指着车外飞速掠过的管壁对文文说："我们现在正在驶过蒙古，看到大草原了吗？还有羊群……我们在经过日本，但只是擦过它的北角。看，朝阳照到积雪的国后岛上了，那可是今天亚洲迎来的第一抹阳光……我们现在在太平洋底了，真黑，什么都看不见。哦不，那边有亮光，暗红色的。嗯，看清了，那是洋底火山口，它涌出的岩浆遇水很快冷却了，所以那暗红光一闪一闪的，像海底平原上的篝火。文文，大陆正在这里生长啊……"

后来，他们又在钢管中驶过了美国全境，潜过了大西洋，从法国海岸登上欧洲的土地，驶过意大利和巴尔干半岛，第二次进入俄罗斯，然后从里海回到亚洲，穿过哈萨克斯坦进入中国。现在，他们已经走完最后的路程，回到了爱因斯坦赤道在塔克拉玛干沙漠中的起点——世界核子中心，这儿也是环球加速器的控制中心。

当丁仪一家从控制中心大楼出来时，外面已是深夜，广阔的沙漠静静地在群星闪烁下伸向远方，世界显得简单而深邃。

"好了，我们三个基本粒子，已经在爱因斯坦赤道中完成了一次加速实验。"丁仪兴奋地对方琳和文文说。

"爸爸，真的粒子要在这根大管子中跑这么一大圈，要多长时间？"文文指着他们身后的加速器管道问。那管道从控制中心两侧向东西两个方向延伸，很快消失在夜色中。

丁仪回答："明天，加速器将首次以它的最大功率运行。在其中运行的每个粒子，将受到相当于一颗核弹的能量的推动，加速到接近光速。这时，每个粒子在管道中只需十分之一秒就能走完我们这两天多的环球旅程。"

方琳说："别以为你已经实现了自己的诺言，这次环球旅行是不算的！"

"对！"文文点点头，"爸爸以后有时间，一定要带我们在这长管子的外面沿着它走一圈，看看我们在管子里面到过的地方，那才叫真正的环球旅行呢！"

"不需要。"丁仪对女儿意味深长地说,"如果你睁开了想象力的眼睛,那这次旅行就足够了。你已经在管子中看到了你想看的一切,甚至更多!孩子,更重要的是,蓝色的海洋、红色的花朵、绿色的森林都不是最美的东西,真正的美,眼睛是看不到的,只有想象力才能看到。与海洋、花朵、森林不同,它没有色彩和形状。只有当你用想象力和数学把整个宇宙在手中捏成一团儿,使它变成你的一个心爱的玩具,你才能看到这种美……"

丁仪没有回家。送走了妻女后,他回到了控制中心。中心只有不多的几个值班工程师,在加速器建成以后历时两年的紧张调试后,这里第一次这么宁静。

丁仪上到楼顶,站在高高的露天平台上。看到下面的加速器管道像一条把世界一分为二的直线,他产生了一种感觉:夜空中的星星像无数只眼睛,它们的目光此时都聚焦在下面这条直线上。

丁仪回到下面的办公室,躺在沙发上睡着了,进入了一个理论物理学家的梦乡。

他坐在一辆小车里,小车停在爱因斯坦赤道的起点。小车启动,他感觉到了加速时强劲的推力。他在45度纬线上绕地球旋转,一圈又一圈,像轮盘赌上的骰子。随着速度趋近光速,急剧增加的质量使他的身体如一尊金属塑像般凝固了。意识到这个身体中已蕴含了创世的能量,他有一种帝王般的快感。在最后一圈,他被引入一条支路,冲进一个奇怪的地方。这里是虚无之地。他看到了虚无的颜色,虚无不是黑色,也不是白色,它的色彩就是无色彩，但也不是透明。在这里，空间和时间都还是有待于他去创造的东西。他看到前方有一个小黑点，急剧扩大，那是另一辆小车，车上坐着另一个自己。他们以光速相撞后同时消失了，只在无际的虚空中留下一个无限小的奇点，这万物的种子爆炸开来，能量火球疯狂暴涨。当弥漫整个宇宙的红光渐渐减弱时，冷却下来的能量天空中，物质如雪花般出现了。开始是稀薄的星云，然后是恒星和星系群。在这个新生的宇宙中，丁仪拥有一个量子化的自我，可以在瞬间从宇宙的一端跃至另一端。其实他并没有跳跃，他同时存在于这两端，同时存在于这浩大宇宙中的每一点。他的自我像无际的雾气弥漫于整个太空，由恒星沙粒组成的银色沙漠在他的体内燃烧。他无所不在，同时又无所在。他知道自己的存在只是一个概率的幻影，这个多态叠加的幽灵渴望地环视宇宙，寻找那能使自己坍缩为实体的目光。正找着，这目光就出现了。它来自遥远太空中浮现出来的两双眼睛，出现在一道由群星织成的银色帷幕后面。那双有着长长睫毛的美丽的眼睛是方琳的，那双充满天真灵性的眼睛是文文的。这两双眼睛在宇宙中茫然扫视，最终没能觉察到这个量子自我的存在。波函数颤抖着，如微风拂过平静的湖面，但坍缩没有发生。正当丁仪陷入绝望之时，茫茫的星海扰动起来，群星汇成的洪流在旋转奔涌。当一切都平静下来时，宇宙间的所有星星构成了一只大眼睛。那只百亿光年大小的眼睛如钻石粉末在黑色的天鹅绒上洒出的图案，正盯着丁仪看。波函数在瞬间坍缩，如回放的焰火影片，他的量子存在凝聚在宇宙中微不足道的一点上。他睁开双眼，回到了现实。

是控制中心的总工程师把他推醒的。丁仪睁开眼，看到核子中心的几位物理学家和技术负责人围着他躺的沙发站着，用看一个怪物的目光盯着他。

"怎么？我睡过了吗？"丁仪看看窗外，发现天已经亮了，但太阳还未升起。

"不，出事了！"总工程师说。这时丁仪才知道，大家那诧异的目光不是冲着他的，而是由于刚出的那件事情。总工程师拉起丁仪，领着他向窗口走去。丁仪刚走了两步就被人从背后拉住，回头一看，是一位叫松田诚一的日本物理学家，上届诺贝尔物理学奖获得者之一。

"丁博士，如果您在精神上无法承受马上要看到的东西，也不必太在意。我们现在可能是在梦中。"日本人说。他脸色苍白，抓着丁仪的手在微微颤抖。

"我刚从梦中醒来！"丁仪说，"发生了什么事？"

大家仍用那种怪异的目光看着他。总工程师拉起他，继续朝窗口走去。当看到窗外的景象时，丁仪立刻对自己刚才的话产生了怀疑。眼前的现实突然变得比刚才的梦境更虚幻了。

在淡蓝色的晨光中，以往他熟悉的横贯沙漠的加速器管道消失了，取而代之的是一条绿色的草带，沿东西两个方向伸向天边。

"再去看看中心控制室吧！"总工程师说。丁仪随着他们来到楼下的控制大厅，又受到了一次猝不及防的震撼——大厅中一片空旷，所有的设备都消失得无影无踪，原来放置设备的位置也长满了青草，那草是直接从防静电地板上长出来的。

丁仪发疯似的冲出控制室大厅，奔跑着绕过大楼，站到那条取代加速器管道的草带上。看着它消失在太阳即将升起的东方地平线处，在早晨沙漠寒冷的空气中，他打了个寒战。

"加速器的其他部分呢？"他问喘着气跟上来的总工程师。

"都消失了。地上、地下和海中的，全部消失了。"

"也都变成了草？！"

"哦，不，草只在我们附近的沙漠上有，其他部分只是消失了。地面和海底部分只剩下空空的支架，地下部分只留下空隧道。"

丁仪弯腰拔起一束青草。这草在别的地方看上去一定很普通，但在这里就很不寻常。它完全没有红柳或仙人掌之类的耐旱沙漠植物的特点，看上去饱含水分，青翠欲滴。这样的植物只能生长在多雨的南方。丁仪搓碎了一片草叶，手指上沾满绿色的汁液，一股淡淡的清香飘散开来。丁仪盯着手上的小草呆立了很长时间，最后说："看来，这真是梦了。"

东方传来一个声音："不，这是现实！"

2. 真空衰变

在绿色草带的尽头，朝阳已升出了一半，它的光芒照花了人们的眼睛。在光芒中，一个人沿着草带向他们走来。开始他只是一个以日轮为背景的剪影，剪影的边缘被日轮侵蚀，显得变幻不定。当那人走近些后，人们看到他是一名中年男子，穿着白衬衣和黑裤子，没打领带。再近些，他的面孔也可以看清了。这是一张兼具亚洲人和欧洲人的特点的脸，这在这个地区并没有什么不寻常，但人们绝不会把他误认为是当地人。他的五官太端正了，端正得有些不现实，像某些公共标志上表示人类的一个图形符号。当他再走近些时，人们也不会把他误认为是这个世界的人了。他并没有走——他一直两腿并拢笔直地站着，鞋底紧贴着草地飘浮而来。在距他们两三米处，来人停了下来。

"你们好，我以这个外形出现是为了我们之间能更好地交流。不管各位是否认可我的人类形象，我已经尽力了。"来人用英语说，他的话音一如其面孔，极其标准而毫无特点。

"你是谁？"有人问。

"我是这个宇宙的排险者。"

回答中四个含义深刻的字立刻嵌入了物理学家们的脑海——"这个宇宙"。

"您和加速器的消失有关吗？"总工程师问。

"它在昨天夜里被蒸发了，你们计划中的实验必须被制止。作为补偿，我送给你们这些草，它们能在干旱的沙漠上以很快的速度生长蔓延。"

"可这些都是为了什么呢？"

"这个加速器如果真以最大功率运行，能将粒子加速到1 020吉电子伏特。这接近宇宙大爆炸的能量，可能会给我们的宇宙带来灾难。"

"什么灾难？"

"真空衰变。"

听到这个回答，总工程师扭头看了看身边的物理学家们——他们都沉默不语，紧锁眉头思考着什么。

"还需要进一步解释吗？"排险者问。

"不，不需要了。"丁仪轻轻地摇摇头说。物理学家们本以为排险者会说出一个人类完全无法理解的概念，但没想到，他说出的东西，人类的物理学界早在上世纪 80 年代初就想到了，只是当时大多数人都认为那不过是一个新奇的假设，与现实毫无关系，以至于现在几乎被遗忘了。

真空衰变的概念，最初出现在 1980 年《物理评论》杂志的一篇论文中，作者是西德尼·科尔曼和弗兰克·德卢西亚。早在这之前，狄拉克就指出，我们宇宙中的真空可能是一种伪真空。在那似乎空无一物的空间里，幽灵般的虚粒子在短得无法想象的瞬间出现又消失。这瞬息间创生与毁灭的活剧在空间的每一点上无休止地上演，我们所说的真空实际上是一个沸腾的量子海洋，这就使得真空具有一定的能级。科尔曼和德卢西亚的新思想在于，他们认为某种高能过程可能产生出另一种状态的真空。这种真空的能级比现有的真空低，甚至可能出现能级为零的"真真空"。这种真空的体积开始可能只有一个原子大小，但它一旦形成，周围相邻的高能级真空就会向它的能级跌落，变成与它一样的低能级真空。这就使得低能级真空的体积迅速扩大，形成一个球形。这个低能级真空球的扩张速度很快就能达到光速，球中的质子和中子将在瞬间衰变，使球内的物质世界全部蒸发，一切归于毁灭……

"……以光速膨胀的低能级真空球将在0.03秒内毁灭地球,五个小时内毁灭太阳系,四年后毁灭最近的恒星,十万年后毁灭银河系……没有什么能阻止球体的膨胀,随着时间的推移,整个宇宙都难逃劫难。"排险者说。他的话正好接上了大多数人的思维,难道他能看到人类的思想?!排险者张开双臂,做出一个囊括一切的姿势,"如果把我们的宇宙看作一个广阔的海洋,我们就是海中的鱼儿。我们周围这无边无际的海水是那么清澈透明,以至于我们忘记了它的存在。现在我要告诉你们,这不是海水,是液体炸药,一粒火星就会引发毁灭一切的大灾难。作为宇宙排险者,我的职责就是在这些火星燃到危险的温度前扑灭它。"

丁仪说:"这大概不太容易。我们已知的宇宙有二百亿光年半径,即使对于你们这样的超级文明,这也是一个极其广阔的空间。"

排险者笑了。这是他第一次笑,这笑同样毫无特点。"没有你想得那么复杂。你们已经知道,我们目前的宇宙,只是大爆炸焰火的余烬。恒星和星系,不过是仍然保持着些许温热的飘散的烟灰罢了。这是一个低能级的宇宙,你们看到的类星体之类的高能天体只存在于遥远的过去,在目前的自然宇宙中,最高级别的能量过程,如大质量物体坠入黑洞,其能级也比大爆炸低许多。在目前的宇宙中,发生创世级别的能量过程的唯一机会,只能来自其中的智慧文明探索宇宙终极奥秘的努力。这种努力会把大量的能量聚焦到一个微观点上,使这一点达到创世能级。所以,我们只需要监视宇宙中进化到一定程度的文明世界就行了。"

松田诚一问："那么，你们是从何时起开始注意到人类的呢？普朗克时代吗？"

排险者摇摇头。

"那么是牛顿时代？也不是？！不可能远到亚里士多德时代吧？"

"都不是。"排险者说，"宇宙排险系统的运行机制是这样的：它首先通过散布在宇宙中的大量传感器监视已有生命出现的世界，当发现这些世界中出现有能力产生创世能级能量过程的文明时，传感器就发出警报，我这样的排险者在收到警报后，将亲临那些世界监视其中的文明。但除非这些文明真要进行创世能级的实验，我们是绝不会对其进行任何干预的。"

这时，在排险者的头部左上方出现了一个黑色的正方形，约两米见方，仿佛现实被挖了一个深不见底的洞。几秒钟后，那黑色的空间中出现了一个蓝色的地球影像。排险者指着影像说："这就是放置在你们世界上方的传感器拍下的地球影像。"

"这个传感器是在什么时候放置于地球的？"有人问。

"按你们的地质学纪年，在古生代末期的石炭纪。"

"石炭纪？！""那就是……三亿年前了！"大家纷纷惊呼。

"这……太早了些吧？"总工程师敬畏地问。

"早吗？不，是太晚了，当我们第一次到达石炭纪的地球，看到在广阔的冈瓦纳古陆上，皮肤湿滑的两栖动物在原生松林和沼泽中爬行时，真吓出了一身冷汗。在这之前相当长的岁月里,这个世界都有可能突然进化出技术文明。所以,传感器应该在古生代开始时的寒武纪或奥陶纪就放置在这里了。"

地球的影像向前推来,充满了整个正方形。镜头在各大陆间移动,让人想到一双警惕巡视的眼睛。

排险者说:"你们现在看到的影像是在更新世末期拍摄的,距今三十七万年。对我们来说,几乎是在昨天了。"

地球表面的影像停止了移动,那双眼睛的视线固定在非洲大陆上。这个大陆正处于地球黑夜的一侧,看上去是一个由稍亮些的大洋三面围绕的大墨块。显然大陆上的什么东西吸引了这双眼睛的注意。焦距拉长,非洲大陆向前扑来,很快占据了整个画面,仿佛观察者正在飞速冲向地球表面。陆地黑白相间的色彩渐渐在黑暗中显示出来,白色部分是第四纪冰期的积雪,黑色部分很模糊,是森林还是布满乱石的平原,只能由人想象了。镜头继续拉近,雪原占满了画面,显示图像的正方形现在全变成白色了,是那种夜间雪地的灰白色,带着暗暗的淡蓝。在这雪原上有几个醒目的黑点,很快可以看出那是几个人影,接着可以看出他们的身形都有些驼背,寒冷的夜风吹起他们长长的披肩乱发。图像再次变黑,一个人仰起的面孔占满了画面。在微弱的光线里无法看清这张面孔的细部,只能看出他的眉骨和颧骨很高,嘴唇长而薄。镜头继续拉近至似乎已经不可能再近的距离,一双深陷的眼睛占满了画面,黑暗中的瞳仁里有一些银色的光斑,那是映在其中的变形的星空。

图像定格,一声尖厉的鸣叫响起。排险者告诉人们,预警系统报警了。

"为什么？"总工程师不解地问。

"这个原始人仰望星空的时间超过了预警阈值，已对宇宙表现出了充分的好奇。到此为止，已在不同的地点观察到了十起这样的超限事件，符合报警条件。"

"如果我没记错的话，你在前面说过，只有当有能力产生创世能级能量过程的文明出现时，预警系统才会报警。"

"你们看到的不正是这样一个文明吗？"

人们面面相觑，一片茫然。

排险者又露出那毫无特点的微笑，"这很难理解吗？当生命意识到宇宙奥秘的存在时，距它最终解开这个奥秘就只有一步之遥了。"看到人们仍不明白，他接着说，"比如地球生命，用了四十多亿年时间才第一次意识到宇宙奥秘的存在。但那一时刻距你们建成爱因斯坦赤道只有不到四十万年，而这一进程最关键的加速期只有不到五百年。如果说那个原始人对宇宙的几分钟凝视是看到了一颗宝石，那么其后你们所谓的整个人类文明，不过是弯腰去拾它罢了。"

丁仪若有所悟地点点头，"说起来还真是这样，那个伟大的望星人！"

排险者接着说："以后我就来到了你们的世界，监视着文明的进程，像是守护着一个玩火的孩子。周围被火光照亮的宇宙使这孩子着迷，他不顾一切地让火越烧越旺，直到现在，宇宙已经有被这火烧毁的危险。"

丁仪想了想，终于提出了人类科学史上最关键的问题："这就是说，我们永远不可能得到大统一模型，永远不可能探知宇宙的终极奥秘？"

科学家们呆呆地盯着排险者，像一群在最后审判日里等待宣判的灵魂。

"智慧生命有多种悲哀，这只是其中之一。"排险者淡淡地说。

松田诚一声音颤抖地问："作为更高一级的文明，你们是如何承受这种悲哀的呢？"

"我们是这个宇宙中的幸运儿。我们得到了宇宙的大统一模型。"

科学家们心中的希望之火又重新开始燃烧。

丁仪突然想到了另一种恐怖的可能，"难道说，真空衰变已经被你们在宇宙的某处触发了？"

排险者摇摇头，"我们是用另一种方式得到大统一模型的，这一时说不清楚，以后我可能会详细地讲给你们听。"

"我们不能重复这种方式吗？"

排险者继续摇头，"时机已过，这个宇宙中的任何文明都不可能再重复它。"

"那请把宇宙的大统一模型告诉人类！"

排险者还是摇头。

"求求你，这对我们很重要。不，这就是我们的一切！"丁仪冲动地去抓排险者的胳膊,但他的手毫无感觉地穿过了排险者的身体。

"知识密封准则不允许这样做。"

"知识密封准则?!"

"这是宇宙中文明世界的最高准则之一,它不允许高级文明向低级文明传递知识——我们把这种行为叫知识的管道传递——低级文明只能通过自己的探索得到知识。"

丁仪大声说:"这是一个不可理解的准则。如果你们把大统一模型告诉所有渴求宇宙最终奥秘的文明,他们就不会试图通过创世能级的高能实验来得到它,宇宙不就安全了吗?"

"你想得太简单了——这个大统一模型只是这个宇宙的,当你们得到它后你们就会知道,还存在着无数其他的宇宙,你们接着又会渴求得到制约所有宇宙的超统一模型。而大统一模型在技术上的应用会使你们拥有产生更高能量过程的手段,你们会试图用这种能量过程击穿不同宇宙间的壁垒,不同宇宙间的真空存在着能级差,这就会导致真空衰变,同时毁灭两个或更多的宇宙。知识的管道传递还会对接收它的低级文明产生其他更直接的不良后果甚至灾难,其原因大部分你们目前还无法理解,所以知识密封准则是绝对不允许违反的。这个准则所说的知识不仅是宇宙的深层秘密,还包括所有你们不具备的知识——假设人类现在还不知道牛顿三定律或微积分,我也同样不能传授给你们。"

科学家们沉默了。在他们的眼中,已升得很高的太阳熄灭了，一切都陷入黑暗之中，整个宇宙顿时变成一个巨大的悲剧。他们一时还无法把握这悲剧之大之广，只能在余生中不断地受其折磨。事实上，他们知道，余生已无意义。

松田诚一瘫坐在草地上，说了一句后来成为名言的话："在一个不可知的宇宙里，我的心脏都懒得跳动了。"

他的话道出了所有物理学家的心声。他们目光呆滞，欲哭无泪。就这样不知过了多长时间，丁仪突然打破沉默，"我有一个办法，既可以使我得到大统一模型，又不违反知识密封准则。"

排险者对他点点头，"说说看。"

"你把宇宙的终极奥秘告诉我，然后毁灭我。"

"给你三天时间考虑。"排险者说。他的回答不假思索，十分迅速，紧接着丁仪的话。

丁仪欣喜若狂，"你是说这可行？！"

排险者点点头。

3. 真理祭坛

人们是这么称呼那个巨大的半球体的——真理祭坛。它的直径为 50 米，底面朝上，球面向下，矗立在沙漠中，远看像一座倒放的山丘。这个半球是排险者用沙子筑成的，当时沙漠中出现了一股巨大的龙卷风，风中那高大的沙柱最后凝聚成这个东西。谁也不知道排险者是用什么东西使大量的沙子聚合成这样一个精确的半球形的,但它强度很高,尽管球面朝下放置都不会解体。但这样的放置方式使半球很不稳定,在沙漠中的阵风里,它明显在摇晃。

据排险者说,在他的那个遥远世界里,这样的半球是一个论坛。在那个文明的上古时代,学者们就聚集在上面讨论宇宙的奥秘。由于这样放置的半球的不稳定性,论坛上的学者们必须小心地使他们的位置均匀地分布,否则半球就会倾斜,上面的人就会滑下来。排险者一直没有解释这个半球形论坛的含义,人们猜测,它可能暗示了宇宙的非平衡态和不稳定。

在半球的一侧,还有一条沙子构筑的长长的坡道,通过它可以从下面走上祭坛。在排险者的世界里,这条坡道是不需要的。在纯能化之前的上古时代,他的种族是一种长着透明双翼的生物,可以直接飞到论坛上。这条坡道是专为人类修筑的,他们中的三百多人将通过它走上真理祭坛,用生命换取宇宙的奥秘。

三天前,当排险者答应了丁仪的要求后,事情的发展令世界恐慌。在短短的一天时间内,几百人提出了同样的要求。这些人除了世界核子中心的其他科学家,还有来自世界各国的学者。开始只有物理学家,后来报名者的专业超出了物理学和宇宙学,出现了数学、生物学等其他基础学科的科学家,甚至还有经济学和史学这类非自然科学的学者。这些要求用生命来换取真理的人,都是他们所在学科的领军人物,是科学界精英中的精英,其中,诺贝尔奖获得者就占了一半。可以说,在真理祭坛前聚集的都是科学精英。

真理祭坛前其实已经不是沙漠了,排险者在三天前种下的草迅速蔓延,草带宽了两倍,不规则的边缘延伸到真理祭坛下面。在这片绿色的草地上聚集了上万人。除了即将献身的科学家和世界各大媒体的记者,还有科学家的亲人和朋友。两天两夜无休止的劝阻和哀求已经使他们心力交瘁,精神都处于崩溃的边缘,但他们还是决定在这最后的时刻作最后的努力。与他们一同作这种努力的还有数量众多的各国政府代表,其中包括十多位国家元首,他们也想竭力留住自己国家的科学精英。

"你怎么把孩子带来了?!"丁仪盯着方琳问。在他们的身后,毫不知情的文文正在草地上玩耍,她是这群表情阴沉的人中唯一的快乐者。

"我要让她看着你死。"方琳冷冷地说。她脸色苍白,双眼茫然地平视远方。

"你认为这能阻止我?"

"我不抱希望,但能阻止你女儿将来像你一样。"

"你可以惩罚我,但孩子……"

"没人能惩罚你,你也别把即将发生的事伪装成一种惩罚。你正走在通向自己梦中天堂的路上!"

丁仪直视着爱人的双眼说:"琳,如果这是你的真实想法,那么你终于从最深处认识了我。"

"我谁也不认识,现在我的心中只有仇恨。"

"你当然有权恨我。"

"我恨物理学!"

"可如果没有它,人类现在还是丛林和岩洞中愚钝的动物。"

"但我现在并不比它们快乐多少!"

"但我快乐,也希望你能分享我的快乐。"

"那就让孩子也一起分享吧。当她亲眼看到父亲的下场,长大后至少会远离物理学这种毒品!"

"琳,把物理学称为毒品,你也就从最深处认识了它。看,在这两天你真正认识了多少东西?如果你能早点理解这些,我们就不会有现在的悲剧了。"

元首们在真理祭坛上努力劝说排险者,让他拒绝那些科学家的要求。

美国总统说:"先生——我可以这么称呼您吗?我们的世界里最出色的科学家都在这里了,您真想毁灭地球的科学吗?"

排险者说:"没有那么严重,另一批科学精英很快会涌现并补上他们的位置,对宇宙奥秘的探索欲望是所有智慧生命的本性。"

"既然同为智慧生命,您就忍心杀死这些学者吗?"

"这是他们自己的选择。生命是他们自己的,他们当然可以用它来换取自己认为崇高的东西。"

"这个用不着您来提醒我们！"俄罗斯总统激动地说，"用生命来换取崇高的东西对人类来说并不陌生。在上个世纪的一场战争中，我的国家就有两千多万人这么做了。但现在的事实是，那些科学家的生命什么都换不到！只有他们自己能得知那些知识，这之后，你只给他们十分钟的生存时间！他们对终极真理的欲望已经成为一种地地道道的变态，这您是清楚的！"

"我清楚的是，他们是这个星球上仅有的正常人。"

元首们面面相觑，然后都困惑地看着排险者，他们不明白他的意思。

排险者伸开双臂拥抱天空，"当宇宙的和谐之美一览无遗地展现在你的面前时，生命只是一个很小的代价。"

"但他们看到这种美后只能再活十分钟！"

"就是没有这十分钟，仅仅经历看到那终极之美的过程，也是值得的。"

元首们又互相看了看，都摇头苦笑。

"随着文明的进化，像他们这样的人会渐渐多起来的。"排险者指指真理祭坛下的科学家们说，"最后，当生存问题完全解决，当爱情因个体的异化和融合而消失，当艺术因过分的精致和晦涩而最终死亡，对宇宙终极美的追求便成为文明存在的唯一寄托，他们的这种行为方式也就符合了整个宇宙的基本价值观。"

元首们沉默了一会儿，试着理解排险者的话。美国总统突然哈哈大笑起来，"先生，您在耍我们，您在耍弄整个人类！"

排险者露出一脸困惑,"我不明白……"

日本首相说:"人类还没有笨到您想象的程度,您话中的逻辑错误连小孩子都明白!"

排险者显得更加困惑了,"我看不出这有什么逻辑错误。"

美国总统冷笑着说:"一万亿年后,我们的宇宙肯定充满了高度进化的文明。照您的意思,对终极真理的这种变态的欲望将成为整个宇宙的基本价值观,那时全宇宙的文明将一致同意,用超高能的实验来探索囊括所有宇宙的超统一模型,不惜在这种实验中毁灭包括自己在内的一切?您想告诉我们这种事会发生?!"

排险者盯着元首们长时间不说话,那怪异的目光使他们不寒而栗。他们中有人似乎悟出了什么。

"您是说……"

排险者举起一只手制止他说下去,然后向真理祭坛的边缘走去。在那里,他用响亮的声音对所有人说:"你们一定很想知道我们是如何得到这个宇宙的大统一模型的,现在可以告诉你们了。

"很久很久以前,我们的宇宙比现在小得多,而且很热,恒星还没有出现,但已经有物质从能量中沉淀出来,形成弥漫在发着红光的太空中的星云。这时生命已经出现了,那是一种力场与稀薄的物质共同构成的生物,其个体看上去很像太空中的龙卷风。这种星云生物的进化速度快得如同闪电,很快产生了遍布全宇宙的高度文明。当星云文明对宇宙终极真理的渴望达到顶峰时，全宇宙的所有世界一致同意，冒着真空衰变的危险进行创世能级的实验，以探索宇宙的大统一模型。

"星云生物操纵物质世界的方式与现今宇宙中的生命完全不同。由于没有足够多的物质可供使用，他们的个体自己进化为自己想要的东西。在最后的决定作出后，某些个体飞快地进化，把自己进化为加速器的一部分。最后，上百万个这样的星云生物排列起来，组成了一台能把粒子加速到创世能级的高能加速器。加速器启动后，暗红色的星云中出现了一个发出耀眼蓝光的灿烂光环。

"他们深知这个实验的危险，所以在实验进行的同时把得到的结果用引力波发射了出去。引力波是唯一能在真空衰变后存留下来的信息载体。

"加速器运行了一段时间后，真空衰变发生了，低能级的真空球由原子大小以光速膨胀，转眼间扩大到天文尺度，内部的一切蒸发殆尽。真空球的膨胀速度大于宇宙的膨胀速度，虽然经过了漫长的时间，最后还是毁灭了整个宇宙。

"漫长的岁月过去了，在空无一物的宇宙中，被蒸发的物质缓慢地重新沉淀凝结，星云又出现了，但宇宙一片死寂，直到恒星和行星出现，生命才在宇宙中重新萌发。而这时，早已毁灭的星云文明发出的引力波还在宇宙中回荡，实体物质的重新出现使它迅速衰减。但就在它完全消失以前，被新宇宙中最早出现的文明接收到，它所带的信息被破译，从这远古的实验数据中，新文明得到了大统一模型。他们发现，对建立模型最关键的数据，是在真空衰变前万分之一秒左右产生的。

"让我们的思绪再回到那个毁灭中的星云宇宙。由于真空球以光速膨胀,球体之外的所有文明世界都处于光锥视界之外,不可能预知灾难的到来。在真空球到达之前,这些世界一定在专心地接收着加速器产生的数据。在他们收到足够建立大统一模型的数据后的万分之一秒,真空球毁灭了一切。但请注意一点:星云生物的思维频率极高,万分之一秒对他们来说是一段相当长的时间,所以他们有可能在生命的最后时刻推导出大统一模型。当然,这也可能只是我们的一种自我安慰,更有可能的是,他们最后什么也没推导出来。星云文明掀开了宇宙的面纱,但他们自己没来得及向宇宙那终极的美瞥一眼就毁灭了。更为可敬的是,开始实验前他们可能已经想到了这种结果,但仍然决定牺牲自己,把包含着宇宙终极秘密的数据传给遥远未来的文明。

"现在你们应该明白,对宇宙终极真理的追求,是文明的最终目标和归宿。"

排险者的讲述使真理祭坛上下的所有人陷入长久的沉思。不管这个世界对他最后那句话是否认同,有一点可以肯定——它将对今后人类思想和文化的进程产生重大影响。

美国总统首先打破沉默说:"您为文明描绘了一个阴暗的前景。难道生命在漫长的进程中所有的努力和希望,都是为了那飞蛾扑火的一瞬?"

"飞蛾并不觉得阴暗,它至少享受了短暂的光明。"

"人类绝不可能接受这样的价值观!"

"这完全可以理解。在我们这个真空衰变后重生的宇宙中,文明还处于萌芽阶段,各个世界都有自己的生活方式,追求着不同的目标。对大多数世界来说,对终极真理的追求并不具有至高无上的意义,为此而冒毁灭宇宙的危险,对宇宙中大多数生命是不公平的。即使在我们自己的世界中,也并非所有的成员都愿意为此牺牲一切。所以,我们自己没有继续进行探索超统一模型的高能实验,并在整个宇宙中建立排险系统。但我们相信,随着文明的进化,总有一天,宇宙中的所有世界都会认同文明的终极目标。其实,就是现在,就是在你们这样一个婴儿文明中,也有人已经认同了这个目标。好了,时间快到了,如果各位不想用生命换取真理,就请你们下去,让那些想这么做的人上来。"

元首们走下真理祭坛,来到那些科学家面前,作最后的努力。

法国元首说:"能不能这样,把这件事稍往后放一放,让我陪大家去体验另一种生活。让我们放松自己,在黄昏的鸟鸣中看着夜幕降临大地,在银色的月光下听着怀旧的音乐,喝着美酒想着心爱的人。……这时你们就会发现,终极真理并不像你们想得那么重要,与你们追求的虚无缥缈的宇宙和谐之美相比,这样的美更让人陶醉。"

一位物理学家冷冷地说:"所有的生活都是合理的,我们没必要互相理解。"

法国元首还想说什么,美国总统已失去了耐心,"好了,不要对牛弹琴了!您还看不出来这是怎样一群毫无责任心的人?还看不出这是怎样一群骗子?!他们声称为全人类的利益而研究,其实只是拿社会的财富满足自己的欲望,满足他们对那种玄虚的宇宙和谐美的变态欲望。这和拿公款嫖娼有什么区别?!"

丁仪挤上前来,拍拍他的肩膀,笑着说:"总统先生,科学发展到今天,终于有人对它的本质进行了比较准确的定义。"

旁边的松田诚一说:"我们早就承认这点,并反复声明,但一直没人相信我们。"

4. 交 换

生命和真理的交换开始了。

第一批八位数学家沿着长长的坡道走上真理祭坛。这时,沙漠上没有一丝风,大自然仿佛屏住了呼吸,寂静笼罩着一切。刚刚升起的太阳把他们的影子长长地投在沙漠上,那几条长影是这个凝固的世界中唯一能动的东西。

数学家们的身影消失在真理祭坛上,下面的人们看不到他们了。所有的人都凝神听着,他们首先听到祭坛上传来排险者的声音 —— 在死一般的寂静中,这声音很清晰。

"请提出问题。"

接着是一位数学家的声音:"我们想看到哥德巴赫猜想的最后证明。"

"好的,但证明很长,时间只够你们看关键的部分,其余用文字说明。"

排险者是如何向科学家们传授知识的,以后对人类一直是个谜。在远处的监视飞机上拍下的图像中,科学家们都仰起头看着天空,而他们看的方向上空无一物。一个被普遍接受的说法是:外星人用某种思维波把信息直接输入他们的大脑中。但实际情况比那要简单得多——排险者把信息投射在天空上,在真理祭坛上的人看来,整个地球的天空变成了一个显示屏,而从祭坛之外什么都看不到。

一个小时过去了,真理祭坛上有个声音打破了寂静:"我们看完了。"

接着是排险者平静的回答:"你们还有十分钟的时间。"

真理祭坛上隐隐传来了多个人的交谈声,只能听清只言片语,但能清楚地感受到那些人的兴奋和喜悦,像是一群在黑暗的隧道中跋涉多年的人突然看到了洞口的光亮。

"……这完全是全新的……""……怎么可能……""……我以前在直觉上……""……天啊,真是……"

当十分钟就要结束时,真理祭坛上响起了一个清晰的声音:"请接受我们八个人真诚的谢意。"

真理祭坛上闪起一片强光。强光消失后,下面的人们看到八个等离子体火球从祭坛上升起,轻盈地向高处飘升。它们的光度渐渐减弱,由明亮的黄色变成柔和的橘红色,最后一个接一个地消失在蓝色的天空中,整个过程悄无声息。从监视飞机上看,真理祭坛上只剩下排险者站在圆心。

"下一批!"他高声说。

在上万人的凝视下,又有十一个人走上了真理祭坛。

"请提出问题。"

"我们是古生物学家,想知道地球上恐龙灭绝的真正原因。"

古生物学家们开始仰望长空,但所用的时间比刚才数学家们短得多,很快有人对排险者说:"我们知道了,谢谢!"

"你们还有十分钟。"

"……好了,七巧板对上了……""……做梦也不会想到那方面去……""……难道还有比这更……"

然后强光出现又消失,十一个火球从真理祭坛上飘起,很快消失在沙漠上空。

……

一批又一批的科学家走上真理祭坛,完成了生命和真理的交换,在强光中化为美丽的火球飘逝而去。

一切都在庄严与宁静中进行。在真理祭坛下面,预料中的生离死别并没有出现。全世界的人们静静地看着这幅壮丽的景象,心灵被深深地震撼了。人类正在经历一场有史以来最大的灵魂洗礼。

一个白天的时间不知不觉地过去了,太阳已在西方地平线落下了一半,夕阳给真理祭坛洒上了一层金辉。物理学家们开始走向祭坛,他们是人数最多的一批,有八十六人。就在这一群人刚刚走上坡道时,从日出一直持续到现在的寂静被一个童声打破了。

"爸爸!"文文哭喊着从草坪上的人群中冲出来,一直跑到坡道前,冲进那群物理学家中间,抱住了丁仪的腿,"爸爸,我不让你变成火球飞走!"

丁仪轻轻抱起了女儿,问她:"文文,告诉爸爸,你能记起来的最让自己难受的事情是什么?"

文文抽泣着想了几秒钟,说:"我一直在沙漠里长大,最……最想去动物园。上次爸爸去南方开会,带我去了那边的一个大大的动物园,可刚进去,你的电话就响了,说工作上有急事。那是个野生动物园,小孩儿一定要大人带着才能进去,我就只好跟你回去了,后来你再也没时间带我去。爸爸,这是最让我难受的事儿,在回来的飞机上我一直哭。"

丁仪说:"但是,好孩子,那个动物园你以后肯定有机会去,妈妈以后会带文文去的。爸爸现在也在一个大动物园的门口,那里面也有爸爸做梦都想见到的神奇的东西,而爸爸如果这次不去,以后就真的再也没机会了。"

文文用泪汪汪的大眼睛呆呆地看了爸爸一会儿,点点头说:"那……那爸爸就去吧。"

方琳走过来,从丁仪怀中抱走了女儿,看着前面矗立的真理祭坛说:"文文,你爸爸是世界上最坏的爸爸,但他真的很想去那个动物园。"

丁仪两眼看着地面,用近乎祈求的声调说:"是的,文文,爸爸真的很想去。"

方琳用冷冷的目光看着丁仪说:"冷血的基本粒子,去完成你最后的碰撞吧。记住,我绝不会让你女儿成为物理学家的!"

这群人正要转身走去,另一个女性的声音使他们又停了下来。

"松田君,你要再向上走,我就死在你面前!"

说话的是一位娇小美丽的日本姑娘,她此时站在坡道起点的草地上,用一支银色的小手枪顶着自己的太阳穴。

松田诚一从那群物理学家中走了出来,走到姑娘的面前,直视着她的双眼说:"泉子,还记得北海道那个寒冷的早晨吗?你说要出道题考验我是否真的爱你。你问我,如果你的脸在火灾中被烧得不成样子,我该怎么办?我说我将忠贞不渝地陪伴你一生。你听到这回答后很失望,说我并不是真的爱你;如果我真的爱你,就会弄瞎自己的双眼,让一个美丽的泉子永远留在心中。"

泉子拿枪的手没有动,但美丽的双眼噙满了泪水。

松田诚一接着说:"所以,亲爱的,你深知美对一个人生命的重要。现在,宇宙终极之美就在我面前,我能不看它一眼吗?"

"你再向上走一步我就开枪!"

松田诚一对她微笑了一下,轻声说:"泉子,天上见。"然后转身和其他物理学家一起沿坡道走向真理祭坛。身后清脆的枪声、脑浆溅落在草地上的声音和柔软的躯体倒地的声音,都没使他回头。

物理学家们走上了真理祭坛那圆形的顶面。在圆心,排险者微笑着向他们致意。突然间,映着晚霞的天空消失了,地平线的夕阳消失了,沙漠和草地都消失了。真理祭坛悬浮于无际的黑色太空中,这是创世前的黑夜,没有一颗星星。排险者挥手指向一个方向,物理学家们看到在遥远的黑色深渊中有一颗金色的星星。它起初小得难以看清,后来由一个亮点渐渐增大,开始具有面积和形状。他们看出那是一个向这里漂来的旋涡星系。星系很快增大,显出它磅礴的气势。距离更近一些后,他们发现星系中的恒星都是数字和符号,它们组成的方程式构成了这片金色星海中的一排排波浪。

宇宙大统一模型缓慢而庄严地从物理学家们的上空移过。

……

当八十六个火球从真理祭坛上升起时,方琳眼前一黑,倒在草地上,她隐约听到文文的声音:"妈妈,那些哪个是爸爸?"

最后一个上真理祭坛的人是史蒂芬·霍金。他的电动轮椅沿着长长的坡道慢慢向上移动,像一只在树枝上爬行的昆虫。他那仿佛已经抽去骨骼的绵软身躯瘫陷在轮椅中,像一支在高温中变软且即将融化的蜡烛。

轮椅终于开上了祭坛,在空旷的圆面上开到了排险者面前。这时,太阳落下了一段时间,暗蓝色的天空中有零落的星星出现,祭坛周围的沙漠和草地模糊了。

"博士,您的问题?"排险者问。对霍金,他似乎并没有表示出比对其他人更多的尊重。他面带毫无特点的微笑,听着博士的轮椅上的扩音器发出的呆板的电子声音,"宇宙的目的是什么?"

天空中没有答案出现。排险者脸上的微笑消失了,他的双眼中掠过了一丝不易觉察的恐慌。

"先生?"霍金问。

仍是沉默。天空仍是一片空旷,在地球的几缕薄云后面,宇宙的群星正在浮现。

"先生?"霍金又问。

"博士,出口在您后面。"排险者说。

"这是答案吗?"

排险者摇摇头,"我是说您可以回去了。"

"你不知道?"

排险者点点头说:"我不知道。"这时,他的面容第一次不再是一个图形符号。一片悲哀的黑云罩上这张脸,那样生动和富有个性,以至于谁也不怀疑他是一个人,而且是一个最平常因而最不平常的普通人。

"我怎么知道?"排险者喃喃地说。

5. 尾　声

十五年后的一个夜晚,在已经被变成草原的昔日的塔克拉玛干沙漠上,一对母女正在交谈。母亲四十多岁,但白发已过早地出现在她的双鬓。从那饱经风霜的双眼中透出的，除了忧伤，就是疲倦。女儿是一位苗条的少女，大而清澈的双眸中映着晶莹的星光。

母亲在柔软的草地上坐下来，两眼失神地看着模糊的地平线说："文文，你当初报考你爸爸母校的物理系，现在又要攻读量子引力专业的博士学位，妈都没拦你。你可以成为一位理论物理家，甚至可以把这门学科当作自己唯一的精神寄托，但，文文，妈求你了，千万不要越过那条线啊！"

文文仰望着灿烂的银河，说："妈妈，您能想象，这一切都来自二百亿年前一个没有大小的奇点吗？宇宙早就越过那条线了。"

方琳站起来，抓着女儿的肩膀说："孩子，求你别这样！"

文文仍凝视着星空，一动不动。

"文文，你在听妈妈说话吗？你怎么了？！"方琳摇晃着女儿。

文文的目光仍被星海吸住收不回来，她盯着群星问："妈妈，宇宙的目的是什么？"

"啊……不——"方琳彻底崩溃了，又跌坐在草地上，双手捂着脸抽泣，"孩子，别，别这样！"

文文终于收回了目光，蹲下来扶着妈妈的双肩，轻声问道："那么，妈妈，人生的目的是什么？"

这个问题像一块冰，使方琳灼热的心立刻冷了下来。她扭头看了女儿一眼，然后望着远方深思。十五年前，就在她望着的那个方向,曾矗立过真理祭坛。再早些,爱因斯坦赤道曾穿过沙漠。

微风吹来,草海上泛起道道波纹,仿佛是星空下无际的骚动的人海,向整个宇宙无声地歌唱着。

"不知道,我怎么会知道呢?"方琳喃喃地说。

临界

低烈度纵火

文／王晋康

科幻
硬阅读
DEEP READ
不求完美 追逐极致

谨以此文献给我仰慕的一位科学家。但本文不是报告文学，人物、情节均有虚构。

—— 题记

◆ 1 ◆

我永远忘不了那一天，1990年6月22日，因为此后数月令人惊悚的日子是从那天开始的。那年，我14岁，姐姐文容16岁，爷爷文少博78岁，奶奶楚白水75岁。

离亚运会开幕还有整整三个月，在北京随处可以摸到亚运会的脉搏。街上到处是大幅标语，高架桥的栏杆上插满"迎接亚运"的彩旗，姐姐和我的学校里都在挑选亚运会的志愿服务人员，公交车司机在学习简单的英语会话。只有爷爷游离于这种情绪之外，仍独自待在书房里埋头计算。那天早上，奶奶比往常起得更早，做好早饭，拿出一套新衣让爷爷穿上，昨晚她已经逼爷爷去理了发。她端详着穿戴整齐的爷爷，笑道：

"哟，这么一打扮，又是一个漂漂亮亮的老小伙儿啦！"

姐姐和我都起哄，说："爷爷真漂亮，爷爷帅呆啦！"爷爷像小孩子一样难为情地笑着。爷爷老啦，确实有点儿"老小孩"的迹象，笑起来像小孩一样天真。他在生活琐事上一向低能，现在更离不开奶奶的照顾。爷爷生于豪门望族，当年的文家二少爷也曾风流倜傥，但他从英国留学归来便选择了一项最艰苦的职业——地质勘探。五十年的风雨已经彻底改变了他的气质，现在，从外貌看来，他更像偏远地区的乡村老教师。

爷爷马上要去位于复兴路北的国家地震局（我去过那里，是一幢能抗 7 级地震的大楼）作报告，报告的具体内容爷爷对我们严格保密，他一向严格执行《地震预报条例》的规定。不过据我猜测，这次报告很可能涉及亚运会期间的震情。

别人开玩笑地说我家实行隔代遗传。爷爷是国内著名的地质学家，国内几个大油田的发现都有他的功劳，连他的学生也有几个是中科院院士呢。奶奶是有名的医学生物学家，中国消灭了天花和脊髓灰质炎病毒，其中有她的很多心血。可惜爸爸那代人没继承他们的衣钵，不过这个传承让我和姐姐接续上了。虽说在 1990 年说这话还嫌太早，但至少在我和姐姐的学校里，我们已经是有名的地震和病毒小专家了。

我父母常年在外地（大庆油田）。自从爷爷奶奶退休并定居北京后，我和姐姐一直住在爷爷家。那时爷爷还没有搬家，住在平安里一座小四合院里，房子十分破旧，下雨时首先要用雨布遮盖爷爷的那台 286 电脑，然后收拾满桌满床的大部头书籍：《地震学》《世界地震带挂图》《古地磁学》《地球固体潮》《20 年中国地震台网观测报告汇编》《病毒学》《医学免疫学》《血型血清学》《干扰素治疗》……爷爷奶奶似乎比退休前还忙，尤其是爷爷，每天埋头于电脑前认真计算着。夏天，破旧的纱门挡不住蚊虫，他干脆弄两只水桶把腿脚泡进去，一来防蚊叮，二来降温。冬天房子像冰窖，他把一只小火炉放在桌边，手冻僵了，就在火上烤一会儿。这种情形一直持续到石油物探局专门为爷爷配置了一台取暖锅炉为止。

　　常常有他们的学生来这儿探望或请教。他们常常先站在天井里大声问好，然后再进屋。凡是爷爷的学生，都向他们称呼"老师、师母好"；凡是奶奶的学生，都向他们称呼"文老师、楚老师好"。我和姐姐发现这条规律，常躲在一旁验证，百试百灵。

　　我和姐姐并没有刻意去继承爷爷奶奶的衣钵，但他们的知识不知不觉就传给我们了，因为这些知识一直弥漫在空气中，潜移默化地渗入了我们的血液。比如，姐姐常常流利地告诉同学，病毒都是采用超级寄生，利用被攻击细胞的核酸来繁殖的，所以，任何药物包括抗生素对病毒基本是无能为力的，只能依靠人类在千万年进化中产生的特异免疫力，疫苗的作用则是唤醒和强化这种免疫力。不过，人类对病毒的战争已经取得了里程碑式的成功，天花病毒已经被全歼，脊髓灰质炎病毒的全歼已经提上日程。为什么先拿这两种病毒开刀？因为它们只寄生于人体，没有畜禽的交叉感染渠道。现在，中国卫生部正在部署围剿脊髓灰质炎病毒的大战役，将从 1993 年开始，连续数年对 8 亿儿童进行免疫。奶奶虽然已经退休，但卫生部的轿车仍然常来把她接去参加某个重要讨论。姐姐笑着对奶奶说：

"奶奶,别把坏蛋杀完了,留两个给孩儿杀杀。"

奶奶笑道:"留着呐,病毒的全歼可不是二三百年能干完的事。"

我也常常给同学举办地震知识讲座。我说,地震是人类最凶恶的自然灾难,20世纪共发生7级以上地震65起,8级以上7起,死亡103万人。地震中最常见的是构造型地震,因为地壳是由六大板块(太平洋、亚欧、非洲、美洲、印度洋、南极洲)组成,各板块缓慢运动,互相积压,形成三大地震带,即环太平洋地震带、欧亚地震带(又称地中海 — 喜马拉雅地震带)和海岭地震带。我国处于两大地震带之间,震灾十分频繁。1900年以来中国地震死亡人数55万,占全世界的53%;1949年来死亡人数27万人,占全国同期自然灾害死亡人数的54%。而且 —— 和其他学科的科学家不同,地震学家们是一伙自卑的家伙,因为,尽管他们投入了巨大的心血,但在地震预报方面实在是乏善可陈! 1966年,邢台地震伤亡惨重,周总理亲自部署对地震预报的研究。1975年,成功预报了海城地震,经联合国教科文组织评定,成为唯一载入地震预报史册的范例。那时,在"文革"期间的亢奋中,有人宣称中国已经完全掌握地震预报的规律。但仅仅一年后,唐山地震来了。它阴险地偷越众多机构组成的警戒线,狞笑着扑向梦乡中的唐山人。对地震工作者来说,这是一次极为丢脸的失败。地震爆发后,国家地震局竟然不能确定震中在哪儿!幸亏几位唐山人星夜驱车赶往国务院汇报灾情,国家才开始组织抢救工作。

我是在唐山地震之后出生的,但我想我目睹了唐山地震的惨景 —— 通过爷爷的眼睛和爷爷的叙述。地震第二天爷爷就赶到现场。美丽的唐山全毁了,房屋几乎全部倾颓,烟尘聚集在城市上空,久久不散,就像死神的旗幡。火车轨道被扭成麻花,水泥路面错位。地上分布着很多纵横裂缝,最宽可达 30 米。五个水库的大坝被震垮。一个男人从四楼跳下来,却被同时落下的楼板压住双脚,身体倒吊在半空中死了;一位妈妈已经从窗户里探出半个身子,但还是被砸死,她最后的动作是竭力想护住怀中的孩子;另一位妈妈幸运地逃了出来,在废墟中机械地走动,哄着怀中的孩子——孩子早已长眠不醒;很多幸存者被挤在狭小的空间中,在黑暗和酷热中待了数天才被救出。一直到多少年后,他们睡觉时甚至不敢熄灯,因为只要沉入黑暗,他们就开始心理性的窒息!

一场空前绝后的浩劫啊!所有赶来救援的人,从身经百战的老师长到长着娃娃脸的小兵,都要惊愕地看上几分钟,把撕裂的心房艰难地拼复,才脸色阴沉地投入抢救。不过,对于地震工作者来说,更多的是痛愧,是无地自容。爷爷说,那时他乘的是石油勘探局的汽车,还没有成为众矢之的,而那些乘国家地震局车辆的同行们简直没法出门。一位老大爷对他们哀哀地哭诉着:"为啥不提前打个招呼哩,你们不是管地震预报的吗?"血迹斑斑的年轻伤员们咬牙切齿地骂:"这些白吃饭的,饿死他们!砸死他们!"

国家地震局的老张是爷爷的熟人。白天,他们默默忍受着唐山人的咒骂,记录着各种宝贵的资料。当时正值盛夏,废墟中的尸体很快就腐烂了,令人作呕的怪味儿在周围涌动,呕得人根本无法进餐。他们用酒精把口罩浸湿,一言不发地工作着。一天晚上,老张来找爷爷,声音嘶哑地说:"文老,咱们出去走走!"爷爷跟他出去了。月亮没出来,废墟埋在浓重的夜色中,除了帐篷里泻出来的灯光，唐山黑得像地狱。老张一直低着头，磕磕绊绊地走着，等到远离帐篷，老张站住了，一句话没说，忽然号啕大哭，哭得撕心裂肺！爷爷没劝他，陪着他默默流泪。痛痛快快地哭了一场后，老张问他：

"文老，地震真的不能预报吗？咱们真的无能为力吗？"

爷爷生气地说："怎么不能！没有人类认识不了的规律！"

爷爷那时的主业是石油物探，搞地震预测只是兼职。他在石油物探方面已经是一代宗师，桃李满天下，而且已经年近古稀，没理由再转行。但邢台地震尤其是唐山地震后，几十万冤魂的号哭一直在他的耳边回响。1978 年，他正式递交了退休申请，从领导岗位上退下来，全身心地投入地震预报的研究——但只能是私人性质的研究了。多年后，一位伯伯曾叹息地告诉我："你爷爷为这个决定吃了大亏。"爷爷那时虽然已经 68 岁，但身体好，思路清晰，经验丰富，部里原打算让他再干几年的。他这么一退，首先是经济上吃亏，因为那些年还没有到涨工资的高峰期，退休金很低。再者，过早地从科学家的主流圈中退出来，还有很大的隐性损失，这一点就不必多言了。

我想伯伯说得对。爷爷的晚年是相当困窘的，工资不高，又把大部分工资用于购买资料——他不是进行官方研究，资料费没处报销。可以说，退休后他完全靠奶奶的工资养着。在和爷爷奶奶共同生活的那几年里，我和姐姐都能触摸到家中的贫穷。常常有国外的学生来看爷爷，他们大都衣着光鲜，唇红齿白，外貌比实际年龄要年轻 20 岁。他们惊讶地打量着爷爷的陋舍，小心地掩饰着目光中的怜悯。我想，恰在这时我最佩服爷爷，因为他在这些怜悯的目光中尚能坦然微笑，不卑不亢。这一点太难啦，至少我在这些客人面前就很难没有一点儿自卑。在我成人后，每当看到报上说某某知识分子"安于贫贱""儿不嫌母丑，狗不嫌家贫"之类的滥调时，我就反胃。我觉得，若不能让士大夫阶层过上相对舒适的生活，以保证他们思想和研究的自由，这个社会就是病态的、畸形的，没有前途的。

"爷爷，你后悔吗？"有一天我向他转述了那位伯伯的话，问他。爷爷停下挥动蒲扇，沉思地看着我。他不是在看我，是越过我的头顶看着远处。过一会儿，他说：

"1966年邢台地震后，周总理亲自找李四光先生和我谈话。他痛心地说，地震给中华民族带来了深重的灾难，地震能预报吗？李先生说能！我也说能！周总理说，拜托我们啦，希望在我们这一代把地震预报搞成。从那时起我们做了很多努力，成功地预报了海城地震，可惜漏报了最凶残的唐山地震。现在，周总理和李先生都已经不在人世，当时谈话的就剩下我一人了。"

他没有回答后悔不后悔，我也没再问。

我和姐姐吃早饭时，爷爷已经早早吃完，坐在正间的竹圈椅里静候。我听见他低声问奶奶："车辆联系好了吗？不会误事吧？"这已经是他第二次询问了。奶奶耐心地说："不会误事的，是国家地震局派的车，昨晚石油物探局还问用不用他们派车，我谢绝了。"

姐姐瞄瞄爷爷，抿嘴乐道："你看爷爷就像赶考的孩子，蛮紧张呢！"我说："笑话，爷爷会紧张？爷爷可不是没见过世面的人，连政治局委员们都听过他的课呢。"姐姐没争辩，扒完饭骑车走了。我出去时，发现爷爷确实有点儿紧张，他一言不发地坐着，目光亢奋，手指下意识地敲着椅子扶手。后来，知道这次报告的内容之后，我才理解爷爷的紧张，那是对于一个高度敏感的地区（首都）、高度敏感的时间（亚运会）所做的强震预报呀！事后国家地震局的张爷爷说，当爷爷在6月22日报告会上撂出这个响炮时，会议参加者都惊呆了。他说："也只有你爷爷的资历和胆量敢撂这个响炮，只有他一人！"

该上学了，我推出自行车。这时一辆轿车开到大门口，国家地震局的何伯伯进来，和我打了个招呼："小郁，上学呀？"我说："伯伯好，爷爷等你很长时间了。"何伯伯在天井处大声问了好，说："文老师咱们出发吧！师母，中午老师不回来，饭后休息一会儿，下午我送他回来。"奶奶交代着："若下午赶不回来，记住5点钟让他吃降压药，药片在他右边口袋里放着。最近血压又高了，低压130，高压200。"何伯伯说："我会提醒他的，师母，你放心。"

何伯伯扶爷爷上车后，汽车开走了。

爷爷预报地震不需要声光报警器，不需要GPS观测网络、地磁观测仪、地电观测仪、重力观测仪和电磁波观测仪，不需要水位计、蠕变仪、岩体膨胀计——作为私人性质的研究，他也没有这些条件。他所拥有的，就是他费尽心血搜集到的浩繁的地震资料，还有一把计算尺（后来升格为286、386电脑）。所有预测结果都是在纸上算出来的。

我常常帮爷爷计算，也很早就大致了解了他的理论核心——可公度计算。可公度计算是说：各地震带的地震肯定各自具有相对不变的物理成因，因而有相对不变的物理规律。这些物理成因可能埋得很深，一时抽提不出来，但可以先把它们虚化，用纯数学手段凑出一些公式来逼近它。有了这些近似公式，就能对未来的地震作出近似的预测。比如，1906年以来世界上8.5级以上地震共12次，按发生日期依次编号为$X(i)$=1917.5.1；1917.6.26；1920.12.16；1929.3.7…1958.11.6。用可公度法试算后发现间隔时间大致符合以下一些等式：

$$X(3)+X(6)=X(2)+X(5)$$

$$X(4)+X(7)=X(1)+X(11)$$

$$\cdots$$

$$X(3)+X(12)=X(4)+X(11)$$

把二元相加的结果画在坐标上，能得出一张图形基本对称的坐标图。依照这张图作适当外推，就可以对未来的8.5级以上的大震作出预测。当然实际没这么简单，实际计算时每个预测结果都要用多元可公度计算互相校核，还要用爷爷自创的"醉汉游走理论"推算这个结果的可信度。但不管怎么说，这是一种极简化的运算，它抛弃了地震的物理内核，转化为地震参数的纯数学运算。

很早我就知道，地震界的大部分专家对爷爷的预测办法颇有微词。由于爷爷的人品和声望，他们一般不公开批评，但私下里叹息着："文先生真的老了，文先生怎么从科学宿儒变成算命先生了呢？"这些叹息也传到我和姐姐的耳中。我们确实在心中嘀咕：

凭这些简单的计算就能抓住地壳深处潜行的魔鬼？但爷爷确实作出很多接近正确的预报：像1983年新疆乌恰地震，1989年10月17日美国旧金山6.9级地震，其后还有1992年6月28日美国加利福尼亚7.4级地震，1993年10月12日日本关东7.1级地震……

爷爷的声名（指地震预测方面的声名，作为石油地质学家他早已闻名遐迩了）渐渐传播到海内外，常常有国内外的人士给爷爷写信，对爷爷的"神机妙算"表示仰慕，把他誉为刘伯温式的"预测宗师"。慢慢地，我和姐姐也忘了心中的嘀咕。

爷爷不会错的——他怎么可能错呢？看看他为地震预测投入的心血、作出的牺牲和承受的苦难，如果真有一个主管宇宙运行的上帝，也会被爷爷感动的。

亚运会一天天临近。街上满是吉祥物熊猫盼盼的图样。从盼盼家乡送来的熊猫雕塑在北中轴路落户，由于赶工太紧，这件雕塑有点儿失真，有点儿驼背，不过孩子们不大理会这点儿"残疾"，照样喜欢它。奥林匹克体育中心、亚运村、专为亚运村配套的北辰购物中心都相继完工，亚运会的气氛越来越浓了。

6月22日以后，国家地震局在门头沟召开了北京震情会商会，这次爷爷没有参加。由于爷爷的严格保密，我一直不知道爷爷曾摆过一个响炮，但我对爷爷的行迹越来越疑惑。两个月来，他一直趴在电脑前狂热地计算着、校核着。他的血压升到了230/140毫米汞柱，眼睛充血，手指发颤，脸色像是害了一场大病。奶奶很着急，逼着他吃药，有时甚至强行关掉电脑，但只要奶奶转过脸，他马上溜回书房。

他为什么这样焦灼和担心？姐姐发现了他的异常，担心地问："奶奶，爷爷的脸色太差了，他在忙些什么呀？"

奶奶含含糊糊地搪塞过去。

这一天，我夜里起来小便，偶然听到爷爷焦灼的低语："……已经多次校核，每次可公度计算指向同一个结果……我从来没有这样肯定过……国家地震局迟迟不发震情预报……"

我愣住了。从这些只言片语中，我足以猜到爷爷焦灼的原因：北京有大震！在亚运会期间！

大概听到我的动静，爷爷那边不说话了。我小便后躺在床上睡不着。木隔板那边，姐姐睡得正香，鼻息绵绵细细。犹豫了半个小时，我跳下床，偷偷溜到爷爷的电脑前，打开它。爷爷的资料库设置有密码，但他对密码太相信了。爷爷70岁开始学电脑，现在已经能熟练地应用，这已经相当不易。不过他毕竟老了，只能浮在电脑的表层程序而我能下潜到水底。没费什么事，我就破解了密码，打开爷爷的文件，一帧帧地寻找，终于找到我要的东西：

90.07号震情预报：

预测三要素为：

时间：1990年9月20日

地点：北京昌平一带

震级：7.5～8.0级

附注：已提交1990年5月5日政协第七届全国委员会

昌平？8.0级地震？亚运会期间？我简直傻了。屏幕上似乎闪出唐山大地震的画面:倾颓的楼房,阳台在半空中摇晃……扭曲的钢轨,阴森森的地裂……我打一个寒战,揉揉眼睛,另一些画面又占据了屏幕:死在窗台边的母女,半空中倒吊的男人……令人作呕的腐尸气味……

有人拍拍我的脑袋,我惊得一乍,迅速扭回头,是姐姐。她揉着眼睛奇怪地看着我。"郁郁,你在干什么?已经夜里2点啦!"她睡意浓浓地说。我赶忙关了电脑,强笑道:"没事没事,我在查一份资料。姐姐,别告诉爷爷奶奶啊!"

我溜回去,睡到床上。姐姐解手后还隔着木板壁问了一句:"郁郁,你在查什么?"我装作没听见。我不敢告诉姐姐,女孩子的嘴巴总是要松一些。虽然14岁是一个满不在乎的年龄,但从小受爷爷熏陶,我知道地震预报泄漏出去是多么严重的事情。

我想那晚我一定会失眠的,一个小时后我还是进入了梦乡。

因为心中藏有这个恐怖的秘密,我在一夜之间长大了10岁。我独自从欢快亢奋的社会氛围中游离出来,惊悸地注视着亚运会的进程。开幕式已经开始彩排,看过彩排的同学眉飞色舞地说美极了!报道说萨马兰奇已经确定要出席亚运会,定于9月21日到京。内幕消息说,将在念青唐古拉山下的当雄县城采集天火作为亚运圣火,采火人已经内定,是一个叫达娃央宗的藏族姑娘。节日的北京如一条奔腾喧闹的河流,河道两旁花团锦簇……而在地下,那个魔鬼正一步步向我们逼近,它只要抖抖身躯,打一个哈欠,就会带来惨绝人寰的灾难。我常常想跳到大街上去高喊:"你们干吗还要搞这些花哨的东西?快准备吧,'它'要来了!"

爷爷不再计算，看来已经不需要复核了。他总是坐在正间的竹圈椅中，神情肃然地盯着不可见的远方。奶奶肯定知道内情，但她仍保持着平日的节律，采买，做饭，偶尔同研究所的后辈们通通电话。不过，我能察觉到她内心的焦忧。在我们这个四口之家里，只有姐姐什么也不知道。随着亚运会的临近，她的情绪越来越高涨，每天回家，自行车还没停稳，她就开始通报今天的花边新闻。她根本不知道，在我听来，这些新闻是多么浅薄可笑。

有时我甚至对爷爷的沉默心生怨恨。爷爷，作为一个预知天机的人，你为什么不到街上大声疾呼，唤醒满街的梦中人呢？如果是受法律所限不能张扬的话，你至少该考虑到家庭的自救，带我们悄悄迁移到别处躲躲嘛。不过总的来说我能理解爷爷，关键是没人能确切肯定自己的预报绝对正确，而一旦误报将造成巨大的损失。像1989年，美国气候学家布朗宁预报圣路易斯市12月上旬会有大地震，引发了民众的歇斯底里，造成了6亿美元的损失。在中国唐山地震后，一个回乡民工在火车站听到几句谣传，回烟台后散播，在烟台掀起一场恐慌……地震预报真是天下最难的事业，进也难，退也难，一字重如千钧呀！

不知道国家地震局的专家们此刻是什么心情？亚运会牵涉到国内外，当然不可能随便改期。但地震——这个在地下潜行的魔鬼，它可不会顾忌人世间的什么典礼或赛事，它可不管背上驮着的是首都还是乡村。它在狞笑着逼近。开幕式上万众欢腾，中外贵宾齐聚一堂，可是忽然天崩地裂……那时，地震局的人可是万死莫赎其罪了。

这个秘密锁在一个14岁中学生的心里并悄悄膨胀，我的胸膛快要憋炸了。我变得十分神经质，上课时听不懂老师的讲课，下课时总一人发愣，听不见同学唤我。特别是在夜里，我的耳朵变得十分灵敏，一点儿风声或落叶声都能使我从床上惊跳起来。容容姐是一个又迟钝又敏感的家伙，她一直没猜出家庭中这个秘密，却看出了我的惊悚。她关心地一再追问："郁郁，你怎么啦？你这几天就像是干了什么亏心事似的。"我没法儿回答，我真可怜姐姐。

书房里挂着中国地震活动断裂图，我看过不下百遍，但这些天我简直不敢面对它。全国尤其是京津唐地区的断裂带纵横交错，就像母亲乳房上划出的刀痕，十分瘆人。我不禁生出一个想法：如果1949年这张图挂在第一代领导人在河北西柏坡的办公室里，他们大概不会选北京做首都吧。但即使首都不在北京又有什么用？中国几十个大城市都位于活动断裂带上，无处可迁，中华民族注定要生生世世与魔鬼为伴。丧气的是，这个魔鬼是无法驱走的，总有一天，它会来敲你的门。

在哪本书上看到一句话：灾难、疾患、死亡是人类不可豁免的痛苦。我曾一本正经地把它抄到笔记本上，其实当时并没什么感悟。到现在，我才对"不可豁免"这四个字有了最深切的体会。

这天晚上，奶奶把姐姐和我叫到他们的卧室，似乎无意地说："小郁，你不是想当地震专家吗？今天忽然想考考你，你说，地震发生时如何自救？"

我看看奶奶，她当然不是毫无缘由地问到这个问题，但奶奶的表情中看不出什么异常。我看看爷爷，天真的爷爷已经不大会隐藏感情了，他躲开我的目光，笑容中浮着愧意。我说："奶奶，我知道，关键是及时自救。地震的纵波（P波）速度快，每秒7～8千米；横波（S波）慢，每秒4～5千米。纵波破坏力较小而横波破坏力较大，所以要利用纵横波的时间差迅速自救。"

奶奶说："对，这段时间很短的，所以一旦发生地震，千万不要打算帮助我们，你们要先自救，然后才能想办法救别人。这两天咱们来一次演习，只要听见我或爷爷喊地震了，马上滚下床，躲在床边（不要钻到床下），依靠床的高度掩护自己。各人床下放有干粮和水瓶。你们要记住啊！"

姐姐再迟钝，这会儿也看出了苗头，她怀疑地问："是不是有地震？爷爷，你是不是预测出地震了？"

我觉得爷爷更窘迫了，忙推推姐姐，"不会的，这只是一次演习罢了。要有地震爷爷肯定会告诉咱们的，对吧？"

奶奶说："对，这只是预防万一。由于你爷爷的身份，你们在外面千万要谨慎，说错一句话都会引起混乱。千万小心啊！"

我回到自己房间，朝床下瞄了瞄，那儿果然放着一包饼干和一瓶水。这两样很平常的东西在我心中简直是魔鬼的化身，夜里我睡不安稳，总是梦见《一千零一夜》里的魔鬼吱吱叫着在瓶里挣扎，它马上就要把瓶子挣破了——后来我知道，那个声音倒是真实的，是耗子在咬塑料袋，我的饼干让它们美美地打了一顿牙祭。

亚运会开幕前两天，9月20日晚上，爷爷把我俩叫到一起，平静地说："容儿，郁儿，有句话我总算可以说出来了。今天国家地震局正式发布中等强度地震的震情预报,其实我在四个月前就预测到了。"

非常奇怪,听了爷爷迟来的宣布,我突然觉得一阵轻松。我想爷爷也有同样的心情。实际上地震的危险并没有消失,它甚至更现实了。但是,能在家里公开谈论这件事,本身就是对我的解放。我忍不住大声喊道:

"爷爷,我早知道了!但你的预报可不是中等强度的——昌平地区,9月20日左右,7.5~8.0级浅源地震。"爷爷愕然地看着我,我咧嘴笑着,"爷爷,我向你道歉,我破解了你的密码,查到90.07号震情预报。不过你放心,我没对任何人透露过,连姐姐也没有。"

姐姐马上反应过来,"那天夜里你是在刺探爷爷的情报?哼,你竟然瞒着我,全家人都瞒着我!"

姐姐十分气恼,因为姐弟间从来没有秘密的,而现在她第一次被排除在某个秘密的知情圈子之外,这严重挫伤了她的自尊心。她对我怒目而视,气哼哼地说:"好啊,你个小崽子,竟然敢……"

我大叫起来:"姐姐,你别得便宜卖乖了!我巴不得和你换换位置。这么多天担惊受怕,又不敢和任何人谈这桩秘密,我都快憋疯了!"

姐姐扑哧一笑,又赶紧绷起脸。爷爷看看奶奶,欣慰地说:"好啊,能守住这个秘密,咱们的文郁已经是男子汉了。"他又说,"这些天睡觉要灵醒些,好在咱家是平房,危险要小得多。

关于地震时自救的办法前天也温习过了,地震来时要镇静。"

我们严肃地点点头。姐姐担心地问:"亚运会会不会改期?正赶上开幕啊!"

爷爷苦涩地摇摇头,"不会,毕竟这只是预测。不过,国家地震局早就处于一级战备,有征兆会及时发出临震预报。"

我笑着指责爷爷,"爷爷,你真狠心啊,这么长时间把我们蒙在鼓里。万一地震来了把全家人砸死,你后悔不后悔?"

这个玩笑肯定不合适,看来它正好戳到爷爷的痛处,奶奶急忙向我使眼色。爷爷愣了一会儿,难过地说:"我当然后悔,我会后悔一辈子的 —— 可我不能透露啊!"

他的语调苍凉,透着深深的无奈。奶奶忙打岔说:"睡吧,睡觉吧。"然后赶紧把我俩赶走。临走时我看看目光苍凉的爷爷,忽然蹦出个随意的想法:做一个通晓未来的先知或上帝,真不是轻松的职业啊!

9月22日,亚运会开幕,彩旗如云,万众欢腾。这天,北京西北昌平一带发生4.5级地震,北京有震感,楼房晃了一下。

一个又一个电话打到我家:"文老,还有主震吗?多大震级?会不会是第二个唐山地震?文老,你是大家信服的预测大师,你说一句话我们就心中有底了……"爷爷疲惫地一次次回答:"不知道,我没有就此做过预测。很可惜,无可奉告……"不过,在他打给国家地震局的电话中透露出了他的真实想法:

"老张,我的预测没有变,很可能只是一次前震,不要放松警惕。"

爷爷没有放松警惕,爷爷的神经之弦始终紧绷着。亚运会的日历一天天翻过去,我和姐姐毕竟年轻,我们兴奋地计算着中国的金牌数,慢慢地忘了地震这档事。但爷爷没忘。有时夜里起来小便,还能看到他静静地坐在竹圈椅中,就像雁群睡觉时那个永远清醒的雁哨。

他还在等待,等待那个按照计算"理应到来"的强震。他的神经之弦绷得那样紧,我总觉得若不小心碰着它,那根弦就会铮然断裂。奶奶没有劝他,只是关照他按时吃降压药,也常常拉他出去散步。有一天,我忽然悟到这件事对爷爷的意义——他已经把这次预测的正误设定为对自己理论的最无情的检验了!如果预测错误,意味着他12年的辛苦白白浪费了。刹那间我竟然盼着……啊,不,不能这样,连想想也是罪过呀!但愿爷爷错了,那个地震魔鬼不会来了。

亚运会结束了,魔鬼没有来,它至今也没有来到北京。

爷爷预测错了在他后半生最大的一次战役中,爷爷悲壮地输了。

◆ 2 ◆

12年后的冬天,我在美国加州大学洛杉矶分校读完博士回国,在国家地震局找到了自己的位置。上班后正赶上局里组织的一次大检查,对象是局属的各地震观测台站,包括 GPS 观测网、地磁、地电、重力、电磁观测站。现在国内观测网站已经接近国际水平，能从宽频带、大动态范围和数字化地震资料中，对地震破裂的时空进程成像，以指导地震的预报。这些年也有一些成功的范例，比如对1995年7月12日云南勐连地震、1997年3月5日日本伊豆地震都作出成功的长、中、短、临预报。但总的说来，地震预报尤其是短期预报和临震预报还远未过关。比如，云南丽江1996年2月3日地震，在已经作出正确的长、中、短预报的有利条件下，却未能作出正确的临震预报——恰恰这种临震预报对减轻伤亡是最重要的。

想想爷爷生前的研究条件，与现在真是天壤之别。不过，具有讽刺意味的是，这么好的条件，预报成功率却一直徘徊在30%以下，并不比爷爷高多少。

国家地震局的网页上，对于中国地震预测能力给出字斟句酌的自我评价：

"能对某些类型的地震作出一定程度的预报，但还不能预报所有的地震。较长时间尺度的中长期预报已有一定可信度，但短临预报的可信度还比较低。"

读此文时，我揶揄地想：这个评价真是千金难易一字呀！

我被分在西北检查组，检查阿克苏、包楚、甘河子、高台等地震台。我们乘坐越野车，风尘仆仆地跑了20天，观看那些在密封山洞中静静倾听魔鬼脚步声的各种仪器。张爷爷也在这个组，他已经退休了，这次被返聘来参与检查。他的脸上皱纹纵横，那是多年野外生活留下的痕迹。一见面他就说：

"小郁,洋博士回来了,接上你爷爷的班啦,隔代遗传啊!"

我笑道:"对,隔代遗传。我姐姐也接了奶奶的班,在医学科学院工作。她这会儿也在西北,在青海省。"

"不错,不错,你爷爷奶奶九泉下也安心了。晚上去找我,聊聊你爷爷。"

晚上我们宿在祁连山下一个简陋的旅馆里,没有暖气。窗户对着戈壁旷野,黑色的乱石上堆着薄薄的积雪。我敲响张爷爷的房门,他趿着一双劣质塑料拖鞋开了门,又赶紧回到被窝里,说:"你也上来,上来暖和。"我跳上床,坐到床的另一头,拉过被子盖住腿脚。被子又凉又硬,简直像石板,但张爷爷已经习以为常了。他问:"在加州大学跟谁读的博士?"

"陈坎先生。"

"我认得他,退休前和他有联系。怎么样,国外现在的预报水平?主要是美国和日本。"

"不比咱们强。日本地震学家一再预测的东海大震至今没来,相反,没人关注的兵库县却来了个 7.2 级。美国地震局网页上曾登过一幅自嘲的漫画,一只惊恐的大猩猩大叫:为什么我能预报地震而科学家不能?"

"苦中作乐吗,美国人比咱想得开。1976 年唐山地震,我和你爷爷在现场大哭一场,怕影响年轻人,躲到远处去哭。从那时一直到退休,我的精神一直高度紧张,如果真有一场大震溜过警戒来到北京,那可是万死莫赎其罪啦!可是,大震迟早总要来的,而按目前的水平,即使工作再负责也不能排除漏报的可能。

我的胃溃疡就与精神高度紧张有关，一退休马上好了。虽然还要关心，毕竟不是职责所系。"他问，"小郁，还记得1990年那次预报吗？"

"当然。"我讲述了那时我如何偷窥爷爷的资料，并为此遭受两个月的心理酷刑。张爷爷笑了。

"原来还有这么一段小故事啊！小郁，你知道吗？那时国家地震局里信服可公度计算的人不多，但我对你爷爷的科学功力近乎迷信，再加上那时北京地区确实有不少地震前兆，所以，在你爷爷6月22日放过那个响炮后，我几乎要提出亚运会改期。现在想想都后怕，如果亚运会真的改期，牵动国内外，劳民伤财，最后只是楼房晃那么一下……如今我常为你爷爷遗憾，以他的睿智，晚年怎么会钻到'可公度计算'的死胡同里呢？那时他的脑子又没有糊涂。"

听着对爷爷的批评，我心里很不是滋味，勉强为爷爷辩解道："我想是因为他对科学的信仰太炽烈了吧。他相信万物运行都有规律，这些规律常常是简谐而优美的，并终将为人类所认识。有了这三条，他才敢去走'可公度计算'的捷径——却走进死胡同。"

"过犹不及。我不是批评你爷爷，这是我的自我反省。"他补充道，"我比所有人更了解文先生为此作出的牺牲，所以——真为他遗憾。"

"那么，"我缓缓地问，"站在今天的知识平台上，您认为地震预报尤其是临震预报最终能取得突破吗？"

张爷爷惊奇地说："当然能！否则我们研究地震干什么？"

他半开玩笑地说,"你不会到国外转了一圈就变成不可知论吧?人类必将逐步掌握大自然的运行规律,这还用怀疑吗?地震规律当然不例外,这个世纪不行,下个世纪总可以吧?"

我温和地反驳:"科学已经确证了量子世界的不确定性规律。还有,即使在宏观世界里,三体以上的牛顿运动也无法预测。"

张爷爷摇摇头,坚决地说:"地震一定能预报!总有一天能预报!"他怀疑地看看我,闷声不响了,颇有点儿话不投机半句多的味道。不过我不想同他争论。正好手机响了,是姐姐从青海循化打来的,她来青海已经两个月了。中国自1994年9月发现最后一例本土脊髓灰质炎病毒病例后,已经连续7年没发现,2000年10月被世界卫生组织评定为"已阻断脊髓灰质炎病毒传播途径"。但2001年1月17日,青海循化撒拉族自治县又发现一例,姐姐就是为它去的。

我向张爷爷告辞,走到外边接听电话。姐姐的声音嘶哑疲惫,几乎能想见她在野外时的枯槁模样,但她的语调是欣喜的。她说经调查确认,这是一例境外传来的病毒,是偶发性的。但他们并没有大意,已经在疫区街子乡团结村对患儿周围的环境和终末物进行了彻底消毒。对0~9岁的1万名儿童进行了应急局部接种,随后还要进行更大规模的免疫接种。"简直是一场战争啊!"姐姐惊叹。

我说:"辛苦啦,我的老姐,看来当医学科学家也不比地震学家轻松。维持一个遍布全地球的无病毒真空,简直是西西弗斯的工作。"

姐姐说清明节快到了,她不一定能赶回家。如果我能赶回去的话,记着给爷爷奶奶扫墓。"把有关脊髓灰质炎的情况给奶奶说道说道,我想老人家九泉之下也操心着这件事呢!"

我叹了口气,"你是有东西可夸,我呢?我可没好消息告诉爷爷。喂,爸妈叫我关注你的婚事,让我批判你的独身主义,为科学献身并不意味着当修女。你想想嘛,要是奶奶当了修女,哪里还有你我二人?"

姐姐骂道:"小崽子,甭跟我油嘴滑舌。我的主意不会变的。"她挂了电话。

爷爷去世前已经调了房子,是某小区一幢相当宽敞的住宅,带欧式铁艺的凉台,台阶下的草丛中卧着小鹿塑像。买房时我在国外,不太清楚爷爷花了多少钱。听说石油部(已改为石油天然气总公司)给了他尽可能多的优惠。他们始终没有忘记已退休多年的爷爷,令人感动。

爸妈不想离开大庆,现在这儿只住着我和抱独身主义的姐姐。在这套不错的住房里,家具倒是相当寒碜,低档的装修,只有客厅里置买了新家具。书房里堆满两位老人的专业书籍,东墙上有一块大黑板,挂着中国石油矿藏分布图、地震带分布图,图纸已经发黄发脆。桌上放着爷爷奶奶的合影,还有一台爷爷用过的586电脑。

清明节的前一天,我在爷爷的书桌上点了一束香,把一张光盘放进爷爷的电脑里。那是我读博士的研究成果,是由美国加州大学巴克和陈坎先生搞出来的一个地震生成模式,我把它深化了。这个相对简单的模式反映了地震的深层次机理。

是否把这些告诉爷爷,我曾犹豫过。因为我的结论对爷爷来说太残酷了。但我想他一定想知道的,瞒着他——才是对爷爷的藐视。

青烟在袅袅盘旋,爷爷在镜框中看着我,脸上仍挂着他晚年常有的天真而略带窘迫的笑容。爷爷,请你认真观看吧!

屏幕上显出两大岩石板块互相挤压的过程。岩石受挤时储存了弹性能,当弹性力大于静摩擦力时,某一小区域会突然滑动。岩层滑动着、挤压着,有些区域变成红色,象征着该区域已进入"突然滑动"前的临界态。单独的临界态区域逐渐扩大,不过并不是整片出现,它们在岩层中一绺一绺地延伸,与白色的非临界区域犬牙交错。当红色的区域开始占优势时,就形成了整体临界态,这时强震发生的条件孕育成熟了。

从非临界态发育到临界态——这个过程还是有规律的,爷爷那时在长、中期地震预报上某种程度上的成功,正是基于这个过程的可公度性。但整体临界态一旦出现,规律就消失了。此后,某块岩石的滑动可以带出完全不同的结果:它可能只滑动一下就停止;也可能沿着一个较长的"红色手指"传递,引发一片区域的滑动;甚至沿着一个更长的手指走到头,引发全区域的大坍塌,这就是有极大破坏力的强震。

问题是,最后的雪崩究竟是由哪个小滑动触发,这个过程却是完全随机的,没有规律的。要想对它作出准确预测,就需要随时掌握板块中每一部分的态势,实际上不可能做到。

换句话说,地震的临震预报根本不可能成功。

从理论上说也不可能。

爷爷苦苦寻觅近20年,只是在寻找一个根本不存在的东西。

我在青烟后看到爷爷,他的嘴角沉重地下垂着。我知道这个结论无疑是向他的祭坛撒尿。但科学是无情的,科学不照顾个人的愿望。爷爷,请原谅我告诉你这个残酷的结论,但我不会因此放弃努力。

爷爷听见了,默默转过身,踽踽而去。

◆ 3 ◆

以下摘自一篇小学生作文。

2156年4月2日,王老师带我们参观了唐山滦县附近的87号超深井的钻进。同学们都说这次参观特刺激、特真实,比往常的激光全息教学课强多了。

参观前,王老师让我们查一查一个世纪前超深井的背景资料。我查到,那时世界上超深井纪录是12 262米,在苏联的科拉半岛。中国在江苏东海超高压变质带上打过一个超深井,才5 000米,投资1.5亿元。超深井钻进极为困难,费用极为高昂,因为井越深,钻杆越长,大部分能量都被浪费在起下钻杆和克服钻杆的扭转形变上。不过自从激光钻头发明后这些纪录已经大大改写了，现在打一个 25 000 米的深井轻飘飘就能实现。

深 87 号井是在一口 3 000 米深的旧裸井上加深。这儿给我的第一个印象是没有高大的钻塔——现场的刘司钻给我们解释，过去那些高大的钻塔其实只有一个用处：起钻时一次能起出尽可能长的刚性钻杆。单根钻杆一般长 9.5 米，一次起升三根，井架就要高达 40 米。现在，激光钻头是用柔性钨钢索系连，耐高温电缆也是柔性的，所以钻塔高度只要高于激光钻头的长度就行。

（资料记录：激光钻头直径为 78 毫米，长度 5.54 米，配套井架高 9.8 米。）

激光钻头其实就是一根大圆棒，银光闪闪，做工十分精致。现在开始下钻，钻头自带的摄像镜头把井下的图像送到控制台屏幕上。一个黑洞洞的岩石窟窿，直径比钻头大一倍，被摄像机灯光照亮的岩壁飞快地向上闪过去。钻头终于停下了，离井底有 30 米，咔吧一声，向四周伸出几十个爪子，把自己固定在井壁上。刘司钻对着麦克风说："各操作手注意，现在正式开钻。"他合上电源，一股极强的蓝色激光从钻头下方射出来，反射过来的余光立即把井壁笼罩，岩壁和钻头似乎都变成了蓝色的透明物体。激光照射到井底，岩石立即汽化，变成高温高压的气浪，通过钻头和井壁之间的环形空间，凶猛地向上冲去。井口的强力抽气泵同时开动，高压气流带着惊天动地的啸声冲了出来。在井内气流是透明的，但喷出后变成白色，延伸了 100 多米。刘司钻急急调整了消音系统，啸声显著降低了，但是仍让人头皮发炸。

这以后钻井队就没什么事干了，所有操作转为自动控制。气化的岩石被连续排出，激光束的长度自动延伸。钻进几百米后，刘司钻关闭激光束,把钻头下沉,固定,开始新一轮钻进,这是为了尽量减少激光束在气浪中的衰减。刘司钻自豪地说:"这种方法钻进极快,一天能钻1 500米,不过它可是吃电能的大老虎,半个城市的电能才够它的饭量呢!"

(资料记录:深87号井位于昌黎~蓟县第7号东西向断裂带,断裂带的力学性质为压扭,设计井深25 000米。)

我们还参观了唐(唐山)津(天津)滦(滦县)区域2156——7号消震行动。这回不是现场参观。陈指挥说:"没法儿看现场的,它分布在200多平方公里的区域,又是在12 000~25 000米的地下起爆,地面上只有轻微的震动。"

我们回到北京,在国家地震控制局(即原来的国家地震局)的控制室里观看了实际操作。这回是全息图像,两束激光互相干涉,打出这个区域的逼真的三维图。图中的不同颜色表示不同的岩石板块,发暗的条纹表示活动断裂带(或重力梯度带等)。暗条纹上下纵横交错,结成十分复杂的立体网络。我同桌付英低声惊呼:"我的妈呀,原来咱们的大地母亲有这么多的暗伤!想想咱们的高楼就建在这样的破基层上,真是可怕。"

陈指挥把岩层图转为应力图。一绺绺叶脉状的红色在岩层上蜿蜒,覆盖了相当一部分区域。陈指挥说:"红色表示岩层已经进入发生滑动前的临界态,从红色的强度可以计算出,这片区域已经孕育出5~5.5级地震的条件。"

上百条笔直的红线从地面上向下延伸,各自终止在活动断裂带的某一点,有深有浅,最深的28 000米。这就是我们才参观过的那类诱爆井。"28 000 米深的诱震爆破可消去 30 000 米处的应力，而地震震源大部分在 30 公里以内。"陈指挥说。

一个个小亮点开始沿竖井下降，它们代表高能炸药（成分为 N5，即氮的同分异构体）。15 分钟后所有亮点停下来，炸药全部就位。屏幕上打出起爆前的自检结果：起爆井位、井深、起爆量、起爆顺序。检查通过。陈指挥非常庄重地摁下按钮。所有亮点几乎同时闪亮，在周围激出一圈圈涟漪。这是由炸药引起的震波，很微弱，它只起扣扳机的作用，用以引爆岩层中本来就储存的能量。忽然，某处震波被急剧放大，极强的涟漪向四周扩散，就像是推倒了多米诺骨牌，在各处引发强烈的震波。岩层抖动着、滑动着，图像上的红色随即被抹去。

但究竟哪个激爆点能够消除整个区域的临界状态，却完全不可预料。这其实与"临震预报从理论上不可实现"是一致的。

屏幕上打出地震参数：这是一场 5.2 级人工诱发地震，震源深度 21 公里，去应力效果良好。指挥部的人们都屏息静气，像是在等待什么。几秒钟之后，大楼有了轻微的晃动。"S 波！"年轻人欢呼着。过了几秒钟又是一阵晃动，比上次稍强些。"P 波！"大家喊着，互击手掌，表示祝贺。

照例得有领导讲话，陈指挥说：

"今天是文郁先生逝世 100 周年纪念日，国家地震局和学校共同组织了这次参观，作为对先生的纪念。文郁先生是伟大的地震学家，150 年前他提出'低烈度纵火'的思想——以低烈度的人工诱发地震来取代破坏性强震——使地震科学开始了一场革命。现在我国已控制了京津唐地区的地震灾害,下一步将把工作重点移向台湾南部。"

讲到这儿,他忽然收起一本正经的表情,笑嘻嘻地说:"我知道文先生的曾孙今天在场,是哪一位?请站出来!"

我没有吭声,早有准备的王老师把我推出队列,"这位就是,文小虎!"

陈指挥走下讲台,俯下身同我热烈拥抱。"小虎,你应该骄傲,有这么一位伟大的曾爷爷。还不光是你曾爷爷呢,文家是源远流长的科学世家,从曾曾祖一代的文少博夫妇算起,有曾祖一代的文郁、文容姐弟,祖父一代的文天奇夫妇,父代的文吉光、文吉霞兄妹。你曾姑奶文容也是大师级的科学家,她带领同行消灭了狂犬病毒、水痘病毒、乙脑病毒、破伤风杆菌、炭疽杆菌、黑热病原虫等36种病原体,让数千万人摆脱了病魔。小虎,真为你骄傲!"

同学们都羡慕地看着我,女孩儿们的眼神可以说是崇拜啦。不过我不打算买陈指挥的账,我不高兴地说:"我也希望你为我骄傲。不过不是今天,也不是因为我的爸爸、爷爷、曾爷爷、祖爷爷;而是几十年后,当我也成为大科学家的时候。"

陈指挥一愣,旋即朗声大笑,"好,有志气!预祝你早日成功。我这个位置为你留着哪!"

我摇摇头,说:"我不干这一行,这门学科里的坏蛋已杀得差不多啦,我想搞曾姑奶、奶奶和姑姑她们搞的病毒学。"

"你已经决定了？"姑姑问我，"接我的班，不接你爸的班？"

"嗯！"

姑姑看看爸爸，掩不住嘴边的笑意。爸爸平和地说："我们当然尊重你的选择，不过，告诉我为什么。"

我摇摇头，说："我不想说，姑姑要生气的。"

"什么话！你接我的班我还能生气？不生气，说吧！"

我有意再退后一步，"只是一个小学生的胡思乱想，你们会笑话的。"

"小孩子有时能提出最有价值的思想。"爸爸说，然后笑道，"行啦，别卖关子了，说吧！"

于是我侃侃而谈："今天参观后我有一点很深的感触。文郁曾爷爷的成功就在于他用低烈度纵火化解了岩层中的临界态——但为什么医学科学家们却在干背道而驰的事情？姑姑，你们一直用斩尽杀绝的办法建立无病毒的真空，弱化人的免疫力，这是危险的临界态甚至超临界态呀。姑姑，这个超临界态能永远保持稳定吗？"

姑姑非常震惊，沉思半天才喃喃地说："我的小虎侄儿真够狂的，一句话否定了几代医学科学家的努力。"她又陷入沉思，眼神迷惘、心事重重地说，"我当然不会马上接受你的观点，不过我会认真思考它。"

那么，我的志愿就这么定下来吧，我要接姑姑的班，做一个医学科学家——但我将干完全相反的事。她们几代人辛辛苦苦建立起无病毒的真空,我要用低烈度纵火的办法破坏它。

我想,总有一天姑姑会承认我是对的。

后记:本文中的观点——地震短临预报不可能实现——是一些西方科学家的观点,在这儿作为一家之言介绍给读者。至于它的正误——科幻作者不为小说中观点的正误打保票。

猫

生存游戏

文 / 卡卡的灰树干

科幻
硬阅读
DEEP READ
不求完美 追逐极致

1. 单程票

北斗星33号星际贸易飞船静静地在空无一物的星际空间里极速飞行。飞船的尾焰拖出几十万公里，宛如一颗彗星。漫长的旅程使得所有船员都处于深度冬眠中，只有计算机系统以最低功率运行着，每隔几个月校准一次航线。

彗星的出现往往预示着灾难。而灾难已经悄无声息地降临在这艘飞船上。

一个单独冬眠舱的灯亮了，计算机激活了船长的唤醒程序。赫希船长开始做梦。被噩梦惊醒后，他发现自己一个人孤零零地躺在一个偌大的舱室内。

赫希是北斗星33号星际贸易飞船的船长，当他一眼看见显示屏上飞船的数据时，他就知道出大麻烦了——飞船在他冬眠期间发生了航线偏离，如果再不采取措施，他和他的52名船员就无法到达目的地——天枢星（大熊座 α 星），北斗七星的第一颗星。

赫希看了一眼星图，飞行数据记录仪显示，原计划飞行200年，现在飞船上的飞行时间已经接近150年，仅仅几个月的时间，飞行速度已经从60%光速降到不到50%，航线的偏离程度已经达到设定航线的0.5%，随着时间的推移，数字还在扩大。

赫希立刻投入紧张的挽救工作中。但是经过2个小时的计算，他放弃了。飞船在1年前遇到一个未知的大质量天体，很可能是一个黑洞。它根本无法被光学望远镜看见。

在宇宙航行中，除非需要修正轨道，不然发动机不会启动，也不会消耗燃料。由于引力的束缚，飞船正在被这股强大的力量拖入一条完全陌生的航线。按照计算，由于飞船飞行的航线距离黑洞的引力中心太近，就算消耗了所有备用燃料，它也无法到达天枢星，而会在3.5万年后和另一个恒星相遇并被它俘获。而这是在一路上完全没有受到引力和电磁干扰影响的理论结果。谁也不知道这艘飞船有没有最终的归宿。

计算机根本没法应对这样的突发情况，只能唤醒船长。

船长的职责当然是和飞船及船员共生死，自己的生命、货物，这一切都不重要了，现在最重要的是趁自己还活着的时候，保证他的船员能够活下来，而不是让飞船在茫茫宇宙中飘荡，直至维生系统枯竭，亿万年后飞船和人都化为星际尘埃。

赫希出生在月球上，作为一个经验丰富的星际飞船船长，他就像一个时间旅行者，距离他出生的日子已经过去1300多年，但是他实际上大脑清醒的日子加起来不超过40年，其余的时间都在深度冬眠中度过。年龄已经毫无意义了，而冬眠对自己的身体造成很大的伤害。在综合考虑了自己身体状况后，他从计算机列出的三十多个解决办法中挑了一个最优的方案。

船长决定放弃这次运输任务，发出救援信号。根据目前的航道，飞船再进行一次变轨，然后利用减速的燃料，在 8.9 年后进入一个完全陌生的恒星世界，让飞船环绕这个恒星飞行，船员们在冬眠中等待救援。

这是一个看起来还算不错的双星恒星系统，恒星发射出太阳般灿烂的光芒，和一颗体积较小的伴星每隔 20 天（地球标准时间）相互环绕一周。

计算机找出了这个恒星系统的资料，它连名字都没有，只有一串数字和字母组成的序号：HIP—56290。

赫希船长只花了 3 天时间就彻底检查了庞大飞船的推进器和燃烧室。他编写程序，输入恒星坐标，5 个主推进器就启动了减速程序。燃烧室中心一块极高密度的超重元素金属块被磁约束着，高能激光轰击着它，衰变后不断生成反质子，正反物质湮灭产生的强大的推力进入发动机，发出比恒星更耀眼的光芒，推动着百万吨的飞船。

一切按部就班，飞船就进入了新的轨道，它的航向和速度都改变了。显示屏中央的准星变成一片黑色，右下角的几行数字不断地跳动着，计算机正在根据引力状况对航道进行微量的修正。

赫希船长又用了 3 天完成飞船故障的调查报告。他用了一个星期不到就完成了所有的工作，就等着飞船完成减速，按照设定路径进入 HIP—56290 这个世界，被这个恒星系统俘获待援。

其实对于赫希船长来说，从距离地球 90 多光年的地方发出求救信号，救援者收到信号，出发救援，获救后回到人类世界，加上相对论效应，最快也需要400多年时间。赫希船长知道如果不进行冬眠，自己根本等不到那一天，去这个陌生的恒星世界，对自己来说，就是等死。

而这些决定抛弃地球上的人生，进行星际旅行的船员，正在进行深度冬眠，还不知道自己正在生死线上挣扎。他们原计划是在到达天枢星之前两年苏醒，熟悉飞船如何减速以及其他各种程序，以便将来独自承担贸易飞船的任务。

万一救援没有到达，这个无名的陌生恒星世界真的就成为他们最终的归宿。没有人知道他们死在哪，也不会有人来祭奠他们，好几万年之内都没有。

他决定一个人度过剩下这接近9年的时间。冬眠技术十分复杂，需要极其精确的气压和温度控制等几十道程序，一个人实施冬眠风险极高。不过是8.9年而已，在飞往未知恒星系统的路上，飞船不能再出任何问题了。

空荡荡的房间一个又一个，整个巨大的飞船就他一个人。他知道这次任务很可能是一张单程票，没想到终点站居然以这样的方式更换了。

孤独是毒药，百无聊赖，他开始检查这些年来飞船收集的数据。他惊奇地发现了一条无线电通信记录，2年前就收到了。这个呼叫由一种古老的标准电磁波太空浮标发出，每隔1200标准小时呼叫一次，持续了10个多月，飞船的AI专门开辟了一个区域储存这些记录，意思是"这里是贾兰顿2668号无人飞船，我遇到了一个黑洞，偏离了航线，已经无法到达目的地，我现在正前往HIP—56290号恒星系统，请求救援。时间：星历绝对时间

16696.432+181.536 年。"

赫希船长被这条记录震惊了。这应该是自动生成的求救信号。3 500 年前，一艘无人贸易飞船发往天枢星执行任务，在飞行 181.536 年后无故失踪了。这对于人类庞大的银河帝国来说，不过是牛身上掉了一根毛，甚至没有人会在意 3 500 年前的一次无人飞船事故。

"为什么有一艘飞船在这条航道上失踪，却没有人更新数据库，修正飞船的航道，绕开这个该死的黑洞！"赫希船长一生气，整个脑袋都开始嗡嗡作响。

在随后的时间里，赫希船长对这件事一直耿耿于怀，甚至有无数个"夜晚"，他梦见自己收到了警告，操作飞船化险为夷。

时间过得非常慢，自己就像在巨大的飞船中被判处无期徒刑的犯人。他无数遍地检查 5 个反物质推进器的运行情况，这几个直径 55 米的巨大高强度合金怪物始终运行良好，庞大的飞船按程序减速，在新的航线上平稳地飞行，屏幕中央 HIP—56290 这个小太阳一点点变得清晰了，伴星的黑影也能用肉眼看见。

通过观察，由于双星系统的引力扰动，宜居带上只有一个巨大的气态行星围绕双星公转，还有数不清的陨石和小行星。资源是非常丰富的。

望着恒星发出的柔和的光芒，赫希船长不禁感慨："看来这是一个美丽的无人世界，世外桃源。还有 8 年多，也许在这个地方死去也不算坏事。"他一遍遍地计算着这个气态巨行星的轨道，强烈的好奇心和孤独感让他有一种去那里探险的想法。他给这个气态巨行星起了一个名字：特蕾莎。

2. 降落

漫长的旅途终于接近了终点，现在飞船的速度是17%光速，距离HIP—56290还有6 000AU（即天文单位，大约9亿公里）北斗星33号飞船开始了长达2年的减速飞行。最终飞船耗尽了所有的燃料，减速后停在了特蕾莎的拉格朗日点L4上了（恒星与行星引力的稳定轨道）。

根据计算，飞船可以和气态巨行星共用一个公转轨道，跟着它一起稳定地环绕双星公转673年，2万多年内保持一个直径1 000万公里的摆动范围。也就是说，北斗星33号已经停靠在这个新的恒星系统中。冬眠系统可以让人在500～800年内保持90%以上苏醒的成功率，时间非常充裕，救援者可以搜索飞船定时发出的无线电波轻易地找到它。

随后，按照标准操作手册，他启动了一个遇难光信号仪，它的直径超过100米，搭载了30个高能激光器，可以按设定程序定时发出有规律的闪光，这些闪光如同恒星般强烈，很容易被光学望远镜捕获，这些短暂的光信号至少可以传递三个信息：

第一，警告那些路过的飞船，避免再被这个从未被发现、破坏力极大的黑洞拖离航线。

第二，向附近有人的地方求救，北斗星33号飞船遇难，燃料耗尽，等待救援。

第三，告知大家自己被困在 HIP—56290 这个恒星中，除了船长，其余船员都在深度冬眠。

工作终于都完成了。赫希船长再也不需要对飞船进行什么操作了。而庞大的飞船里有船长一辈子都吃不完的储备食物和用不完的电源。他的退休生活开始了。

在船长休息室里，他还是习惯性地把灯光设置成 24 小时模式。人类需要光线有规律的刺激。有时候他会站在虚拟景观室里，这些虚拟影像他一遍遍地已经看得厌烦了，但是这里的阳光却是自然的，来自恒星的光和热照在身上非常温暖。

当吃完晚饭，切换到夜空模式的时候，他总是忍不住要看看"天枢星"——原本他这次任务的目的地，他再也无法到达那里了。

他有时候会对着模拟星空中的特蕾莎看得入神，现在飞船和它以同样的速度环绕双星公转，就像一对永远无法分别的邻居。

赫希船长不喜欢飞船这个铁棺材，强烈的好奇心促使他向特蕾莎发射了一个探测器。根据之前积累的观测数据，探测器顺利进入特蕾莎的引力范围，它有至少 15 个大型天然卫星，直径 2 000 公里以上。而 7 号天然卫星，暂且命名为特（蕾莎）卫（星）七，引发了赫希船长的强烈兴趣，因为它有大气层包围，同时，它的自转周期达到了 18 个标准地球日，它的表面有 91% 被蓝色海洋覆盖，只有两片大陆在一个半球。

这个气态行星的卫星，特卫七适合生命存在！

接下来赫希船长不休不眠，把所有资源都集中在探测器上，进行了一次准确的减速和变轨，探测器进入了特卫七的引力范围，对它进行了一次更精确的探测。

它的大气中，氧气含量为 14.4%，氮气含量为 85%，含有微量的甲烷和二氧化碳。但是大气压强是 1.3 个标准大气压，略高些。它浓密的大气反射了大部分来自气态巨行星的强烈辐射，高空不停地出现极光，探测的结果更加令人振奋。高分辨率摄像头传回的照片，两片大陆上都有类似居民点的图像，道路虽然不多，但是很明显地和居民点相连。

这个特卫七上有智慧文明存在！

赫希船长利用这个探测器，用星际通用的波长对它发射了一长串无线电信号，基本上覆盖了两片大陆。时间一分一秒地过去，10 分钟后，探测器收到了一条回复："你好，这里是贾兰顿 2668 号无人飞船，请求救援。"

天啊！那艘无人飞船也在这里。赫希船长已经下定决心要登陆这个卫星，摆脱飞船这个铁棺材。他立即开始准备，备用的救生飞船里各种设备一应俱全，他带上了私人物品，将特卫七的探测数据全部导入救生飞船后，选定了一个地势平坦的草原作为着陆点，随后就踏上了飞往特卫七的路程。

按照计算，他总共需要飞行 9 天，进入巨行星特蕾莎的引力范围。2 天后变轨减速环绕特卫七，然后进行登陆。

在狭小的控制室里，一个按钮闪着红灯。一旦按下这个按钮，赫希船长就再也回不到北斗星 33 号飞船上了。他不知道将来会遇上什么困难，也许会被未知的怪兽吃掉，也许会饿死，也许死于疾病。

他没有犹豫，果断地按下发射钮，他已经极度厌恶这艘如监狱般的飞船了。

赫希船长在救生小艇上度过了 7 天，特蕾莎出现在眼前，它的条带以及南半球的两个巨型风暴已经清晰可见。在查看工作日志的时候，他看见一条无线电通信记录，是来自特卫七的。

"你是谁？立即来北方大陆，向元老会投降，不然消灭你！"

特卫七上的文明主动联系了赫希船长。该怎么办？他的大脑在飞速地运转着。

救生小艇显然已经没有足够燃料摆脱特蕾莎的引力，实施变轨回到北斗星 33 号上去？无路可退。降落势在必行，这么做说不定还有一线生机。虽然这个未知文明不怀好意，但可能也没有那么危险。而且这里的文明似乎并没有那么发达，至少轨道上还没有发现什么人造物体，也就是说这个文明还没有掌握火箭和卫星技术。

赫希船长必须再次检查南方大陆上早就选好着陆点的天气情况。可是当他再次读取探测器的资料时，他又一次被震惊了。南方大陆出现了 13 片乌云，和之前的照片比对，这 13 片乌云和之前的 13 个居民点位置吻合。通过照片合成，他甚至还发现了极亮的闪光。

最后他开启了探测器上的质谱仪，检测结果显示，大气中含有微量的钚 239 这种不可能自然生成的元素。这只有一种可能——这颗星球上爆发了核战争。

赫希船长做梦也没有想到自己无意间闯入了一个战场。现在的情况已经没法再恶化了。他没有多想，只能按照计划执行登陆。

救生小艇的推进器被抛掉，赫希船长把自己固定在登陆舱里，如流星般高速冲入特蕾莎的天然卫星——特卫七淡蓝色的大气层中。这基本上算是不能回头了。如果他想再次回到太空，只能乘坐火箭。可是哪有火箭呢？

减速伞打开后，赫希船长安全降落，可是他动弹不得。一方面他需要适应重力，另一方面，这里的环境和地球差不多，但是氧气含量很少，和3 000米的高原差不多。这对于一个患有慢性冬眠病的中年人来说，几乎是致命的。氧气罐耗完，他就需要依靠自己的红细胞了。

他花了2个小时艰难地爬出登陆舱，抬头看见天空挂着两个太阳，大的发着耀眼的黄光，边上的小的发着暗弱的红光。巨大的气态行星特蕾莎悬浮在地平线附近，比月亮还大好几倍，两个巨型风暴眼像两个大眼睛，一高一低，一大一小，如一张扭曲的脸，无时无刻地偷窥着自己。

周围是一望无际的草原，北面群山起伏。这一切真是太美了！虽然是一个异世界，但是和飞船这个巨大的牢笼相比，这里无疑是一个天堂，他有一种到家的错觉。

赫希船长脱下宇航服，瞬间觉得缺氧，嘴唇开始发紫。他立刻服用了红细胞素胶囊，扶着登陆舱，半小时后才勉强缓过来。他拿走登陆舱里的3个补给包，3人份的食物和各种工具，放在一个折叠的充气大轮子拖车上。

赫希船长开始寻找吃的。也许打猎是最好的选择，可是天上一只鸟都没有,草原上也看不见大型动物,附近也没有河流,没有鱼。

"大概只能采野果或者捉虫吃了。"赫希船长不免有点担心,毕竟饿死也是一种可能,虽然他有一个月的口粮,但是粮食总有吃完的那一天。

他取出折叠支架,站上几十米高的地方,透过望远镜发现正北方似乎有一个小村落,那里有人,因为他看见了一股黑烟。

太好了,村里可能有吃的和水,一切并不太坏。

3. 喵星人

以登陆舱为基地,赫希船长带上3天的食物和水,向村庄进发。

放眼望去,脚下的草地黄黄的一片,只到脚跟,土地干结而松软。他背着沉重的行囊,身上的带子系着大拖车,他走半小时就要停下来歇一会儿。村庄近在眼前,又远在天边。

赫希船长望着蓝绿色的天空中一动不动的两个太阳,开始回忆自己的人生。他不知道自己的未来是什么,但是他唯一可以确定的是,孤独必将伴随他,直到死亡。

他觉得自己的人生实在太短暂,20岁从月球静海大学星际贸易系毕业后,他的人生便结束了。那时候,他以优异的成绩加入"大熊座60号"星际贸易船队,和其他160名船员一起深度冬眠了55年,飞向28.6光年外的一颗红矮星"格利泽849"。那里居住着曾经的敌人,他们与人类为敌,现在战败握手言和,成为人类的贸易伙伴,他第一次见到了外星生物,一种生活在硫化亚铁硬壳中的菌丝体智慧生物。

而当他再次冬眠,回到故乡月球的时候,这次星际旅行,计时器显示他的大脑仅仅有 6 年处于活跃状态,有 120 年处于冬眠状态。

他在每次冬眠结束时,发现周围都是陌生的人、陌生的环境,他把自己卖给公司换一笔够自己花好几年的钱,也换来了终身的孤独。物质可以满足身体的欲望,却换不来永恒的爱情。他没有选择生育后代。当他第二次完成冬眠时,他发现自己已经永远失去了生育的能力。

"当你选择了星际航行专业,你就成为孤独的时间旅行者。每一次旅行,就好像一次投胎,一切都是新的,除了身体和残留的记忆,你无法留住任何东西,因为它们都将成为历史。"这段话来自《毛奇船长自传》的扉页,简单而深刻。

在距离村庄还有几百米的地方,船长从望远镜里看到黑烟正从一个巨大的锅炉房里冒出,一根电线拖出很远,连接着远处一个正在盖房子的自动机械。

赫希船长见过那种机械,是一种古老的殖民建筑机器人。这种技术到现在还在使用,它分很多模块,只要有足够的电力,它就能在岩石类行星表面自动建造遮风挡雨的建筑。

很明显,这股黑烟是动力模块正在工作。

阳光明媚,船长走近锅炉房,发现周围堆满了各种树枝、树干。制备木炭的残渣到处都是。

忽然,他和一个浑身发黑的生物四目相对。它的两只眼睛在黑毛中闪闪发光。仅仅一秒钟,黑毛生物扔下木炭,甩着长长的尾巴,飞快地逃跑了,追都追不上。

赫希船长推开锅炉房的门,发现熊熊燃烧的炉膛边上,另一只黑色毛发的生物正拿着铲子往炉子里添木炭。

他们四目相对,足足有30秒,黑毛生物停了一会儿,然后继续铲木炭。

赫希船长看见边上有一把铲子,也跟着铲木炭。压力表快速上升,一会儿就到达绿色的区域。这说明锅炉的压力正合适。

由于缺氧,锅炉的燃烧效率并不高,仅仅一个小时,黑毛生物就关闭了锅炉,准备降温后清理灰渣,然后切换到另一个锅炉。

等待降温的时间很长,赫希船长开始打量这个身高只有一米左右的矮小生物。它的外形像一只猫,有几根长长的胡子,耳朵很尖,眼睛特别明亮。它会直立行走,毛色里面浅外面深,看样子是被炉灰熏黑的。这个黑毛生物也不怕生。他们就这样默默地四目相对。

赫希船长忽然灵机一动,把手放在黑毛生物的"手上",黑毛生物立刻用柔软的手掌把赫希船长的手压在下面。

他们玩起了"猫爪必须在上面"的游戏。

这确实是一只猫!天啊!距离地球90多光年的地方居然有地球生物。很明显,这里除了猫,没有其他哺乳动物。那么只有一种可能:贾兰顿2668号飞船上的货物包括了猫。

正在休息，门外又进来一只猫，这只灰色的长毛猫似乎是来找赫希船长的。那也是必然的，有一只猫去报信了。

赫希船长站起来，长毛猫就往外走，船长立即跟着它跑。

他们走了一段路，翻过一个小土坡，来到了一个矮房子前，高大的月球人赫希船长身高接近 2 米，他当然进不了屋子。屋子里走出一只波斯猫，胡须都白了，看样子是这里的长官。它抬头看见高大的赫希船长，也吃了一惊，喵的一声叫了出来。

它站了一会儿，立即返回屋子，取出一个奇怪的头盔，交给赫希船长。他又一次被震惊了。

上面赫然画着一个武士，右手持剑，左手持盾，腰带上挂着一个镶着宝石的剑鞘。

赫希吃了一惊，这个头盔是猎户座集团公司的产品！猎户座集团是月球最大的星际贸易公司，几乎垄断了地球和月球之间的贸易往来，还控制着数十条星际贸易航线，包括地球和天枢星之间的航线，连北斗星 33 号飞船也算这个公司的财产。

波斯猫把头盔戴在头上，摇了摇头，摘下来，看着赫希船长。

看样子这个头盔是坏了，波斯猫不会修。赫希船长拿过头盔，找到一个插头，电源的灯亮了，可是拔下充电器，头盔的电源灯就不亮了。

这是电池坏了，特别简单的故障。他用螺丝刀打开头盔，把备用的无线电通信器里的电池拆下来换上，头盔瞬间开始工作。

波斯猫一脸兴奋，戴上头盔后，发出了模拟人声："欢迎使用猎户座科技产品,主人您好,正在读取无编号宠喵的脑电波,信息整理中。你好呀!太棒了,这个头盔终于可以用了。我是粉色毛线团村的村长,你是人类吗?"

赫希船长点点头,对村长说:"我是人类,来自太阳系。"

这个智能头盔接收了人类语言,村长也听懂了。这使赫希船长回想起猎户座集团属下智能猫科技公司推出过一款智能头盔和一种基因改造过的猫,两者结合可以使人类与猫互动,相互听懂对方的语言,非常适合长期在宇宙空间站里工作的人类,而且猫的繁殖率很高。大约 700 年前,他执行飞往半人马座阿尔法星,也就是三体星的补给任务时曾见到过这种产品,当年在三体星基地卖得火热,公司大赚一笔。

看来贾兰顿 2668 号飞船运输猫是这个目的。

"感谢你人类!并不是所有猫都有资格戴这个头盔,只有像我这样的智慧猫才能戴着它,而整个粉色毛线团村里只有我有权力戴着它,这是一种身份的象征。"

"你们在干什么?为什么要造房子?"赫希船长问。

"真是太惨了。前几天雪猫乘坐热气球,扔了巨型炸弹,把牛奶盒子市毁灭了。我接到星光议会的命令,建造新房子接收猫难民,提供食物。现在周围到处都是四散逃跑的猫难民,估计有好几万,它们正在挨饿受冻,还有大猫吃小猫填肚子的。我先歇会,等会儿还要出去寻找难民。"

"好的。现在粮食够吗?"

"粮食够,就是饮用水困难。机井只有两口,很紧张。"

"你说的星光议会是什么？和元老会有关系吗？"

"星光议会在这里不远的牛奶盒子市，也就是刚刚被毁灭的城市，原来有2000万猫口的城市，我在那里待过很长的时间。星光议会实际上是我们南部大陆所有30亿猫的智囊团，有15个代表，200多个猫议会成员，统筹协调着我们南部大陆3000多个部落的事务。元老会是我们的敌人，在北方大陆，几乎没有什么猫见到过它们。"

"猫村长，您可真健谈。"

"我只是少数有智慧的猫。这个村有智慧的猫很少，加起来不到10个。其他猫就知道吃喝，连皮托都不会种。"

"皮托是什么？"

"我们的粮食，挖一个水坑，撒在上面就能收获很多。"

"好的，谢谢你猫村长。"

赫希船长回到自己的小推车边上时，一些猫已经围上来。它们又饿又渴，都在喵呜喵呜地对着船长叫。

赫希船长果断推走了小车，离开了这个粉红毛线团村，这里已经成为难民营，粮食和水会被抢光，不能久留。

沿着土路艰难前行，赫希船长觉得有点胸闷，嘴唇发紫。他不得不停下来歇会儿。这颗星球自转得极慢，让人根本无法感受到时间的流逝。只是让人觉得永远都吃不饱。路边全是猫的尸体，有的还露着肠子。

沿着车辙印子就能到城市，如果遇上戴头盔的猫还能问路。虽然这里刚刚遭遇大灾难,但是赫希船长并没有感受到一点点威胁。

既然猫村长说到了星光议会,也许应该找它们问问情况,那个神秘的回电究竟是怎么回事。赫希船长坐在推车边,吃着压缩饼干,水剩余不多了。他心中暗想,没想到这些猫居然有这样的智慧,自行组织起了议会这样的政治团体。看来科技爆发,冲出这个恒星系统也只是时间问题了。

现在他有点困倦,可是他似乎看见有一群黑影在接近。他一回头,还来不及跑,就被扑倒在地。

赫希船长被一群猫制伏了。猫还用湿湿的鼻子上上下下把他嗅了个遍。随后它们松手了。

他吓了一跳,呆呆地坐在地上,看见猫一个个直立行走,穿着军装,拿着步枪,弓着背瞄准自己,还发出喵喵的嘶叫声。

赫希船长只能保持静止不动。双方对峙了很久,远处开来一辆吉普车,一个军官模样的猫跳下来,戴着一个头盔。

那个猫军官浑身长着灰色短毛,是一只折耳猫,眼睛一蓝一黄。它盯着赫希船长看了一会儿,头盔上发出了声音:"欢迎使用猎户座科技产品,主人您好,正在读取无编号宠喵的脑电波,信息整理中。你好呀!你是谁呀!喵!你不会伤害我吧?喵!"

模拟人声发出了萌萌的猫语声音。可是周围的猫士兵仍然弓着背,紧张地注视着赫希船长。

赫希船长强忍着不笑出声,显然这些猫士兵听不懂模拟人声发出的声音,它们甚至没有见过人类。

"我是一个人类,我是友好的,不会伤害你们。"说着,赫希船长举起双手。

军官猫一下子跳进赫希船长的怀中,这里闻闻,那里嗅嗅。

这只军官猫足有三四十斤,赫希船长趁机抚摸着它的脑袋,军官猫一下子变得温顺很多。

"你知道那个从天而降的物体在哪吗,喵?"头盔发出模拟人声。

"就在这里不远,我就是从那个物体中下来的。只有我一个,没有其他人类或猫。"

"太好了,我们找的就是你。"

说着军官猫伸出手(爪子),肉垫下伸出了尖尖的指甲,在天上挥了好几下。所有猫士兵都散开了。军官猫坐在吉普车的后椅上,注视着赫希船长。赫希船长心领神会,这是要让他当司机。他便坐上驾驶室,一踩油门,吉普车喷出黑色的尾烟,沿着道路飞驰。他边开车边和军官猫聊天。

"听说你们的城市被毁灭了?"

"是的,我们和北方雪猫爆发了战争,我们的城市被它们的巨型炸弹毁灭了,太可怕了。星光议会观察到一个从天而降的东西落在附近,1号议员害怕又是北方雪猫的武器,所以派出了精锐的星光近卫军来调查这件事,没想到是一个人类。"

"你们是星光议会派来的?"

"是的!喵。"

"我想见见 1 号议员。"

"好的,但是现在要确认你是不是雪猫的间谍。"

"我是人类,连北方雪猫都没有见过,怎么会是间谍?"

"只有北方雪猫见过人类。这是 1 号议员说的。"

说话间,吉普车来到了一条大河边,车子沿着河岸行驶,河边到处都是猫的临时宿营地,有些猫吃饱了在晒太阳。河面上、河岸边的礁石上有无数猫的尸体。

"它们都是饿急了在河里抓鱼,但河里的鱼本来就不多,它们抓不到,体力耗尽,被河水冲走而淹死的。"军官猫说道。

吉普车开过一座桥,转入山道,赫希船长放慢了速度,小心翼翼地开了半小时,前面的路豁然开朗,然后他才发现远处的空中不是一片黑云,而是燃烧的城市。宽阔的路面挤满了各种各样的猫,它们推着手推车,背着篓,携家带口走在路上,车根本开不动。

"它们怎么了?"

"牛奶盒子市被核弹毁灭了,粮食不够,转移到橡木衣柜市。因为核弹炸偏了,橡木衣柜市没有太大的损失,可能还有多余的粮食。"军官猫回答。

吉普车实在走不动了,折耳猫遇见一个猫士兵,它们喵喵了几句后,猫士兵把车开走,赫希船长和军官猫只能改为步行前进。

他们在猫群中走了 1 小时,赫希船长觉得自己严重缺氧,还是军官猫灵活,它不知从哪儿弄来一辆平板车,赫希船长只能躺在平板车上，让军官猫推着平板车前进。

时间似乎停滞了，一大一小两个太阳在空中动也不动，赫希船长望着那两个光晕出神，已经分不清自己是清醒还是在做梦。

4. 星光议会

恍惚间，一个毛茸茸的猫爪在摸他的脸，他清醒了，才发现自己鼻子里插着根氧气管。一个穿着西装，戴着头盔，脸又大又圆的异国短毛猫站在边上。

"你醒了，人类。这里缺氧，而且猫食对人类而言是非常粗劣的食物，这里的生活对你来说，比较艰难吧？"

"你是？"赫希船长觉得自己没有一点力气。

"你可以叫我573号议员。"猫议员的头盔发出模拟人声。

"你是星光议会的议员？"赫希船长看着这个又高又大、又肥又壮的猫议员，和加菲猫一样。

"是的。你叫什么名字？从哪里来？"

"我是赫希·冈萨雷斯，来自太阳系。我是北斗星33号贸易飞船船长，我的飞船失事了。"

573号议员听了赫希船长的事情，确认了他不是间谍，也不是毁灭性武器，便说道："我过一会儿还要开会。你是尊贵的客人，请你先好好休息，吃点东西。一路辛苦。"

说着，573号议员便离开了。赫希船长感觉有些力气了，坐起身，才发现自己躺在一个简易医院里，天花板极低，连站立都很困难。两名猫士兵手持步枪在病房门口站岗。走廊里不断传来喵喵的吵闹声，那不是半夜猫的春叫，而是那种撕心裂肺般的号叫，可能是在没有麻药的情况下进行截肢。号叫声此起彼伏，他根本无法睡觉。

赫希船长喝了一口水，医院提供的一坨绿油油的半固体，上面夹杂了一些棕色的碎屑，这可能就是用所谓"皮托"做的猫粮，实在无法下咽，他只好吃了块自带的压缩饼干。

不一会儿，573号议员又回来了。

"赫希船长，我刚接到命令，请你跟随我们去见见星光议会议长，1号议员，它有话要问你。"

"好吧。"赫希船长拔下氧气管，感觉自己缓过来了。

在几名猫士兵的护送下，赫希船长走出医院，天空阴沉沉的，下着绵绵细雨。他们坐在一辆电动小客车里，看起来像极了月球上的通用巴士车。

放眼望去，这座城市到处是废墟，很多建筑冒着黑色的烟，空气中充满着焦糊味。地上横七竖八地躺着吃饱了在晒太阳的猫，分不出是死是活。路上全是猫士兵在拿着枪巡逻，难民营随处可见。

"这里是牛奶盒子市？"

"是的，这里曾经是美丽的城市，现在西城区已经被核炸弹完全摧毁了。真是太可怕了，核炸弹竟然有这样大的破坏力。"

"你们没有见识过核武器吗？"

"我只在人类留给我们的资料里看见过。只有亲眼看见才会发现核炸弹爆炸时的亮光比太阳都耀眼。"

赫希船长非常惊讶，这些猫对核武器了解很少，却卷入了一场核战争。

"据我所知，有13个城市被毁灭了？"

"你知道的真多。你是怎么知道的？"573号议员用惊异的眼光看着赫希船长。

"我在飞船上的时候用侦察卫星观察到的。"

"卫星？卫星是什么？"

"就是环绕这颗星球轨道的高空探测器。"

"天哪，你们人类这么强大？还有多少像你这样厉害的人类？"

"就我一个，没有其他人，不必惊慌。"赫希船长嘴上这样说，心中却增添了很多疑惑，问道，"你们是如何发现我的飞船，还和我进行无线电联系的？"

"你说什么？"猫议员很疑惑。"我们只是发现一颗流星一样的东西落在了我们的后方，派士兵来调查，没想到是个人类。"

"你们没有联系过我？"赫希船长也很疑惑。

"没有，星光议会没有讨论过这件事。难道雪猫和你联系过？"573号议员两眼瞪得滚圆。

"只能是雪猫和我联系的，但是我不是间谍，我连雪猫长什么样都不知道。可是为什么雪猫用英语和我联系,而不是喵喵喵的声音?"

"看来雪猫对人类的标准语非常熟悉。"

"是的,不过雪猫是什么?和我说说雪猫的事情吧。"赫希船长非常好奇。

573号议员缓缓地说起了它们的历史:"自从贾兰顿号飞船失事,闯入环绕这个星球的轨道,它为了减轻重量安全着陆,把包含殖民建设机器人和十几万只被深度冬眠的宠物猫的密封舱抛在这个星球上。虽然自动解除冬眠后,苏醒的猫死亡率过半,但是活下来的这些经过基因改造的猫还是适应了这个世界,并且依靠强大的繁殖力迅速扩散到全球。

"我们的祖先学会了开启贾兰顿号飞船坠毁前按照一条固定的飞行轨迹扔在这个星球上的密封舱。这些密封舱非常坚固,有开启密码。我们的祖先中那些经过基因改造的种类,包括我的祖先,会种地,还能逐步理解这些密封舱表面留下的信息,学会了逻辑推理和数学计算。解开密码后,我们拿到密封舱里许多电子产品。人类除了留下这些头盔,还留下各种各样的工业品以及理论知识,比如燃料、建设机器人、吉普车什么的。可以说在人类视频参考资料的引导下,我们步入了初步的工业化社会。我们很擅长具体的工作,比如制造物品、操作机器、修理和替换零件,但是对抽象的概念,理解很模糊。我们可以理解电,而电子这种虚无缥缈的东西,连我都不相信。

"由于地理分隔,北方气候恶劣,食物稀少,北方的猫只剩下具有智慧的雪猫(西伯利亚猫)这一种猫。它们就像企鹅一样，团结、冷酷、善于学习，很快就建立了很多定居点。北方大陆隔着海洋，不依靠工具很难来到南方大陆，但是标准人类时间100年前，雪猫还是跨越了海洋，占领了南方大陆东北靠海的沙丁鱼山区的猫罐头山，并把它作为交战的前沿阵地。我们一直在那里阻止雪猫对南方大陆的入侵。"

"你们真有意思，尤其是给城市取的名字。"

"其实宠物猫开发公司有一个广告片视频，那时候智慧猫还很少，这个广告视频被猫的先祖当作神的指示。里面不同种类的宠物猫占据了视频里房间的不同角落，牛奶盒子、橡木衣柜、瓷花盆、真皮沙发，还有很多品牌的猫粮，这些内容都成为我们猫的神话流传至今，所以这些城市都是以这些东西来命名的。

"我们南方大陆，气候宜人，猫在大量繁殖以后，本性渐渐显露。智慧性渐渐丢失，现在大部分猫是没有智慧的。我们有智慧的猫寿命长，反而成了少数。北方的雪猫一直觉得要统一这个星球，飞向宇宙，就必须纯化猫族的血统，禁止没有智慧的猫和杂交猫生殖。这个星球上只有智慧猫才能使我们成为高等文明，就像地球上的人类一样，猩猩和猴子只能待在动物园里。

"战争的原因并不复杂。我们并不想打，我们南方猫在猫罐头山对峙的前沿阵地，后面有整个牛奶盒子市作为后勤保障，雪猫始终没有再往南方大陆更进一步。可是现在北方的雪猫竟然先我们一步使用核炸弹毁灭我们。星光议会的所有成员都被派到各个城市开展救援工作，恢复水电供应和粮食输送。现在雪猫的大部队已经开始向这座城市发动进攻了。"

"先你们一步？"赫希船长似乎听出了些玄机，"你们也在搞核武器？"

"是的，人类留给我们很多资料，我们正在开发核武器。我们还在搞火箭实验，但是目前没什么进展。"

"北方的雪猫进展很快啊，确实抢先了一步。"

"可是雪猫连一次核爆实验都没有做，要知道我们的侦察员一刻不停地在监视它们。而据说我们的核爆实验成功了一次，被它们发现了。"

赫希船长听着背脊发凉，核武器的制造需要非常发达的科技和工业化水平，连飞机都没有的猫类生物，竟然乘坐热气球扔核弹，那么可能性只有一种：贾兰顿号上除了携带这些猫，还走私了一批核武器。这是严重违反银河帝国神圣法律的。

"战争对你们没什么好处，好好谈不行吗？"

"雪猫如此傲慢，我们南方大陆 30 亿猫才是这个星球的主人，少数应该服从多数。人类，我可以告诉你，我们南方大陆会取得最终胜利，那些自作聪明的北方猫根本不是我们的对手。我们能不能打到北方大陆，我没有什么把握，但是它们想征服南方大陆 3 000 多个部落，痴心妄想。"

赫希船长没有再多问，现在心中有数了。这些猫还没有能力发射火箭，根本无法威胁到他停留在特蕾莎拉格朗日点轨道上的飞船。但是时间还有很长，这些猫现在有能力发展核武器，很快就能发展空间技术。绝不能让它们打飞船的主意，最好能够和它们签订什么协议，这样才能保护自己的飞船和船员。

电动车在一座地下堡垒的铁门前停下，猫议员带着赫希船长穿过长长的走廊，左右两边一排头盔在充电。来到地下室，各种各样穿着制服的猫在忙碌，他们在一间办公室里等了一会儿才被允许和 1 号议员见面。

指挥室宽阔的大厅里灯光灰暗，乱七八糟的电线铺满了地面，电话铃声此起彼伏。墙上挂着一幅贴满红色、蓝色标记的地图，昏暗的角落，两个光点在快速地移动，走近一看，是一只体型硕大的虎纹橘猫的两只眼睛在暗处发出微光，它正看着一大堆文件，桌上有一个平板电脑，橘猫不时地快速使用平板电脑。

"573 你来了。"胖橘猫头也没抬，"我还有 5 分钟就看完这些报告，一会儿要开军事会议，商讨下一步的作战方案。"

"这就是 1 号议员？"赫希船长小声问 573 号议员。

"是的，我们最杰出、经验最丰富的议员。"猫议员小声回答。

"嗯，这就是传说中的人类。"胖橘猫议长看完文件，抬起头，眼睛一蓝一绿，"我一直都很佩服人类的智慧，人类建立了银河帝国，创造了伟大的文明。我听说了你的飞船失事的事情。"

"是的，我有个想法。"

"说说看。"胖橘猫抓了一口饼干塞进嘴里。

"我想到北方大陆，想去见见雪猫的首领。"

"不行，太危险了。它们性情残暴，我无法保证你的安全。你是我们尊贵的客人，我建议你还是留在这里。要以大局为重。"

"没关系，议长，先生。"赫希船长有点不习惯称呼一只猫为先生,"它们甚至通过无线电和我联系过了。我想和它们接触一下,弄清楚它们究竟是什么生物。"

"你怎么过去?我们面临着非常严峻的威胁。北方大陆的雪猫族现在很可能在筹备第二次核打击,现在猫罐头山前线阵地的争夺已经进入白热化阶段,如果猫罐头山这个堡垒丢失,那么这里,也就是牛奶盒子市就无险可守了。"

"我觉得你的担心是多余的。"赫希船长回答,"我认为雪猫不太可能发动第二次核打击。雪猫并没有这样的技术,它们的核武器是现成的,用一枚少一枚。"

"我和敌人的黑斑雪猫总司令通过电话,他说他们手里有100枚这样的核弹,它们随时可以让我们灰飞烟灭。但是我们拒绝投降。"

"恐怕这个黑斑雪猫在吓唬你。现在战争如你所说,打得如此白热化,它们早就该使用第二波核武器了。"

"我会认真考虑你的意见。"胖橘猫疲惫的脸上露出了惊喜的神情,"我要去开军事会议了,请你去稍作休息吧。"

赫希船长又被带回指挥室外的办公室。当只有573号议员和赫希船长两个时,这只猫立即显出了猫的本性,趴在赫希船长的身上,赫希船长就抚摸着它的脑袋开始吸猫。

5. 月球2号与核武器

不一会儿，一个传令兵走进来，交给573号议员一份文件，让赫希船长执行一个任务，就是破解一个密码。赫希船长跟着它来到星光议会大厦的地下室，两个猫卫兵仔细审核了573号议员的文件，打量着赫希船长，转身进入仓库。两只猫打开了一道铁门，里面有一个巨大的玻璃柜，玻璃柜里有一个巨大的密封舱。猫在它面前显得如此娇小。

"这是贾兰顿贸易飞船的密封舱。我们的文明开始的地方。据说贾兰顿号飞船为了安全降落，抛掉了所有的货物，我们开启了一百多个这样的密封舱，其他的密封舱都很容易打开，但是这个密封舱很特别。要想打开这个六位数的密码，只有这幅图作线索，但是我们并不知道这幅图和密码有什么关系。"

猫议员看着墙上挂着的一幅图，发现它和密封舱上雕刻的图一模一样。它喃喃自语："下面还有一行字，翻译过来就是俄语的'月球2号'。我们研究了很长时间，还是搞不清。喵！据我所知，太阳系里的地球，只有月球这么一个卫星，没有2号卫星。"

赫希船长看着这幅图，一个金属圆球，上面插了一根粗棍，周围四根细棍。他一眼就认出，这是苏联在公元1959年10月发射的月球2号探测器，这是人类发射的第一个在地球以外的天体着陆的探测器。

对于在月球出生的赫希船长，月球的历史他再熟悉不过了，就像中国人知道孔子和秦始皇一样。北斗星 33 号上的大部分船员也是在月球出生的，猎户座公司招募的船员一半是来自月球的居民。

"我想我可以试试。"赫希船长信心满满，"我要求和你们的 1 号议员见面，我有话和他说。"

随后 1 号议员带着很多猫卫兵出现在地下室。它问赫希船长："你能不能打开这个密封舱？"

"我有信心，但是我觉得我们应该做一笔交易。"

"你说说看。"1 号议员抓了一把饼干塞进嘴里。

"我现在只能和你说实话，我的飞船并没有失事，它现在就在这个恒星系的某个地方。以你们的科技发展速度，你们很有可能会找到它。现在飞船上有 52 名人类船员处于深度冬眠，我希望和你们猫族，至少是和你们的星光议会签一份协议，你们猫族永远不能发射火箭进入我的飞船，也不能击毁它，或者把它推进其他轨道，要保证我的飞船和我的船员安静地进行深度冬眠，等待救援的到来。"

"你先打开密封舱，我立即代表星光议会和你签署这份协议。星光议会在南方大陆还是有一定决定权的。"

"好，我现在就把密码说给你听。000318。"

1 号议员示意打开，外面的卫兵用螺丝刀拧开了密封舱表面的一个面板，这玩意被保存了上千年，面板里面有两根裸露的铜棒。接上电源后，红灯亮起。密码锁开始充电。

当绿灯亮起,密码显示屏亮了,显示了六位密码,前两位紧挨着,第三位的两边都空出了一点距离,第四位和第五位也是紧挨着,第六位又空出了一点距离,最关键的是第六位密码边上有个英语字母 N。

对于赫希船长这个月球出生的人来说,这是再明显不过的提示,这六位密码明显是一个经纬度。1959 年月球 2 号在月球上着陆,那个着陆点就被定为月球的 0 度经线(即子午线),把这个点和月球南北极相连画一个圈,月球就可以分为东西两个半球。它的着陆点的经纬度就是 0 度子午线 / 北纬 31.8 度(00.0E/W, 31.8N)。但是对于这群对人类文化一无所知的猫来说,这样的密码根本不可能解开。

卫兵戴上手套,按下了数字调节按钮,输入了 0—0—0—3—1—8,密码锁被打开,密封舱开始滴滴作响,里面的保护气阀开始泄压。这个被密封了上千年的货舱打开后,里面的货物让所有人都惊呆了,里面是 13 个巨大的金属圆球和一大堆图纸。

1 号议员亲自接手了这些被密封数千年的货物,它并不想让赫希船长知道密封舱里究竟是什么,于是安排 573 号议员和赫希船长离开,住进了一间舒适的房间。赫希船长终于洗了个澡,吃完了皮托做的食物泥。猫粮真难吃。

一觉醒来,赫希船长和 573 号议员坐着专车,来到 1 号议员的指挥室,在 573 号议员的翻译下,赫希船长读完了一份按有一个猫掌红印的文件,把它小心地放进衣服的口袋中。这是一份人猫互不侵犯条约。

赫希船长一直和 573 号议员待在房间里,外面已经天黑,只有时间在缓慢地流逝着,他的生物钟已经完全混乱,根本不知道自己究竟睡了多久。每次苏醒,窗外都是一片漆黑,更重要的是,他不知道现在1号议员在鼓捣些什么。

正当他无所事事的时候,1号议员召见了他。这个胖橘猫神情疲惫,看起来严重缺乏睡眠,两只眼睛没有一点神采。

"事情变得越来越糟了。抱歉,人类,原谅我一开始对你的不信任。"

"没什么。"赫希船长显得很大度,"换作我,我也不会信任一个从天而降的神秘生物。"

"猫罐头山阵地已经失守了,牛奶盒子市正在遭受敌人的围攻。这次敌人准备非常充分。如果牛奶盒子市真的落入雪猫的手中,请你帮助我们,引爆这些核武器。核武器绝不能落入敌人手中。"

"核武器?"赫希船长心中一沉,"难道那个神秘的密封舱里藏着核弹?"

"是的,感谢人类的智慧,帮我们得到了这个扭转战局的强力武器,我们本来就是这些毁灭性武器的受害者。我们要让施暴者付出代价。"

"我还是觉得用武力没法解决这样的矛盾,冤冤相报何时了。反正我们已经有了核武器,我们先不要着急吧。"

"话这么说没错,但是人类,请你记住一点,如果这个牛奶盒子市一旦被雪猫占领,这13枚核武器就会全部落入敌手,我们会全部被杀死。而南方大陆的结局只有一个,那就是我们还会再遭到13次核武器的毁灭性打击。要以大局为重。"1号议员这只胖橘猫的神情非常严肃。

"好吧,情况就是这样。必须做好最坏的打算,我会教你们如何开启这些超级武器。"

急促的电话铃声打断了所有人的思路。

"喵!我是1号议员。什么?敌人已经开始进攻了?好,我马上过来。"

1号议员看了看赫希船长说:"如果你不介意,你来我的指挥室吧。"

6. 决战牛奶盒子市

赫希船长来到指挥室,看见墙上挂着牛奶盒子市的地图,敌人不顾一切地突破了三道防线,正在逐个消灭城外的火力点。

1号议员指挥非常沉着,不断与前线通电话。忽然,它着急了,在电话里骂开了:"小眯眼呢?我要立刻和它通电话。什么?它自己带兵冲上去了?敌人是怎么摸到它的指挥所的?等它回来给我打电话,它是怎么选指挥所地址的?"

"人类,看来情况已经非常危急了,敌人马上要打过来了,请你立即去摸清这些核武器的使用方法。一旦我下达命令,就请你设定引爆时间。"

赫希船长觉得非常无奈,"我可以帮忙做这件事,但是你要知道,一旦这些核弹爆炸,这座城市就会无法居住,留下的放射性物质很久都不会消除。"

"不到最后一刻,我不会下这样的命令的。这是没办法的办法,我要以大局为重。"

赫希船长来到武器库,看了一个视频便摸清了这些核炸弹的使用方法,开启电源,它既可以设定启爆时间,也可以触发手动启爆模式。设计者真是"贴心",竟然增加了这样的自杀攻击功能。

忽然,电话铃响了。"喵!我是小眯眼将军。我已经击退了敌猫的进攻。"

"很好,现在战况如何?敌猫何时再次发起进攻?"

"据我们的侦查,雪猫的增援部队正在赶往战场,它们正在进行车轮战,而我方战士伤亡很大。"

"我正在想办法切断敌人的补给线。"

"外围阵地的火力点不多了,坚持不了太久,又没法修建新的。1号议员,请你马上想办法把雪猫的补给线切断,阻断兵员和物资的增援。"

"好的。"

1号议员不断催促从其他地方增援而来的猫部队加快行军速度,然后找到了赫希船长,问他:"人类,你研究得怎么样了?"

"这些核武器的威力很大,还有减速伞,我可以设定时间启爆。"

"太好了，这件武器可以使我们扭转战局了。"

"什么？"赫希船长吃了一惊，"你要使用核武器？如果地面爆炸，连启爆者都会跟着死亡，这是自杀式战法。"

"我不想再重复了。现在的情况非常危急，如果这里失守，你觉得雪猫会很自觉地禁止自己使用核武器吗？现在王牌在我们手里，我们不用，落入雪猫手中，我们就是受害者，结局只能是毁灭。你连自己的性命都救不了，你的船员也会失去保障，你还担心我们毁灭？"

"那好吧。听你的安排，议员先生。"赫希船长动了私心，如果两群猫陷入无休止的战争，文明停滞，无疑对自己是有好处的，起码它们无法威胁到北斗星33号飞船。毕竟航天工程需要很多智慧猫的共同努力。

胖橘猫回到指挥室，又拿起了另一部电话，"喵，给我接5号专线。"

5号专线的另一头是敌方雪猫部队指挥所。

"喵！你是星光议会的1号议员？我是黑斑雪猫总司令。现在给我打电话，是想投降吗？"

"恰恰相反，我们已经胜券在握。给你3个小时，放下武器，立刻投降，把猫罐头山阵地交还给我们，不然我们就要对你的军队进行毁灭性打击，切断你和北方大陆的一切联系，这样你的10万大军就会饿死在牛奶盒子市的城墙下。我希望你立刻给我一个回复，并派代表来欣赏一下就要毁灭你们的核武器。"

"哼哼，"黑斑雪猫冷笑一下，"谁会信你的鬼话。你们有核武器不会等到现在才用，我不会上你的当。等我活捉你，我们再谈谈核武器的事情吧。"

电话被黑斑雪猫挂断了。

大橘猫正在生气，外面走进一只体型非常高大的猫，它喘着气，比赫希船长还高一个头，身穿迷彩服军装，两只三角耳朵高高竖起。"尖耳朵狞猫队长向1号议员报到。"

"太好了！尖耳朵队长，终于等到你的突击队。你带来了多少猫？"

"狞猫突击队一共308名队员，个个英勇善战，服从指挥，请1号议员下达作战命令。"

"仅仅4个标准小时就从橡木衣柜市赶来，辛苦你们了。现在橡木衣柜市的情况如何？"

"星光议会的猫应该已经到了，我在路上见到它们了。橡木衣柜市的救援工作就交给它们了。"

"发生了什么事？"1号议员觉得狞猫队长话里有话。

"没什么，我亲手埋葬了我的妻子和7个孩子后，接到命令立刻集合队伍赶到这里来救援。"

"雪猫犯下的罪行一定会得到最严厉的惩罚。我现在就可以给你一个报仇的机会。"

"听您的吩咐，1号议员。"

"现在命令你们携带一枚核弹，从北门出发，走这条路。"大橘猫柔软的猫掌按在地图上，"在3个人类标准小时内赶到蔬菜沙拉镇,消灭那里的敌军,设置阻击阵地,把核炸弹隐藏好,1小时后,引爆核弹,巨大的冲击波会引发山体塌方,切断敌人的增援和补给线,我们就可以发动反击,扭转战局。"

"明白。"狞猫队长回答。

"你只有4个标准人类小时,赶过去,消灭敌猫,埋炸弹,逃离,时间很紧张,但是我们的城市防御战,坚守4个小时已经算一段很长的时间了。牛奶盒子市的时间不多了。"

"坚决完成任务!"狞猫队长敬了个礼,转身就出去了。

突击队立刻找出一个带轮子的铁架,把核弹固定好,赫希船长设定了4个小时的启爆时间,4名力气最大的队员前拉后推,带着这个总重500公斤的"移动核弹"准备出发。接下来,1号议员命令所有的炮火都集中于北门,在数千猫士兵的突击下,北门终于撕开了一个口子,占领了雪猫的一个阵地,300多个巨大身影快速通过,一会儿就突围出去了。

这时,东面战线出现突破口,1号议员命令放弃刚刚占领的北门阵地,去堵东面的缺口。阵地反复地失而复得,战壕里堆满了各种猫的尸体,猫士兵踏着同伴的尸体往前线运送弹药和药品、食品,把伤员从火线上运下来。3个小时过去了,雪猫的攻势渐渐地弱了,而指挥室里仍然非常紧张。小眯眼将军从它的指挥所赶来开会,却被要求先睡一会儿,它立刻在指挥室的地板上呼噜声震天。

这时,1号议员接到无线电通信:"我是狞猫队长,狞猫突击队已经突入敌人后方,占领了蔬菜沙拉镇,已经布置好南北两个阵地,和敌猫援军接上火了。"

"好,我命令你立刻离开,1小时内跑到5公里外,你们要活着回来!"

"恐怕这个要求难以达到。现在我军遭受敌猫南北夹攻,要坚守半小时都很困难,我现在就引爆核弹,你们一定要消灭雪猫,守住牛奶盒子市。永别了!"

"等一下!"1号议员话没有说完,无线电就断了。侦察兵报告,蔬菜沙拉镇方向升起一团巨大的火球,发出刺眼的亮光,随后腾起的烟雾裹挟着强烈的气流,吹得所有猫都睁不开眼睛。

而此时,只有几间简单矮房的蔬菜沙拉镇连同存放在那里的几十吨粮食都化为了灰烬,小镇处于山沟里一个稍稍宽阔的山谷,核弹巨大的冲击力使得山顶滚下无数巨石,造成一段5公里长的塌方,几十米高的乱石阻断了沙丁鱼港到牛奶盒子市的唯一通道。

"你是英雄!"1号议员这个胖橘猫脱下自己的帽子,向蔬菜沙拉镇方向敬了一个礼。

牛奶盒子市的防御战打得非常艰难,指挥室里却沸腾了。这段时间的压抑气氛一扫而光。1号议员鼓舞大家,"你们看见了吧,这就是核武器的力量。现在敌人的补给线已经被塌方彻底阻断,我们要趁敌猫弹尽粮绝,没有撤退后路的机会,一举消灭他们的部队。"

"喵!"指挥室里的其他猫也跟着欢呼起来。

"好!我们现在就开始拟订反攻计划!"

天色渐渐暗了下来，天上一大一小两个太阳，小的那个已经躲到巨行星特蕾莎背后，大的边缘已经被特蕾莎遮住。

"我们将要经历 4 小时的黑暗，不过这没关系，敌人也一样。温度会降低，人类，请你多穿些。"

说着，胖橘猫披上了一件外套。

没几分钟，整个喵星——特卫七就进入巨行星特蕾莎的阴影之中。大地笼罩在一片黑暗之中，天上云系增厚，马上要下雨了。

"喂？白手套将军吗？你们还要多少时间赶到？"

"1 号议员，我们还有 40 分钟就能到。"

"请你加快速度，半小时内赶到，重武器可以慢一些，先头部队携带轻武器先来。"

"明白。"

可怜的小眯眼将军只睡了 1 个多小时。它伸了一个懒腰，打了一个大大的哈欠，抖了抖脑袋，"1 号议员，请你下达作战命令吧！"

"小眯眼将军，现在请你率领 1 000 猫士兵，占领这个 12 号阵地，这里是敌人左右两军的分界点，你这个钉子扎在中间，把它们分割成两个部分。"胖橘猫将柔软的猫掌放在地图上，指着城市东面的一个点。

"我们的后备队到达后，白手套将军会攻击左面的敌军，你接下来的任务就是坚守阵地 1 小时，不能让右面的援军过去增援。等我们消灭了左面的敌军，再回头消灭右面的敌军。这样我们就可以消灭雪猫进攻牛奶盒子市的部队了。"

"是！"小眯眼将军睁大了眼，敬了个礼，转身离开了。

小眯眼将军来到城门口的阵地，守卫牛奶盒子市的猫士兵都疲惫不堪，左一摊右一摊地在壕沟里挤成好几团。猫哨兵全神贯注地观察敌人的动向，一名猫哨兵被击倒，后面的猫哨兵立即补上，继续侦察。

小眯眼将军的传令猫，毛很短，身材瘦削，行动矫健，它以最快的速度跑遍了东门的阵地，把将军的命令传达到所有15个连队。

天色已经完全昏暗，只有雷电划破夜空，阵地上暴雨如注，每个猫士兵都感觉到了一丝丝凉意。

对雨滴的厌恶刻在所有猫类的基因组中。在这样的天气下，猫会觉得浑身上下都不舒服。

阵地上静悄悄的，忽然一枚绿色信号弹升空，十几枚照明弹划破夜空，牛奶盒子市东门防御阵地的10门榴弹炮发出怒吼，12号阵地上顿时响起剧烈的爆炸声，一枚红色信号弹升空，700多名猫士兵从战壕里冲出来，没有受到多少火力抵抗，顺利地扑进12号阵地的战壕，和阵地里的雪猫士兵厮打起来。

雪猫士兵本来就非常厌恶这种天气，加上疲劳作战，士气非常低落，一下子就溃散了。

十几分钟后，12号阵地上飘起了一个画着牛奶盒子的蓝色旗帜。随后，在强烈的探照灯光下，白手套将军带领着预备队向左面的敌军阵地发起进攻，数量上的优势加上士气旺盛，左面的敌军被消灭了。这时,哨兵报告,雪猫部队开始撤退了。

1号议员立即下令,全军出击,对敌人进行追击。阵地上的警报器响起,升起十多发信号弹,牛奶盒子市的防御阵地里蹿出无数只猫,北方雪猫的攻城部队全面溃退。

3个小时后,进攻牛奶盒子市的10万雪猫部队已经溃不成军,乱作一团,防御战取得了全面胜利,黑斑雪猫司令官成了俘虏。

7. 黑斑雪猫将军

在昏暗的审讯室里,黑斑雪猫被牢牢地绑在椅子上。它头颈处有浓密的长毛,有点像狮子,尾巴多毛而蓬松,和南方大陆的猫有明显的不同,头含着,两只眼睛向上斜视,仍然发出光芒,犹如两颗夜明珠,一副不可一世的感觉。

573号议员走进审讯室,眼神发出逼人的寒气,恨不得一口咬断这只猫的脖子,可是它忍住了。

黑斑雪猫一言不发,不肯透露关于北方大陆的任何情报,更不要说有关核武器的事情,软硬兼施都没用。573号议员已经有些着急了。

这时1号议员来了,看着这个不肯投降的雪猫,它示意松绑。于是,接下来的时间,这只雪猫如同上班一样,醒来吃饭,然后在审讯室里坐几小时,一言不发,回到牢房。

它每天在十几名猫士兵的监视下,坐着车去被核爆摧毁的地方，去看看城市的断壁残垣，未来得及掩埋的猫类的尸体；去医院看望受伤被截肢的幼猫；去孤儿院给失去父母的幼猫打饭。

它甚至认出了一个雪猫将军，对方自愿加入了清理建筑废墟志愿者的队伍，还参加了维护秩序的工作，因为领救济粮的猫太多了。

黑斑雪猫见到过这些核战争之后惨烈的场景。5年前（大约16年地球标准时间），北方大陆受到陨石冲击，它参与过救灾的行动。冲击产生的巨大烟雾甚至影响了整个特卫七的天气。气温下降给整个星球带来了巨大灾害。

为了进攻牛奶盒子市，黑斑雪猫收到过情报部门发来的无数张牛奶盒子市战争前美丽的风景照片。这些现在全都不见了，只留下了一个个被制造出来的悲剧，无休无止。

两个太阳已经接近地平线，这个星球就要迎来长达9天的长黑夜。而接下来的事情，黑斑雪猫更是没有想到。它吃完饭，坐在一辆电动车上，出了牛奶盒子市一直往东北方向。它心里清楚，这是前线的方向，可是一路上没有枪炮声。车子绕过一个很大的湖，进入山区。

这里已经面目全非，不过仍然能够看出一些痕迹。这里是猫罐头山阵地，一路上电动车开开停停，不断地有各种杂色猫要赶在黑夜来临前通过这条狭窄的路。

黑斑雪猫已经意识到有大事发生了。果然，在1号议员的陪同下，电动车在一间房子前停下，房子里钻出了三只小猫，喵喵喵地喊着。

原来自从雪猫的 10 万攻城部队被全歼后,驻守沙丁鱼山区和港口的雪猫缴械投降了,北方大陆的雪猫失去了在南方大陆的立足点。但是黑斑雪猫的家人受到了保护。

"黑斑雪猫司令,现在你还好吗?" 1 号议员发问。

"我已经是你们的俘虏了,不是司令了。"

"战场是残酷的,不是你死就是我亡,不过现在终于迎来了和平。我们暂时取得了胜利。"

"就差那么一点点,你竟然用核弹切断了我的补给线,不然当俘虏的就是你。"

"你自己看见了,我们拥有核武器,可以轻而易举地扭转战局,而你已经输光了所有的东西。核武器的威力,你已经亲眼看见了。无论对你还是对我们而言,胜利的代价太大了。在巨大的牺牲面前,唯一的区别就是我胜了,你败了。

"我们的 13 个城市被摧毁,巨大的牺牲,巨大的悲剧,每个城市都是如此。现在每时每刻都有猫因为得不到食物而饿死,再过一会儿,寒夜降临,我不知道有多少失去家园的猫会被冻死。这都是你们北方雪猫亲手犯下的罪行,而你刚刚和自己的妻子、孩子团聚了一个人类标准小时。"

"太可怕了!"黑斑雪猫用手捂住自己的脸,"居然有那么多的猫就这样死在了大街上。猫快死了,本能会驱使它们找个隐蔽的地方了结自己,现在它们一瞬间被死亡吞没,连这点可怜的尊严都没有了。"

"这就是核战争,你还想继续吗?"

"不！这一切太可怕了！"黑斑雪猫的情绪终于崩溃了，它开始嘶叫起来。

这时出现一个高大的身影。

"你是黑斑雪猫司令吗？我是一个人类，你可以叫我赫希船长。"

"天哪，真的是一个人类，我只在资料里见过你。你从哪里来的？"黑斑雪猫抬头用惊异的眼光看着赫希船长。

"我来自太阳系，距离这里非常遥远。我目睹了这场惨剧。人类漫长的历史里经历过核武器的伤痛，比城市被摧毁更可怕的是行星环境不可逆的破坏和物种灭绝。这样的事情不能在这个美丽的世界发生。我现在想去北方大陆，和你们的首领，也就是元老会谈谈关于禁止在战争中使用核武器的事情。你愿意帮忙吗？"

黑斑雪猫转过头看了一眼胖橘猫，"你们相信我？你们会放我回去？"

"是的，你回北方去吧。"1号议员作出了这个决定，"我相信你们对我们的了解也不多，现在我手里有了制胜法宝，是时候坐下来好好谈谈了。"

"我同意。"

黑斑雪猫已经接近70个小时没有向北方报告战况了。也许北方已经知道70小时的失联意味战争的完全失败。它终于再次坐在了发报机前，向大洋对岸的北方大陆发出了无线电信息。它知道一个频率，那是在特殊情况下才被允许使用的频率，接收方是一个黄白相间的雪猫，就是黄金右眼大臣，和黑斑雪猫关系不错。

"黄金右眼，喵，你好，我是黑斑雪猫。现在我以北方雪猫远征军司令的身份正式向你通告，虽然我们的核炸弹袭击非常成功，给南方猫造成了巨大的伤害，但是我们攻占牛奶盒子市的军事行动失败了，我已经没有能力再指挥雪猫士兵执行这个计划了，因为南方猫在一名人类的帮助下，用核炸弹对我们进行了毁灭性的打击。我本人也不幸成了俘虏。

"虽然我身陷囹圄，但请你不要怀疑我背叛了祖国，恰恰相反，我非常热爱我的祖国，正因为这个，我才觉得我们不能继续穷兵黩武，和南方大陆相互仇视。

"我们已经用尽了所有的力量，差一点就成功了，但是南方大陆的猫也使用了核武器，并且成功地扭转了战局。如果我们手里还有核武器，我觉得我们根本没必要再使用它。我们已经没有军事力量渡过大海，占领南方大陆的任何一片土地。没有军队，使用核武器只会屠杀生命，不会赢得战争。

"我知道，在北方，为了支持我们的行动，你的生活也很艰难。你的妻子和孩子有多久没有吃上一顿好的了？你多久没有在壁炉边给孩子们讲故事了？我们北方雪猫除了战争，还需要吃饱饭，穿得暖。

"停止战争也许很难，但是你和我都不会忘记 5 年前那场惨绝人寰的冲击事件，那颗陨星几乎摧毁了整个北方大陆西部地区。我们至今都没有走出冲击事件的阴影。我可以告诉你，南方大陆也发生了这样的事情，只不过造成这场悲剧的黑手是我们。我们精心策划了 13 支热气球自杀部队，顺着气流飘过大海，使这13只恶魔降临。

"我们不会取得胜利，因为南方大陆的猫也会用同样的方法对付我们，如果我们不停止战争，不久的将来这些超级武器就会在北方大陆低空爆炸。你能想象这样的场景吗？我情愿粉身碎骨，也不能让这样的事情发生。

"我就要回到北方大陆了。我会带一个人类过来。和我们猫相比，这个人类是绝顶聪明的。他经历过真正可怕的核战争，在这一点上，也许他知道更多。请你把我的话带给雪猫元老会，让它们好好考虑一下全面停战的可能性，至少答应不在战争中使用核武器。"

无线电以光速跨越波涛汹涌的大海，等了很久才得到回应，就简单的一句话："黑斑雪猫，元老会命令你把人类带过来。"

黑斑雪猫明白，这条简短的回电背后，有着很多难言之隐。元老会一直高高在上，从不妥协，所有发布的命令都只有绝对服从。这种下级提出的意见，如此顺利地被接受，说明北方大陆可能已经陷入难以想象的危机之中了。

8. 北方大陆的雪猫

赫希船长向黑斑雪猫了解了一下北方大陆的情况。

"北方大陆深处有一座哥白尼城。外城住着普通市民，内城住着雪猫元老会9位成员。还有一支军队保卫着整个城市和元老会。"

赫希船长非常震惊,在这个距离地球 90 光年的地方竟然会出现一个以人类名字命名的城市。

"北方雪猫的等级制度很严格,如果不是纯正的雪猫,很难获得什么权利。南方猫认为北方猫全是有智慧的雪猫,其实智力低下的杂色猫在北方猫中占总数的一半以上。它们不和有智慧的雪猫住在一起,被围墙隔离在城市外围。

"这片寒冷的大陆上始终存在着危机,唯有向南方进军,征服异种猫才能过上好日子。元老会突然宣布它们掌握了一种毁灭性的武器,可以杀光所有南方猫,我们便开始了这次没有归途的征战。"

"那你们有没有做过核试验?"

"我们知道原理,我们也发现了铀矿石。我们已经仿造出了高速离心机,但是来不及做什么试验。武器是元老会直接交给我们的。"

赫希船长心里有数了。北方大陆发动的这次军事行动应该说还算及时。如果站在北方大陆的角度,它们不及时发动大规模袭击,南方大陆就有可能造出核武器,扭转猫罐头山的对峙局面。不过现在北方猫肯定不会善罢甘休,除非它们自己崩溃了。这次去北方,最好说服元老会签订停战协议,终止核武器使用条约。

过了漫长的一天,接近人类标准时间 18 天,半个多月,特卫七再次迎来了傍晚,沙丁鱼山观测所的望远镜中看见了几团巨大的黑烟,那是从北方大陆开来的雪猫舰队,主力舰是一艘蒸汽动力的巨大军舰"寒风号"。因为缺氧,煤块不完全燃烧冒出的浓烟从巨大的烟囱中冒出,在常年的顺风下,即使100公里外的地方都能闻到烟味。

在沿岸5座炮台的严密监视下,它们在沙丁鱼港口外50公里的地方停下。

就要分别了,1号议员和赫希船长的手紧紧地握在一起,"人类,我无法保证你能活着回来,你的勇气真的令人钦佩。谈判要以大局为重,我期待着你的好消息。"

"为了你们,也为了我和船员,我必须冒一次险。"

黑斑雪猫与赫希船长乘坐小船离开沙丁鱼山,来到寒风号巨大船体前。黑斑雪猫动作轻盈,几下就爬上了船,赫希船长只能顺着绳索艰难地爬上甲板。他到嘴唇又因为缺氧而发紫。

一只脸上一半黄一半白的猫和船长站在一起,它就是黄金右眼大臣。黑斑雪猫一上船就被卫兵带走了。赫希船长身边随时都有卫兵在跟着,卫兵不时好奇地用肉垫轻轻挠他几下。

黄金右眼大臣也戴着一个印有猎户座图样的头盔,模拟人声和南方猫使用的没什么两样。

随着一声沉闷的汽笛声,舰队启航了。此时两个夕阳的余晖拉出两条巨轮长长的影子。可是这夕阳持续超过了十几个小时,让赫希船长觉得十分不适应。

时间已经模糊了,他根本记不起自己在这个猫的世界里待了多久。

船上终于有了新鲜的食物——鱼。他甚至亲自下厨房,刮去鱼鳞,把内脏洗干净,蒸了吃。这些猫真是太没有吃文化了。

赫希船长已经很久没有过上如此悠闲的生活了。巨轮在平静的海面上行驶,当他一觉醒来,已经是夜晚了,特蕾莎这轮巨大无比的弯月占据了三分之一个天空,月光中的一个风暴眼被照亮,整个气态行星变成活脱脱的一张阴阳脸。

随着刺耳的警报声响起,赫希船长被押进舱室,外面开始下起暴雨,船开始剧烈摇晃。通过舷窗看去,外面一片漆黑,远处的巨浪就像黑乎乎的群山。

这段时间对赫希船长来说十分难熬,出了风暴区域,还需要避开巨大的浮冰区。舰队排成"一字"长蛇阵型,巨大的寒风号在队伍的最前面,碎冰不时地撞击船体,发出沉闷的声音。

夜已经完全黑了,天也晴了,特蕾莎明显地落入地平线以下,还见到了另外三个月亮,其中一个月亮甚至肉眼可以看见在移动。那些都是特蕾莎的天然卫星。

黑夜似乎永远没有尽头,赫希船长已经睡了五六次,始终是黑夜。也许这个世界并没有那么好,他被关在北斗星 33 号飞船里的时候好歹还有人工亮光调节,而被关在这艘船上,更像是一班开往地狱的渡船。

赫希船长虽然有权利在甲板上活动,但是猫士兵的眼光始终没有从他的身上离开。忽然,他发现黑洞洞的海平面上似乎有一个亮点。

这不是错觉!是灯光,或者是火光。也许战舰就快到达目的地了。不知过了多长时间,刺耳的警报声响起,赫希船长被押回舱室内不准外出。十几分钟的平静,空气像凝固了一样。随后,一阵阵震耳欲聋的炮声响起,赫希船长还是被蒙在鼓里。他拼命敲门,却没有人答应。

如果发生海战,现在寒风号被击中,他连逃生的机会都没有。

炮击持续了20多分钟,随着一声汽笛长鸣,舰队又启航了。到了吃饭时间,他路过甲板,只见黑暗的远处有一片火光,格外显眼。看来船队已经在一片大陆边缘,炮击了一个目标。

赫希船长忍不住找到了黄金右眼大臣问情况,它什么都不肯说。

经历了千辛万苦,巨大的铁船终于靠岸,赫希船长抬头一看,远处已经有一片亮光,似乎马上要迎来黎明。在黄金右眼大臣的陪伴下,他们坐上了一辆汽车。赫希船长一眼就看出这是月球上比较古老的车型——天然气动力车。这样的古董车可以说价值连城,但是在这里谈这个毫无疑义。

汽车周围都被涂成了黑色,坐在车里根本看不见车外的情况。黄金右眼大臣就像一个机器人,对赫希船长不说什么话,只是重复着说要带赫希船长去见元老会。它充满善意地拿出一个玻璃杯,倒上一杯咖啡,模拟人声发出声音:"一路辛苦。这里是北方大陆特产,猫屎咖啡。请你品尝一下。"

顿时整个车厢飘逸着咖啡的香气,赫希船长的眼泪都要流下来了。月球上根本种不出咖啡,只能靠地球运输。喝上一口咖啡,对于月球人来说简直是奢侈的事情。喝完咖啡,车厢里又恢复了死一样的寂静。四目相对,赫希船长有种要吸猫的冲动。可是他觉得自己是猫的囚犯,自己随时随地都有生命危险。毕竟对方是玩过核弹的。

除了咖啡,黄金右眼大臣还拿出了一块面包。为了消解旅途中的极度无聊,车里居然还放起了音乐,它用古老的人类语——德语歌唱,内容似乎和宗教有关,很可能出自古书《圣经》中,因为其中有一句唱道:"上帝说,要有光,事就这样成了。"

赫希船长又惊又喜,自从踏上去北方大陆的旅程,他感觉自己离人类世界越来越近了。歌曲不断地唱着,一首又一首,赫希船长几乎忘记了疲劳。美食加音乐,这几乎是他降落到这颗时间不正常的星球以后,过得最舒服的一段时间。

9. 哥白尼城与元老会

当摇晃的车厢里灯光暗下来时,赫希船长自然地睡着了。当他苏醒时,汽车已经在一个地下车库里停下,这些北方猫并没有打扰他睡觉。

在黄金右眼大臣的带领下,赫希船长沿着楼梯走上了一座高塔,顶端是一个太空舱,有浴室、卫生间和厨房,和飞船上的船长室非常接近。最令人惊奇的是,这里有一个宽1米的窗户,整个房间却非常暗,和黄昏一样。

没有人打扰他,他躺在床上就睡着了。当他醒来的时候,他惊奇地发现,一缕阳光照进房间。恍惚间他有一种回到地球的感觉。也许是时间混乱太久了,自己还在做梦。

可是当赫希船长用清凉的水洗脸的时候,他已经确定,这是人类建造的奇迹。

在黄金右眼大臣的陪同下,赫希船长逛了一下哥白尼城,走在路上,那个舱室的昼夜变化的谜底也终于揭开了。

它解释说:"城市中央的高塔是伟大的元老会建造的,根据精密的天文观测,高塔前有13座宽20米,高达50米的轻质遮光板。朝阳面是光伏电池,站在遮光板后面,双星随着照射角度的变化,如同日晷(guǐ)一般,发出的光芒在它们之间穿行,地上的影子随着双星极其缓慢地移动。

特蕾莎绕双星的公转周期为3.2年,特蕾莎的公转倾角,特卫七绕特蕾莎转的轨道倾角,这些因素加起来,使得高塔的昼夜和低纬度的南方大陆不一样,这里更适合人类生活。而那座高塔就在这些光和影子中间穿行,模拟出10~17小时的天然昼夜变化。"

这叹为观止的奇迹,让赫希船长感受到设计者的高超水平,同时也激起了无比的好奇心:难道这个星球上居住着人类?

这个哥白尼城充满了工业时代的气息。电动汽车来来回回,远处发电厂冒着滚滚浓烟,一根根蒸汽管道为了维持压力,不停地喷气卸压。街上各类猫市民穿着各种衣服,忙碌着自己的事,很少有猫回头注意这个巨人般的人类。

人类还是喜欢24小时的昼夜时间,这18天为周期的昼夜变化,夹杂着4小时的日食黑夜,感觉每一天都在倒时差。虽然赫希船长在月球出生，但是没有参加过室外活动。

元老会的宫殿就像一座金字塔，距离高塔很近，步行就能到达。宫殿的样子十分奇怪，每个台阶都像一根石柱，一米多高，上面是巴掌大的平台，随意排列，杂乱无章。正门距离地面大约有十几米高。

正奇怪，黄金右眼大臣动作轻盈地一下子就跳上台阶，左跳右跳，一会儿就到达大门口，然后站在上面看着赫希船长。船长有些懵，只好艰难地一格一格爬。等他到达门口，浑身都湿透了。

走进宫殿，内部装修非常考究，走廊边上的每根柱子边都站着一个穿着厚棉衣的高大的雪猫卫兵，它们瞪着眼睛注视着赫希船长。走廊尽头是一个大厅，船长看见9只戴着头盔，穿着白色长袍的雪猫，最右面的一只坐在轮椅上。

它们应该就是9位元老，白袍上的图案各不相同。中间的元老的白袍上画着一大一小两颗星星，它应该是元老会的老大。它首先发话："欢迎你人类，一路辛苦。"

"感谢你元老，我一切都好。"

"请你回答我们几个问题。"

"好的，我也要问你们一些问题。"

"你无权提问！"1号元老的口气非常生硬。

"你就是北斗星33号贸易飞船的船长？"

"是的。"

"你们的舰队有多少战舰？"

"我只有一艘飞船,而且它现在失事了,所以来到这个双星世界,并没有其他飞船。"

"你给我们发来的信息?"

"是的,我发出过几个信息。"

"船上有多少人类?"

"除了我,还有 52 位船员正在深度冬眠中。"

"飞船在什么地方?"

"很抱歉我不能回答!"

"回答问题!人类!"1 号元老几乎发出了怒吼,嘴里发出嘶嘶声。

"恒星和气态行星的 L4 拉格朗日点。"

"那是什么地方?我在喵星上没有听说过这个地方。"

"在太空里。"赫希船长确定这些元老听不懂自己的话。

"你们的飞船什么时候降落?"

"不不不,我亲爱的元老,它永远都不会降落在这个——喵星上。"

"飞船上有什么武器?快说!"

"元老,请您放心,我可以向您保证,飞船绝不会对这个喵星产生任何威胁。但是我希望您也不要去我的飞船上探险,不要去打扰那些……"

"闭嘴！元老会不接受任何建议。" 1号元老粗暴地打断了赫希船长的话。

"好吧。"赫希船长摆了摆手。

"继续回答问题！说！这次我们战败，是不是因为黑斑雪猫司令背叛了我们？"

"不，据我所知，它一直都忠于职守。只不过南方猫太强大了，它们动用了核武器。"

"它们研发出自己的核武器了？"另一位元老发问了。它站在1号元老的左边，它的白袍上画着三个球，左边一个球的斜上和斜下方有两根线，线的另一端分别有两个球。看样子是核裂变的简单示意图。

"这个我不知道，但是据我观察，那次爆炸只可能是核炸弹爆炸引发的，我相信你们也看见了如同太阳升起般的亮光。"赫希船长当然不可能在元老会面前招供自己为南方猫解锁核武器的事情。

"这个核炸弹究竟有多大破坏力？"

"据我所知，核爆炸引发了山体塌方，阻断了后方往前线运输物资的通道。"

"那是黑斑雪猫的指挥失误！"另一位元老发话了，它的白袍上画了一只猫，"应该立即处死他！"

"人类！你懂得核武器开发吗？" 1号元老发话了。

"我只是一个贸易飞船的船长，并不是一个核武器开发人员。"

"好吧，人类，我们元老会允许你生活在这座哥白尼城，但是你必须协助我们开发核武器。你尽快去核工厂报到吧。"

"我希望和黑斑雪猫一起做这件事，毕竟它是唯一经历过核战争的人。"

"元老会不接受任何建议！"1号元老吼道，"今天就这样吧。"

赫希船长就在那座高塔中住下了，黄金右眼大臣始终陪在他左右，还为他配备了一辆电动车。

窗外的阳光已经昏暗，漫长的白天即将结束。躺在床上，赫希船长心事重重。他始终放心不下他的船员。冬眠系统由独立电源供电，由复杂的程序控制，一旦船员被意外解冻，他们必死无疑。

这些北方雪猫元老一个个都霸气十足，蛮横无理。这是坏事也是好事，如果不和它们达成某种协议，那么被雪猫发现并登上北斗星33号飞船是早晚的事情。

可是从另一方面讲，一旦和那些元老达成协议，那么这件事就会得到坚决的执行。除非它们反悔，但是9位元老都反悔，这个概率还是很小的。

现在南方大陆的1号议员已经答应不去找北斗星33号飞船，这件事似乎还是很有希望的。毕竟已经成功了一半。

想到这里，赫希船长有点大脑混乱，因为这件事远没有那么简单。

首先是猫族的文明进程。无论是战争还是和平，这些猫总想着发展技术进入太空，除非有充分的理由让它们放弃发展。人类的好奇心始终是前进的动力，从飞机的发明一直到今天的银河系帝国，人类的脚步遍布数百个恒星系统数千亿人口上百万个独立联邦，和其他几十个文明共存。

不过这个猫文明不一样，它是地球的一个物种，并且是人类创造的，有很多先天缺陷。比如物种退化的问题，能不能进入太空是令人怀疑的。

但是猫的好奇心比人类强烈得多，自己想凭借一己之力掐灭猫的好奇心，简直是不可能的。

协议有用吗？

想到这里，赫希船长惊出一身冷汗。他感觉到无助，绝望油然而生。

他一下子从床上坐起来。怎么办？他已经问了自己无数遍。

赫希船长抓起一支笔，沙沙地写下现状分析以及自己的思路。

现在南北关系紧张，雪猫丢失了沙丁鱼港这个南方大陆的落脚点，它们肯定会用两种战术结合和南方开战，一个是乘坐军舰登陆作战，另一个是使用弹道核武器。而后者的使用会大大加速火箭的研发。

如果能够推翻元老会，结束南北对峙，它们必然会大大延缓核武器的研制，毕竟和平时期不需要这种东西。

一个文明，当失去内部和外部的威胁，它就会安于现状，陷入停滞,然后分崩离析。这是历史必然的规律,更不用说猫这种动物,它们没有这种经历和历史。好奇心只是一方面,如果不付诸行动,那就永远是好奇心而已。

推翻元老会的统治似乎是目前对自己和船员最有利的计划。目标有了,但是要想实现,多困难啊。赫希船长拿着这张纸,读了又读,觉得没什么问题,然后就撕碎它冲入下水道。

10. 雪猫文明与核计划

双星中的红色伴星已经沉下地平线,然而黄色恒星的亮光仍然耀眼,让人不敢直视。黄金右眼大臣带着赫希船长前往核工厂,那里距离高塔有 2 小时的车程。

这里戒备森严,两个巨大的碉堡之间站着一排士兵。远远看去,这些猫士兵的双眼好像一排黄色的小灯。碉堡上两个探照灯在很远的地方就发现了这辆车。来到碉堡下,船长才发现上面都画着一个符号——3 个小球,和 2 号元老白袍上的符号一样。

电动车被拦下了,黄金右眼大臣拿出一份文件交给哨兵,然后就没有动静了。

时间似乎停滞了,天色已经昏暗。赫希船长吃了饭,哨兵才允许他们进去。

来到一间接待室,这里宽敞明亮,装修精美,黄金右眼大臣一下子就跳进一个盒子里。赫希船长有点尴尬,只好爬进一个盒子里,蹲也不是,站也不是,只能两只手叉在胸前站着。

喝过几杯水,赫希船长都想上厕所了,外面才进来一只肥胖而高大的雪猫。它身穿肥大的白色实验服,巨大的领子遮住了它的头颈周围一圈浓密的毛发。

"猫博士你好!"黄金右眼大臣总是显出那种伪善的礼貌。

"我没有太多的时间和你废话。"猫博士的头盔发出的声音非常特别,"你把这个人类带来干吗?让我教他怎么进行铀浓缩实验?"

"这是1号元老的命令,您想想办法。"

"1号元老是痴呆吗?我说了多少次了,我手里没有铀矿石,造不出核武器。今天你来了,正好来核实一下,我还有多少库存,你自己看看。仓库里都是空的。"

"暴风雪将军为什么不向您提供铀矿石?"黄金右眼大臣觉得很奇怪。

"你对圣诞袜子半岛的战况一点都不了解吗?圣诞树市到今天都没有夺回来,到底是暴风雪将军真的没有办法夺回来还是它在偷懒,我可不知道,反正它没有送来一块矿石!"

"猫博士,您根本就是在胡说八道,我已经命令海军进行了一轮炮火掩护,我得到的消息是我们夺回了圣诞树市的控制权,正在组织恢复矿石的开采。"

赫希船长一言不发,看着黄金右眼大臣和猫博士吵架。原来他坐船来北方大陆的路上,那20分钟是在炮击圣诞袜子半岛上的敌军？等一下，北方雪猫在打内战？

"你和我说这些没用。"猫博士拿出一部电话放在桌上，"你自己打电话去前线问问暴风雪将军吧。没有铀矿石，我根本没法进行铀浓缩。好了，我很忙，失陪了。别让我见到这个人类，添乱。"

赫希船长看在眼里，心中很是疑惑，这些雪猫是怎么了？感觉矛盾重重。黄金右眼大臣拿起电话，可是电话根本拨不通。

在核工厂吃了闭门羹，黄金右眼大臣没办法，只好带着赫希船长回高塔。黄金右眼大臣解释说："如果不拿出些铀矿石，猫博士连实验室都不会让我们进。你先回去休息，我想想办法去圣诞袜子半岛前线一次。"

"为什么把圣诞树市称为前线？那里在打仗吗？敌军是谁？"

"这并不算打仗吧，只不过是清缴一些野生雪猫的行动罢了。"

"说说看，怎么回事？"

"我们正在进行核武器开发，需要大量铀矿石。我们发现圣诞袜子半岛的山上有很多铀矿石，在那里建设了圣诞树市这个城市。这片圣诞袜子半岛山峦起伏，为我们挡住了西面极为凶暴的气旋，但是那里至少盘踞着十几万只野生雪猫，这些野生雪猫都是没有智慧的野猫，食物匮乏始终让它们处于半饥饿状态，自从发现了铀矿石，爆破开山的声音打破了它们宁静的生活。我们派出很多矿工去开采铀矿石，建立工厂，工厂里大量的粮食储备也吸引了雪猫蜂拥般的偷袭。

"元老会不允许有一点懈怠，对铀矿石的产量下了死命令，除了被派往南方前线的军队，几乎所有的士兵都被派到那里镇压野生雪猫，保障铀矿石的供应。

"这些家伙在夜晚视力极佳，虽然智力低下，但是它们团结一致，极其凶猛，群体作战。我们不断派兵去保障矿山的开采，可是至今没有打通矿山到圣诞树市的道路。运输队经常死伤惨重。"

"那么那天晚上的炮击有什么用？"

"我们的侦察兵发现了野生雪猫的巢穴，现在这些巢穴应该不复存在了。不过如果我们赶到前线去，距离圣诞袜子半岛入口的驯鹿市有180公里。出了哥白尼城，到处都是野生雪猫，而且现在是夜晚，没有士兵的保护，我们只会成为野生雪猫的点心。我们需要行军到那里，预计半个白天左右（地球标准时间四天半）。这需要组织一支军队。"

"这些野生雪猫是怎么来的？"

黄金右眼大臣叹了一口气，"哎，它们本来是和我们一样的雪猫，但是元老会宣布，智力测试不通过的雪猫不享有国民待遇，并且禁止生育后代，不然会被带走。可是谁能禁止雪猫数量的增加？后来不断有雪猫逃进森林，加上雪猫繁殖力极强，野外生存能力很高，现在我们几乎无法彻底消灭它们了。"

回到高塔，外面已经一片漆黑，气温也下降了。虽然白天这里有天然昼夜变化，但是在长达9天的夜晚中，还是要依靠灯光。

漫漫长夜，船长极度无聊，他打算去图书馆，黄金右眼大臣不得不陪同他。图书馆距离元老的金字塔不远，所有的猫都聚集过来观看人类，它们都是有智慧的猫，只在影像资料里见到过人类。

图书馆里记录着北方雪猫文明的各种传说，大部分是猫元老的丰功伟绩，9个元老的位子一代代传过来，有接近1000只猫。图书馆里的资料非常丰富，庞大而复杂，雪猫的文字在短时间内又无法学会，船长正在头疼，黄金右眼大臣带着他来到一间特别的房间，一位猫教授带着一支队伍专门负责破解人类留下的各种资料，每只猫都懂得人类标准语（英语）。

猫教授的行为让赫希船长大吃一惊，它竟然没有使用头盔，直接开口说英语。它介绍说，普通的猫通过头盔虽然可以发出模拟人声，但是对方的头盔也要接收这些模拟人声后再转化成脑电波。所以普通猫虽然天天能听见人类的标准语，却根本不能理解这种复杂的语言。

赫希船长这才明白这些猫的交流方式，和他之前想象的不太一样。

"我只想和您确认一件事。尊敬的人类。我们真的是人类设计出来的吗？"

"这个问题我怎么说呢。"赫希船长有些尴尬，"你们猫文明能有今天这样伟大的成就，我觉得是不是人类创造的，这个问题其实已经不重要了。人类曾经也有过这种想法，他们都相信伟大的上帝创造了人类。我们甚至向大角星发射了几支探险队，去寻找上帝和第一代恒星留下的残骸。"

"哈哈哈，人类你太有趣了，我们是不是也需要向上帝致敬？"猫教授蹲在盒子里，尾巴甩来甩去。

"这些都是事实。不过，实际上地球上的人类的确开发过一个智慧猫的产品。智慧猫在附近几个恒星很常见,但是在这里,你们是真正的主人,我这个人类不过是一个访客而已。"

"哈哈哈,你太谦虚了!人类。"猫教授的表情变得有些夸张。

赫希船长到访过数十个远离人类世界的文明,这些猫愿意坐下来好好谈,已经算客气的。在这样的动物面前,保持谦逊是宇宙通用的生存法则。

"人类知道我们的存在吗?"猫教授显得有点狂妄自大。

"关于贾兰顿飞船失事的事情,虽然过去了很长时间,但是人类一直在寻找它,人类不会放弃寻找。我只是觉得你们猫族应该保持低调,不让人类知道你们的存在,不要暴露自己,就好像生活在黑暗森林里一样。"

"为什么?"猫教授有些奇怪。

"我听说过黑暗森林法则,任何一个高等文明都会对暴露自己的其他文明产生敌意。实际上你们这些猫仍然属于猎户座贸易集团的财产。按照法律,太阳系的人类对这个星球上的猫有绝对处置权。即使集团派一艘飞船,对这个行星进行考察,对你们这些猫在野外生存的种群进行考察,就足够发表很多论文了。在星际贸易这件事上,工业品一文不值,具有高度复杂的生物才是无价的。"

"可是这个地方太不舒服了!喵!我听说地球上的昼夜时间只有24小时,而这里长达18天!"

"是的,我相信你对太阳系有研究,地球是一个独立围绕恒星的行星,而不是气态巨行星的一颗卫星,和这里不太一样。"

"所以我们要冲出母星，寻找更合适的家园。元老会经常和我们说。"

"哈哈哈。"赫希船长发出冷笑，"这件事谈何容易。没有精密的计算和高等数学，你们怎么发射火箭？怎么计算飞船轨道？"

"元老会至高无上，它们没有批准，我们就没有权力去进行这些研究。但是元老会答应我们飞向星辰，那么这件事就一定会成功。"

"我很好奇，你们是怎么进行核武器制造的？你们连原子结构都不懂。"

"这个方面我是专家。"猫教授说着两眼放光，"我负责解读人类给我们留下的资料，我们不需要进行什么研究，所有的资料，包括生产机器都是现成的。不过即便如此，一切都不容易。"

"真是奇怪，为什么人类会留下这么多奇怪的东西？贾兰顿 2668 号飞船究竟是执行什么任务的？"

"其实在我们解读的资料中，字里行间充满了对地球文明的仇恨，我们一直在进行战争准备。元老会说了，一旦人类降临到这个星球，他们就会把我们毁灭，所以我们必须抓紧时间制造武器保卫我们自己。"

赫希船长听到这里，惊出一身冷汗，"可是我一点也不可怕，反而是我感觉害怕，我才一个人。难道我向你们发送信息，把你们吓到了？"

"那一天，元老会宣布发现从太空中来的侵略者，我们北方雪猫用威力巨大的炸弹毁灭了南方的野猫，一方面为了加速猫族的统一，配合沙丁鱼山区的战斗，纯化猫族的血统；另一方面是为了向敌人展示我们雪猫的力量，只要它们敢于登陆作战，我们就敢使用巨型炸弹毁灭它们。"

另一个猫研究员跳出来说："我们至今都没有见到过人类，我们就自己吃吃饭，看看书，生活多美妙呀！喵！"

这下很多事情就能说通了。赫希船长心中的谜团解开了一半。这些猫族使用核武器果然具有威慑力，如果自己是一支人类远征军的司令，发现这个陌生星球上的生物会使用核武器，那么自己是否会登陆星球表面建立基地并发动地面进攻，的确需要好好考虑一下。可是元老会究竟是什么，它们究竟和人类文明之间有什么关联？和贾兰顿号飞船之间又有什么关系？这仍然是一个谜。

图书馆之行，赫希船长很满意，摸清这些猫的底细很重要。

11. 出征圣诞袜子半岛

漫漫长夜终于过去，即将迎来黎明的曙光，地平线上，红色的恒星已经升起，黄色的恒星还在地平线以下。赫希船长早早准备好，穿戴整齐，和黄金右眼大臣一起坐进了车中。

他们看到了一个熟悉的身影，黑斑雪猫司令带着1 000多名猫士兵出发了。令人奇怪的是，几百名猫士兵都背着弩箭，枪支弹药都放在运输车上，还有几只身强力壮的雪猫拉着拖车前进。

运输队的阵型也很奇怪，赫希船长和黑斑雪猫司令的指挥车在中间，士兵在周围一圈同步前进。

"这是因为野生雪猫的捕食习惯。"黄金右眼大臣解释说，"它们习惯于几十只集体行动，四处游荡，一旦发现捕食目标就会包围它们。它们的听觉十分灵敏，所以我们只能用弩枪，枪声会吸引其他雪猫。"

队伍在石子铺好的路上急速前进，一路上满目疮痍，横七竖八的都是被啃食过的猫士兵的尸体，散落的各种器械上蒙了一层霜。圣诞袜子半岛的战斗持续了很长时间，多批支援物资在运输的路上被野生雪猫洗劫。所有的猫神经都绷得很紧。

天已经完全亮了，运输队只走了六七个小时就停下休息了。猫士兵们建起临时宿营，布置好岗哨。赫希船长表示很奇怪，现在前线吃紧，怎么可以这么慢吞吞的？万一天黑前没有赶到，到了晚上就是野生雪猫的美餐。

黑斑雪猫司令是一个经验老到的指挥官，它和野生雪猫打过几次交道。它们很聪明，知道这些运输队第一天会赶很多路，休息的地方差不了太多，它们就以逸待劳，专挑运输队休息的时候下手。而且路上运输队要休息好几次，间隔的距离差不多，这些野生雪猫就盘踞在几个休息点附近，很容易发动袭击。

知道原因后，赫希船长吃过面包，睡得很香。当他醒来时，他发现只剩自己一个人。走出帐篷一看，黑斑雪猫司令浑身血迹，拿着望远镜查看着周围的情况。营地周围一片狼藉，地上躺着十几只被射成刺猬的野生雪猫，这哪是猫，体型长达2到3米，简直就是老虎！猫士兵正在把掩体收拾进运输车，准备开拔

(军队由驻地或休息处出发)。

由于避开了几个容易受到袭击的宿营点,运输队只遭到了几次零星的袭击,大部分猫士兵安全抵达了驯鹿市。

驯鹿市面积很小,没有多少居民,更像一座武装据点。5米高的围墙把城市包围起来,一座高大的碉堡竖在城市中心,边上是发电厂。

看见有一支援军到达,驯鹿市的守军很开心,黄金右眼大臣一数,这里只有100多名猫士兵守卫,暴风雪将军把大部队都拉到前线,和圣诞树市的野生雪猫作战。

黄金右眼大臣直接把电话打到前线,前线说暴风雪将军不在。过了1小时,暴风雪将军才回电。

"喵!黄金右眼大臣吗?我是暴风雪将军。我在圣诞树市,我们已经打通了去矿山的路。在你们出发前,我们就恢复了矿石的生产,现在大部分劳动力在圣诞树市帮忙,300吨铀矿石马上就要包好运出来了。你们来了千把名猫士兵,正好帮忙把矿石运回去。"

"为什么这么久才运出来?"黄金右眼大臣仍然不满意。

"这些野生雪猫狡猾得很,自从那次炮火支援以后,我们就再也没有遇到有组织的袭击。我们现在不但重建了圣诞树市,还进入矿区,接通电线,已经开始组织挖掘铀矿石了。但是天黑后,野生雪猫就趁我们松懈发动了一次大规模袭击,我们损失惨重,只好撤退等待救援。但是我们重新组织了一支力量,派出几百次侦察队,天亮的时候对野生雪猫一处聚居巢穴发动突然袭击,我们打死了300多只野生雪猫,于是一直到现在我们都没有遇到过袭击。"

"干得漂亮!"黄金右眼大臣有点满意了,"要注意路上安全,天黑前务必将这些铀矿石运到驯鹿市。"

黄金右眼大臣很兴奋,终于要完成任务了。他马上去找黑斑雪猫司令,而这只黑斑雪猫正在巡视驯鹿市的岗哨,观察驯鹿市高墙外的地形。

"黑斑雪猫司令,快,派部队去接应一下暴风雪将军,它们马上就要出发,把铀矿石从圣诞树市运回来。运输队至少需要五六百士兵,否则路上很容易受到袭击。"

"什么?运回铀矿石?究竟是怎么回事?"

黄金右眼大臣兴奋地把经过说了一遍,黑斑雪猫司令听了毛发都竖起来了。

"现在我无法确认这些野生雪猫是不是背后有智慧猫组织。"它说话语速非常快,"现在一切都太顺利了,我不得不怀疑野生雪猫在智慧猫的带领下,让我们走进圈套。"

"那你说怎么办?无论野生雪猫在酝酿什么阴谋,铀矿石总是要运出来的。"

"不行!现在不能组织运输矿石,太危险了!"黑斑雪猫司令斩钉截铁地说,"必须找到并消灭野生雪猫的主力军,抓住或者消灭背后的智慧猫指挥官,擒贼擒王,这样才能保证安全。"

"凭我们?加起来两千不到的部队?暴风雪将军愿不愿意听

你的指挥还两说。我看还是齐心协力先把这批铀矿石运回哥白尼城比较好。这样对你有利。"

"对我有利？什么意思？"黑斑雪猫司令觉得黄金右眼大臣话里有话。

"1号元老和我说了，如果你再失败，拖延核计划的进展，他们就处死你的妻子和孩子。所以你最好听我的话，把眼前的铀矿石运回去。"

"嘶——"黑斑雪猫司令咬牙切齿，非常痛恨元老会的所作所为。它回到碉堡，抓起电话联系暴风雪将军，可是电话那头的猫士兵告诉它，暴风雪将军已经带着矿石启程了，大约3个标准人类小时后就能到驯鹿市。

"糟了！"黑斑雪猫司令立即开始布置任务。他把驻守驯鹿市的1100多名猫士兵分成三组，200名猫士兵进入城墙的防御阵地，监视城外敌猫的一举一动，随时开火射杀入侵者。200名猫士兵携带轻武器组成救援队，佯装去支援路铀矿石运输队。雪猫司令给它们下了死命令，一旦遇到伏击，必须不顾一切地回到驯鹿市，不许恋战。600名猫士兵则由黑斑雪猫司令亲自带队，如果救援队遭遇伏击，无法撤回，这些士兵必须立即前往救援，把它们从包围圈里救出来。

剩余100名猫士兵在驯鹿市待命，作为预备队。

一切安排妥当，驯鹿市的猫士兵便开始作准备。黑斑雪猫司令心里非常清楚，驯鹿市地理位置非常重要，是圣诞袜子半岛与外界联系的关键点，有了它，驯鹿市才能往哥白尼城运送圣诞礼物。一旦这里被野生雪猫攻占,整个圣诞袜子半岛的智慧雪猫就被堵在半岛里了。

所以野生雪猫一定会重点攻击这里。它们始终没有遭到进攻,应该是野生雪猫在做进攻准备或者军队在集结。千万不能中了它们的调虎离山之计。

恒星已经接近地平线,白天就要过去,黄昏已经到来。佯装的救援部队已经出发,此时它们双手各举着一个火把,几百个火炬在路上轻盈地移动着,看起来好像有很多增援部队。它们一路走,一路拖着长长的电话线,和驯鹿市随时保持联系。

黑斑雪猫司令站在高塔上,从望远镜里不断注视着这队士兵的动向。1个小时过去了,前线打来电话,救援部队已经到达指定位置,布置好了防御阵型,既可以等待运输矿石的队伍,又可以防御野生雪猫的进攻。

天色昏暗,恒星已经沉下,只留下远处的群山背后的一点亮光,驯鹿市的防御阵地上打开了所有的探照灯。城墙外静悄悄的,风吹得树林里发出沙沙的声音。

这时黑斑雪猫司令的电话铃声急速响起,救援部队见到一个运输队的猫士兵,说有数千只野生雪猫正在围攻矿石运输队,运输队还能坚持一会儿,让救援部队马上出发。

救援队队长把头盔戴在那个运输队的猫士兵头上,黑斑雪猫在电话里对那个运输队的猫士兵说:"现在交给你一个十万火急的任务,回去说服暴风雪将军,放弃轻武器和矿石,给他们20分钟突围。时间一到,救援部队就撤回驯鹿市,不然救援部队也会遇到危险。"

那个猫士兵急了,"黑斑雪猫司令,那些矿石都是用士兵的命换来的,不能这么轻易丢弃啊!"

"你还不明白吗?"黑斑雪猫司令有点着急了,"你觉得你活着跑出来报信是你本事很大吗?很明显这是圈套,吸引我们救援部队前去陷入包围圈。我不能用有限的力量和野生雪猫的主力去拼啊,救援部队去救你们就是送死。你们运输队哪怕空着手进驯鹿市,你们就是守城的有生力量。而救援部队被围歼,驯鹿市没有足够的猫士兵守城,一旦被失守,所有猫都得完蛋!懂吗?"

"好,我这就回去报信!"

救援部队在防御阵地周围插上火把,从望远镜里能看见圣诞树市的方向火光冲天,运输部队正在遭受围攻。这个阵势确实吓人,看起来运输部队真的好像要完蛋了。

时间一分一秒地过去,20分钟到了,运输部队连个影子都没有。

"撤吧!快!"黑斑雪猫司令下了命令。

于是救援部队在阵地上浇上油,顿时火光冲天,袭击运输部队的野生雪猫(虎)基本上不可能冲过这个火障袭击运输部队了。

救援部队立即轻装上阵,以最快的速度向驯鹿市撤回。没想到刚往回撤没多远,两边的森林里就蹿出很多巨大的野生雪猫,它们叼走了几个猫士兵。步枪一轮齐射,打退了第一波进攻,然后弩枪又一轮齐射,地上又躺下了很多只野生雪猫。

救援部队边打边撤，还发出一枚信号弹，黑斑雪猫司令立刻带领增援部队悄无声息地前去增援。5分钟之内，救援部队的上空就出现好几枚照明弹，照亮了埋伏在森林里密密麻麻的野生雪猫。

15分钟后，救援部队和黑斑雪猫司令汇合，它们向森林里扔出十几枚燃烧弹，瞬间森林两边燃起了熊熊大火，火光冲天，照亮了夜空。只过了一会儿，炮弹如雨点般落在着火点处，顿时猫群血肉横飞。

700多个猫士兵在黑斑雪猫司令的带领下迅速回撤，很快接近驯鹿市的高墙外，又一枚信号弹飞起，城墙上的机枪同时喷出怒火，在机枪的掩护下，黑斑雪猫司令的这支700多只猫的队伍只损失了40只猫，顺利撤回驯鹿市。野生雪猫虽然倒下一片，可是它们仍然在拼命地撞击城门，然而坚固的铁门岂是雪猫这种血肉之躯可以撞开的。

渐渐地，城外安静了，黄昏的余晖仍然没有散去，远处仍然可以看见星星点点的火光，野生雪猫却没有对城市发起进攻。

它们在等待黑夜的降临。

12. 驯鹿市保卫战

这是暴风雨前的宁静，黑斑雪猫司令再次巡视了阵地，城墙上有30多个机枪阵地，探照灯一刻不停地缓慢移动，监视着敌人的一举一动。而黄金右眼大臣则待在高塔里，在地板上，赫希船长"吸"着它的背。

"没有铀矿石,我怎么回去交差。"黄金右眼大臣有气无力地抱怨道。

"能活着就很不错了。"赫希船长没有停手,继续"吸"着它的背,"黑斑雪猫司令很优秀,就看它这次能不能守住城市了。这里粮食储备充裕,野生雪猫如果在这个夜晚攻不下,它们就会撤退吧。到了天亮,我们再去寻找它们的老巢,消灭它们。"

"真的像你说的那样就好了。"黄金右眼大臣翻了个身,赫希船长开始摸它的肚子。

"你们这些猫真奇怪,晚上视力那么好,要探照灯干吗?"

"这个我也不清楚,智慧,直立,眼睛退化,这些智慧猫的特征都是同时出现的。据我所知,智慧猫的眼睛的结构和野生猫的不一样,智慧猫夜视功能大幅度退化,不过有了探照灯,我们可以发现远一点的目标。"

"也就是说,没有探照灯,猫群在哪登上城墙你们都不知道?"

赫希船长看见黄金右眼大臣没有回答,它居然舒服地睡着了。

就在黄金右眼大臣半梦半醒的时候,一阵密集的枪声把它惊醒。它一下子从地上弹起老高,弓着背朝外张望。天已经完全黑了,此时也见不到特蕾莎发出的"月光",城市外的黑暗中密密麻麻无数光点在移动,那是野生雪猫的眼睛。

"敌人开始攻城了。"黄金右眼大臣拿着望远镜仔细看着战场上的情况,一波一波的野生雪猫奋不顾身地纵身跃起,扑上城墙,可是它们的身影在强烈的探照灯的照耀下,非常清楚。

这些野生雪猫刚扑上来，就在空中被枪打穿，落在地上，只有少数跃上了墙头，被守城的士兵用机枪打下去。3个机枪阵地同时开火，跃上墙头的野生雪猫没有一点机会，更多的是没有跃上墙头，撞在墙上，爪子想抓住墙壁攀上去，无奈掉在地上，只能再回去，助跑后再跳。它们强壮的后肢是它们突破防线的保证。

这波近似于自杀式的进攻，只在城市的东门留下了无数尸体，守军没什么损失。

出了东门就是前往哥白尼城的道路。这只能说明一个问题，这座城市已经完全被包围，后路已经被切断。一旦城市失守，想要突围回到哥白尼城，就必须突破野生雪猫在东门外的封锁线。

"哈哈，太棒了！这些没有智慧的野生雪猫被高高的城墙挡住，跳不进来。看来熬到天亮是没什么问题了。"黄金右眼大臣有些兴奋。

"现在只是刚开始，不能松懈。"赫希船长用望远镜看着战况。

黑夜降临，温差引发强烈的大风，大风由西向东呼啸而来。此时战场上迎来了短暂的宁静，敌人第一波进攻被打退了。突然间，一阵剧烈的爆炸声在东门响起。

这是82毫米口径无后坐力炮的爆炸声！黑斑雪猫司令吓得一根根毛都竖起来。敌人还有重武器？如果是这样的情况，那么这次毫无准备的守城战会变成屠场，驯鹿市就是敌人的靶子。

果然，一阵密集的爆炸后，机枪阵地被摧毁，野生雪猫发起第二波进攻了！雪猫司令大吼一声："喵！跟我来！"

120个猫士兵组成的突击队在一分钟内登上了墙头。探照灯下，城墙上滚滚浓烟中跳出十几个高大的身影，四散开窜入城市里，如猛虎下山。城里的预备队立即被动员起来，消灭这股侵入城区的敌人。

突击队很快占领这个缺口。城墙外的野生雪猫如潮水般涌来，一个个都试着往上跳，一包炸药被点燃，在攻城的敌群中炸开，可这根本阻止不了它们疯狂的进攻。城下又堆起了很多尸体，其中包括很多守城的猫士兵。

这波进攻又被雪猫司令压回去了，东门前又一次安静了。探照灯照到远方，密密麻麻的野生雪猫在射程之外蹲伏着，似乎准备着下一次进攻。猫士兵们并没有因为敌方停止进攻而休息，它们正在忙不迭地往袋子里装沙子，运上城头构筑阵地。雪猫司令猫在城头阵地上，尾巴习惯性地左右甩来甩去，看着望远镜，心里算计着："如果按照这样的节奏，敌方根本没有突破城头阵地的机会。"

正在观察间，城西面突然升起一枚黄色的信号弹，非常明显，整个城市都看见了。

"那是什么？"雪猫司令脑子飞快地转着。

"那是之前暴风雪将军派出去的侦察队。"一个守城的猫士兵报告。

"为了救侦察队那十几个猫士兵而付出15个猫士兵的代价，这当然不划算。但是现在急迫地需要敌人的情报，付出多少猫士兵的代价都是值得的。必须把它们救出来。"雪猫司令在几秒钟内就作出了这个决定。

"有没有志愿者跟我去救侦察队？"它很快组织起了一支救援队，来到西门前。

探照灯集中在西门，城门一下子打开，在城墙阵地的掩护下，信号弹发出5分钟，雪猫司令就带着突击队前去救援。幸好它行动迅速，野生雪猫还没有围上来，救援队打死十几只巨型野生雪猫后，把侦察队的12名猫队员救回来了。

侦察队只带回来一个令人吃惊的消息：9号元老是野生雪猫的首领，它的计划就是占领圣诞袜子半岛，武装割据，和哥白尼城的元老会对抗到底。

9号元老？赫希船长脑子回想起和元老会见面时，有一个元老坐在轮椅上。

"究竟是怎么回事？"赫希船长看着黄金右眼大臣，它肯定知道。

"这简直太可怕了，我们雪猫一族真的无法避免灭亡的命运吗？如果元老会发生内讧，谁来领导雪猫呢？国不可一日无君啊。"

黄金右眼大臣低下头，开始诉说过去的事情："那是5年前（大约16年地球标准时间），一块陨石从天而降，在空中炸裂成好几块，北方大陆好几处受到陨石碎片袭击。圣诞袜子半岛不但被陨石碎片撞出一个直径30公里，深700米的陨石坑，还被海啸淹没了，整整半年（地球标准时间约一年半）大水才退去。这里几乎成了地狱。

"本来圣诞袜子半岛沿海有好几个大型渔场和伐木场，住着十几万只雪猫，向哥白尼城源源不断地输送着各种资源：食物、木炭、矿石。然而被撞击之后，这里没有取暖的设备，食物匮乏，不能离开这里的雪猫一直在等待救援物资。

"但是最终它们等来了 1 万多只被饿得半死的野生雪猫。它们没有智慧，比老虎还要凶猛。

"这是元老会的命令。它们派 9 号元老带着这些野生雪猫近卫军守住驯鹿市，将整个圣诞袜子半岛封锁起来了。

"让这些雪猫和半岛内的灾民自生自灭，就是为了缓解哥白尼城的粮食危机。城里 100 万只猫，几个日出日落就会把储备粮吃完。元老会的做法引起了雪猫民众的愤怒。没有智慧的孩子不给公民待遇，自己养着给口饭吃就算了，要把它们从身边夺走，投进修罗场，无论如何都是不可接受的。但是饥饿逼迫着这些雪猫作出这个决定。元老会控制着粮食，留着孩子意味着断粮。

"但是 9 号元老隔了很久才重新回到大家的视野中，据说是生病了。"

"很显然它不是生病，而是失踪了。"赫希船长打断了黄金右眼大臣的叙述，"我见过元老会，九号元老坐在轮椅上，没有说话。它现在不可能出现在这里。"

"这确实是一件奇怪的事情，也许侦查队搞错了，野生雪猫现在攻城不利，故意放出侦察队想吓我们。"黄金右眼大臣若有所思地说道。

"您这是胡说八道。"侦察队员的头盔刚充上电，就发出了模拟人声，"我们收到元老会的直接命令，我们的任务就是到这里搜索 9 号元老，见到就击毙，不要活的，只要死的。但是我们始终没有机会下手，我们并不是自杀小队。"

"喵？竟然有这种事情！那么坐在元老会轮椅上的是谁？假的元老？这不可能，元老会非常神圣，其他 8 位元老绝对不会在知道的情况下，和一个假的元老坐在一起！"黄金右眼大臣觉得自己的想法毫无破绽，情绪激动，开始大叫起来。

元老会里确实不可能有假元老，但是它们也不会发布假命令。两件看起来矛盾的事情都是非常合情合理的。那么究竟是怎么回事？赫希船长陷入沉思，

"只有一种可能！坐在元老会轮椅上的元老可能是一只克隆猫。"赫希船长的汗毛都竖起来了。作为猎户座集团的资深船长，他对猎户座集团的一些不可告人的秘密也略知一二，而克隆猫这件事唤起了他内心深处的另一件事情，这件事他甚至已经记不清具体时间了。他曾经执行过一次任务，护送一位外星王子回到狮子座 μ 这个距离地球 133 光年的恒星，继承王位。为此，他在冬眠舱里足足待了 243 年。

根据人类银河帝国的神圣法律，星际飞船上禁止进行克隆人或任何生物的实验。但是借着外交豁免权，赫希船长接受公司的秘密委托，做了这个实验，因为这个狮子座文明还处于封建王朝时代，而外星王子为了保证自己可以完好地出现在自己的国家，同意进行人工子宫实验作为保险。一旦自己无法在多年的冬眠中苏醒，就用全自动体外克隆手术机器人从深度冷冻的卵子和自己的体细胞中创造一个受精卵，在人工子宫机中培养长大。根据精密计算，在外星王子冬眠苏醒之前，克隆胚胎开始发

育,等外星王子苏醒,克隆人和外星王子的外貌几乎无区别,但是他没有记忆,因为克隆只能克隆身体,却无法复制记忆。

赫希船长为此获得了相当于1 000万美元的封口费。毕竟统治一个星球,1 000万根本不算什么。最后王子成功苏醒,亲手杀了这个与外星王子年纪相仿的克隆人。

人工子宫和克隆实验并不能增加船员的生存率,却可以大大降低公司因为冬眠造成死亡的赔偿金。虽然克隆人没有任何记忆,但是冬眠造成的失忆并不在公司赔付的范围之内。星际贸易毕竟是船员自愿抛弃人生的买卖,如果他们长途奔袭数百光年后的冬眠失忆症都要赔钱,那么没有公司愿意去做这件事,政府也收不到关税了。

法律,没有人去执行就成了一纸空文。很多星际贸易公司并没有使用克隆机和人工子宫,并不是因为品德高尚,而是它们没有猎户座公司的克隆技术。

为什么这里会有全自动克隆机器人和人工子宫?肯定是从贾兰顿号飞船上带出来的。这艘贾兰顿号飞船上究竟有多少秘密?赫希船长想得脑袋都疼了。

黄金右眼大臣的第一反应就是,必须及时向元老会报告这件事,如果元老会派出增援部队,不但所有人都能得救,还可以消灭这些野生雪猫,最重要的是夺回这些铀矿石。而黑斑雪猫司令关心的是,攻城部队究竟有没有重武器。令人欣慰的是,侦察队报告,敌方装备了一些枪支和武器,但是严重缺乏维护,使用率不高,而且缺乏弹药。不过9号元老下了决心,无论付出多大代价,都必须血洗驯鹿市,就像圣诞树市一样。

"你觉得哥白尼城再派援军过来的可能性有多大？"黑斑雪猫司令问道。

"我们有一个特别的频率，专门用来报告9号元老的事情。先汇报给它们，让它们做决定吧。"侦察兵说。

"太好了，我们现在就报告吧。"黄金右眼大臣显得十分兴奋。

呼叫很快就得到了回应，元老会决定派出最精锐的近卫军来支援，但是必须等到天亮才能出发，赶到这里还需要半天。现在黑夜刚刚拉开序幕，守城战只过去了四五个小时，城外已经堆满尸体，还有漫长的200多小时的黑夜，外加90小时行军赶路时间。

坚守相当于地球时间的11天，这是一个艰巨的任务。船长心中盘算着，如果在这个过程中援军没有赶到，城市失守，一切都完了。这里的猫不够那些野生雪猫吃一顿的。

开完军事会议，黑斑雪猫司令再次检查了城墙上的岗哨。见没有什么异常，它便去抓紧时间睡觉了。刚躺下，看见赫希船长坐在身边，它懒洋洋地闭上眼睛说："我先睡几个小时，外面的事情就拜托你了。除非出现紧急情况，不然不要叫醒我。嗯？你干什么？"

赫希船长又开始吸猫了。他摸着黑斑雪猫司令的头，顺着身体沿着脊椎到毛茸茸的尾巴，一直这样摸着，没有停下。他可以感觉到它热乎乎的体温，健壮的脊椎骨和顺滑的毛，以及背上留下的伤疤，可能是战斗中受了伤，也可能是被1号议员刑讯逼供留下的。

黑斑雪猫司令觉得非常舒服，一下子消解了疲劳，很快进入梦乡。它感觉睡了很久,醒来时是一如既往的黑夜。窗外下起了大雨,它立刻跳起来,直奔城墙上的阵地。在探照灯下,野生雪猫在城外频繁来回调动,却迟迟没有发起进攻。

黑斑雪猫司令心中存疑,敌人究竟在谋划什么?足足5个小时,没有一点进攻的迹象。

"也许雨停了之后,敌人会有些行动吧。"黑斑雪猫司令讨厌下雨,身上的毛粘在一起,好像被绳子绑住一样不自在。有时候它会想起猫罐头山阵地的事情,如果敌人真的拿出一枚核弹把这里夷为平地,它也认了。

雷电裹挟着暴风骤雨渐渐向海上移去,城市西北方向的地形比较平坦,可以看见大海,特蕾莎在天水交界处露出了小半个身影。

"雨停了,敌人可能要发起进攻了,战士们准备战斗!"黑斑雪猫司令下了个命令。

所有猫士兵立即返回阵地。果然,野生雪猫开始攻城了。

黑斑雪猫司令沉着冷静地指挥着战斗。敌人从四个城门同时发起进攻,方式并没有什么改变。敌方以十几比一的伤亡率,拼命地往城墙上扑,连云梯都没有。不一会儿城墙下又堆满了新的尸体。

黑斑雪猫司令正得意,突然灯灭了,整个驯鹿市顿时陷入一片黑暗。

"探照灯!该死的探照灯在哪?"黑斑雪猫司令绝望地喊着,突然觉得周围的黑暗中,无数黄绿色的小点成对地到处乱飞,那是野生雪猫在黑夜中的双眼。它们紧盯着自己的猎物,惨叫声此起彼伏。

黑斑雪猫司令一回头，只见城市中央的碉堡后面火光冲天，不时传来枪声。"发电厂！发电厂遭到了偷袭！"

电源被切断，探照灯也就灭了。阵地上的猫士兵就像瞎子，感觉四面八方都是野生雪猫。猫士兵找不到目标，根本不知道应该往城下打还是往城墙上打。仅仅几分钟内，几十只野生雪猫就跃上墙头，冲进城市里。

城墙的防线崩溃了，每隔几十秒就有一只野生雪猫悄无声息地跃上墙头，窜进城里。一些猫士兵打着枪就被野猫群从背后袭击，拖走，连叫的机会都没有。

猫士兵为了照明，纷纷点起火把。但是火把好像成了兴奋剂，野生雪猫把这些火把当成了围攻的目标。城墙上十几支火把有一半熄灭了。

子弹已经见底，虽然弹药箱就在下面十几米开外的地方，但是黑斑雪猫司令已经完全被困在城墙的阵地上，根本拿不到子弹，肉搏等于自杀。

"这就是我的结局吗？"黑斑雪猫司令这时候想到的是它的妻子和3个孩子，都是有智慧的猫，这在北方雪猫中已经算很不错了。

突然一阵扫射，野生雪猫的包围圈被打开一条口子，原来是赫希船长带着预备队的100多个猫士兵，冲进包围圈。黑斑雪猫司令一个跳跃，冲入赫希船长的怀里，十几个猫士兵士迅速回到了城市中央的碉堡。敌人暂时攻不进来。

黄金右眼大臣、黑斑雪猫司令、赫希船长被围困在里面，碉堡中有一门75毫米榴弹炮，炮口正对着东门，东门上插着一支火把。只要有野生雪猫打开门进来，就能把它轰上天。黑斑雪猫司令推进一发炮弹，盯着东门，赫希船长也拿着望远镜侦察，手心里全是汗。

这时候城里到处火光冲天，驯鹿市变成了地狱，野生雪猫尽情享受着猎杀的快乐，除了碉堡里的132个猫士兵，其他被分割包围的猫猫士兵想要在野生雪猫的口下存活，谈何容易。

突然间，东门被打开了，外面的野生雪猫一拥而进。黑斑雪猫司令没有开炮，它在寻找目标，如果9号元老出现了，正好一炮击毙它，必须做到出其不意。

可是没多久，碉堡外便围上来几百只野生雪猫，抓着外壁就往上爬，但是没有能够爬上来的。因为这个碉堡的结构比较特别，如同中世纪的尖顶城堡，像一个蘑菇，上面膨出，根本无法攀爬。

忽然黑斑雪猫司令觉得房间里变得炎热无比，很可能是碉堡屋顶上着火了。

"喵！究竟是怎么回事？"雪猫司令带领20个猫士兵冲上阁楼，还带着水管。前面的猫士兵把门一打开，火苗轰一下冲进来，开门的猫士兵瞬间被弹回好几米，在地上打了好几个滚，不动了。

黑斑雪猫司令立即打开水龙头，灭了火，冲到外面一看，到处浓烟滚滚。在浓烟的间隙中，它看见天上密密麻麻的几十只热气球，在漆黑的空中微微闪着火苗飘过。不断有体型比较小的猫甩着尾巴，从天而降，它们就像一枚枚燃烧弹，冲进火里，火就烧得更旺。

它们就是用这种办法袭击发电厂的吗？它看见眼前的发电厂燃起熊熊大火，黑烟遮天蔽日。那里堆满了木炭，用于维持锅炉的运转。

由于屋顶上的面积并不大，10分钟火就被扑灭了，但是还是不断地有猫往下跳，它们身上肯定是涂满了油，以自杀式的进攻引发火灾。一枚闪光弹升空，黑斑雪猫司令拿着步枪砰砰砰开始打。那些往下跳的猫被子弹打出很远，剩下的那些猫，一落在屋顶上就被猫士兵清除了。

双方僵持了很久，热气球顺着风逐渐飘远，屋顶上的进攻停止了，火灭了，碉堡暂时不必担心被火烧毁。此时城市里的枪声变得稀疏，距离天亮还有180多小时。

"失败了，这里将会成为我们的坟墓。"黄金右眼大臣快哭出来了。

然而外面的野生雪猫又一次停止了进攻，后退了十几米。

"怎么回事？"黄金右眼大臣感觉奇怪。

"也许它们要动用重武器把这座碉堡炸成废墟了。"黑斑雪猫司令继续观察着外面，它盯着东门，手里一直握着榴弹炮的触发机关。

"喵！不要啊！"黄金右眼大臣一下子跳进赫希船长的怀里。

就在这时，一只猫戴着头盔走近碉堡，野生雪猫闪开了一条道。

"不要开炮，那不是9号元老。"侦察兵警告。

那个戴头盔的野生雪猫敲了敲门,头盔发出模拟人声:"开门,我代表9号元老来和你们谈判。"

黑斑雪猫司令以极快的速度冲下楼,隔着门喊道:"有什么话现在说,我听得见。"

"好吧,根据伟大的9号元老的命令,请你们把人类交给我,不然我们要放火烧楼了,你们活不到天亮的。"

赫希船长听了这话,没有犹豫,他同意去9号元老那里。

黑斑雪猫司令回到门前说:"我们有一个条件。"

"你先说说看。"

"让我们活着撤出驯鹿市,不要伤害我们。"

"交出人类,我会让你们活着。但是不许你们再踏进圣诞袜子半岛领土,不然消灭你们!"

"好吧。"碉堡的铁门打开,赫希船长高大的身影出现了。

黄金右眼大臣显得十分焦虑,舍不得他,一下子扑上去,抓住赫希船长不肯松手。野生雪猫抓住它的后颈把它扔回碉堡。在野生雪猫的包围下,戴着头盔的野生雪猫举着火把带路,赫希船长走向东门。一路上到处是猫的尸体,血流成河,还有不少守城卫兵和野生雪猫混在一起的尸体,它们至死都紧紧抓住对方,没有松手。鞋子因为沾满血污而走起来粘脚。

13. 9号元老与MTC-A导弹

戴头盔的野生雪猫在前面带路，走出东门，绕了很长的路，赫希船长赫然看见一条长长的战壕，边上是两个机枪阵地。走近一看，战壕里所有的士兵都配了步枪和手雷。

"天哪！野生雪猫居然有这样一支部队。看来攻城战虽然惨烈，但是它们并没有使出全力。"

在卫兵的保护下，9号元老坐在指挥室里。

"人类你好，请坐吧。"

"你就是9号元老？你的白袍呢？"

"我把那件白袍烧了，我是真正的元老，北方雪猫的领袖，不想和那些老猫穿得一样。那种白袍，早就该进博物馆了。"

赫希船长发现9号元老蹲在一个豪华的盒子里，它竟然和猫教授一样，不戴头盔就能直接开口说话，虽然音调非常奇怪，像一个小孩子，奶声奶气的。

"找我来有什么事？似乎我一来到这个星球，所有的猫都对我很好。真是太意外了。"

"因为你是一个人类，我们所有猫都会对你表示出好感，这是刻在我们的基因组里的。"

"它们是商品。"赫希船长一下子意识到了这一点。

"来！吃块饼干。不是皮托做的。"

赫希船长吃了一口，淡而无味。不过比行军粮好吃多了，起码没有腥味。

"这里比不上哥白尼城，没有元老的特供食物。在圣诞袜子半岛，一切都要亲自动手。"9号元老站起身来，轻盈地跳出盒子。它比赫希船长矮一个头，后肢明显比较粗壮，尾巴又粗又长，毛茸茸的，上面还有好几个金属环作装饰。"但是过一段日子就不一样了。等我们推翻元老会，攻占哥白尼城，我们就能天天吃上特供小麦了。"

"你有什么计划吗？小小的驯鹿市，你就付出了如此惨重的牺牲，你觉得有能力攻下哥白尼城这座钢铁城堡？"

"元老会是不可能逃出哥白尼城的，只有把这座城市抹去，彻底消灭元老会，我才能统治北方雪猫。"9号元老信心满满。

"我觉得你在吹牛。"

"等你和我去看一样东西，你就知道我并没有妄想。"

于是他们骑着野生雪猫，在卫兵的护送下，快速地在山路中飞奔。当他们换了三次坐骑后，赫希船长已经完全迷失方向了，只能任由这些野猫把他带往目的地。

他们在另一个机枪阵地面前停下了。两挺机枪守住一个山口，这里的地势非常险峻，难以向上攀登，几乎是无法突破的。顺着山口，可以感受到强烈的海风。

他们不知不觉地来到了海边，海浪拍打着远处的岩石。这里风高浪急，一片黑暗，海平面上有一颗小星星非常显眼，边上有个庞然大物隐隐约约地显出身影。那是特蕾莎庞大的身影，而亮星很可能是特蕾莎的另一颗天然卫星。它们都处于海天交汇之处。

这些坐骑在海边飞奔了十几分钟，一拐弯，又跑进山里。这里地势明显地崎岖不平，跑了很长路，船长才发现他们来到一处高原。山风刮得站不住脚。

这里的景色非常独特，身后是一望无际、漆黑一片的大海，身前是一个山谷，那里灯火通明，是一个发电厂，抬头可以望见满天的繁星。

顺着山坡下来，他们终于来到山谷里。

"这是什么地方？"

"这里只有很少猫知道，跟我来。"

他们来到一个特别的山洞，里面放着一个贾兰顿飞船上的密封舱，大约长 30 米，赫希船长见过很多这样的，现在它是空的，舱门敞开着。

从密封舱边走过，进入山洞深处，他可以闻到一股猫的骚臭味。

几个穿着白服的猫研究员一看 9 号元老来了，一下子从盒子里跳出来。

赫希船长震惊了，这些猫研究员竟然围着一台电脑，电脑的数据线另一端连着一枚导弹，它们身边还有很多枚这样的导弹，远处堆着3个正六边形的支架。

"一共6枚导弹。上面有个马头标志，非常显眼。这是霍斯海德公司（马头）MTC-A型固体燃料短程地对地导弹，射程500公里，是猎户座—霍斯海德集团（马头）军事科技贸易公司的主打产品。军火在星际贸易中非常普遍。"赫希船长还是吃了一惊。

"我们费了很大的劲才从海里把这个密封舱捞上来。我们查看了密封舱里的说明书，说它搭载了卫星制导系统。我只是不明白，如果没有卫星，它能不能用？毕竟我不太理解卫星是什么。所以我想请你来看看，能不能帮我些什么。人类的武器总是非常恐怖的，我看过演示视频，这种武器可以炸平哥白尼城。"

"这倒是很新鲜。"赫希船长脸上露出了惊讶的笑容，"马头公司的产品，你们竟然还有这样的东西。你们会使用吗？"

"这些武器很好用，只要通电，里面所有的资料都存储完全，视频教程从装配零件到发射方法，非常详细，并且没有语言说明。我们的研究员一下子就学会了组装，现在还在摸索使用方法。"

"这的确是马头公司的风格，我略有所闻。马头公司是猎户座集团最大的合作伙伴，就好像地球人都知道猎户座的马头星云是非常有名的一样。它是银河系人类神圣帝国有名的军火公司，他们甚至把现代化武器卖给原始文明，原始文明很快学会使用，并且一下子称霸了整个星球。"

"就是这样！现在我有这些武器，我也能称霸整个喵星，至少称霸整个北方大陆是没什么问题的吧？"

"但是据我所知,这种东西并不能炸毁一座城市,尤其是哥白尼城,近百平方公里大的地方。6枚导弹只能摧毁金字塔大殿,而且前提是有卫星制导,没有卫星制导,也许连目标都炸不到。"

"什么?此话当真?"9号元老不由自主地把背弓了起来。

"卫星制导非常重要。如果你把这6枚导弹竖起来,准确命中金字塔,如果元老会不离开金字塔,那么它们也许一个都不剩了。"

"这真是个好办法!只要消灭了元老会,整个北方大陆就归我统治了。人类,卫星制导的事情就拜托你了!请你现在就开始工作。至于元老会要想进攻驯鹿市,我现在就去开军事会议。等我统一了北方大陆,我就给你'吸'我以及我的子孙的特权。怎么样?这个诱惑力大吧?"

"好吧……"

赫希船长走近导弹,他看见几个卫星锅(即天线,用于接收和发射无线电信号的简易装置)和一堆导线堆在边上。他立即命令猫研究员们把这些卫星锅搬到山顶,长长的导线和电脑相连。赫希船长熟练地输入了联系频率,顺利地和自己近地轨道上的探测器卫星相连。他开始下载卫星的数据。马头公司在兼容性方面做得非常好,赫希船长很喜欢这套系统。

数据量很大,还有干扰,时断时续。赫希船长只能等待。

空闲之余,他进入了导弹制导系统的操作界面。他一下子惊呆了。制导系统中十分详细地记录着地球的每一个城市的精确坐标,误差不到一公里。整个发射系统数据是以月球为发射基地,向地球发射导弹的模型。

建立时间是大约3 600年前,也就是贾兰顿飞船起飞之前就已经建立了。

这已经很能说明问题了,这些导弹已经瞄准了地球上十几个人口在3 000万以上的大城市。如果搭载了常规核弹头,就可以宣布月球独立了。但是赫希船长知道月球从来都没有宣布过独立,虽然独立运动一直在进行着,可是他却在距离地球90多光年的地方发现了这个。

赫希船长站起来,在空旷的山洞里踱步。他似乎明白了贾兰顿2668号飞船上的秘密。它并不是一艘无人飞船,船上的乘客是追寻月球独立的激进分子,他们的行动出于某种原因失败了。为了毁灭证据,他们把所有的东西装上贾兰顿2668号飞船,仓皇出逃,不幸遇上黑洞,掉进这个地方。

想着想着,赫希船长进入了梦乡。

一觉醒来,9号元老和黄金右眼大臣已经在山洞聚集,边上站着黑斑雪猫司令,它看起来异常憔悴。

黄金右眼大臣说出了真相,黑斑雪猫司令的家人已经被元老会处决了,因为它没能够夺回圣诞树市,带回铀矿石。

赫希船长没有说话,只能轻轻地抚摸着黑斑雪猫司令的背脊。黄金右眼大臣忍不住,加入了吸猫的队伍。赫希船长顺势捏了一下9号元老的脸蛋,9号元老假装很生气,但是架不住赫希船长的攻势。军事会议没有开,船长倒是先把三只猫吸了个遍。

随着电脑发出哔哔声,卫星资料已经下载完毕。赫希船长赶紧查看数据。重建模型是一件费时费力的事情,不仅需要将卫星地图的参数和导弹导航系统匹配，还需要重新构建一个弹道模型。

赫希在电脑面前工作了20分钟，才发现有一个重大问题——卫星收集的地图资料太少。这是因为北方大陆过于靠近这个喵星的极地，卫星拍摄的角度太低，距离参数存在巨大误差。

怎么办？导弹只有6枚，打一枚少一枚，如果打不中，凭借9号元老的军队根本无法攻下哥白尼城。也许到赫希船长老死，南北大陆之间的战争都不会停止。

问题敞开了讨论并不是一件坏事。9号元老并没有发表什么意见，因为它确实不知道，如果连赫希船长都没有把握，那么没有谁会有答案。

这时黑斑雪猫司令自告奋勇，对赫希船长说："人类，我相信你有智慧，可以让导弹精确命中目标。现在我已经失去了所有，妻子，孩子，甚至我的士兵。除了你和我这条毫无意义的生命，我已经一无所有了。我只有一个愿望，消灭元老会，结束它们的统治，让没有智慧的雪猫回到它们亲人的身边。"

赫希船长沉默了很久才说："办法是有的，但是真的需要这么做吗？而且这样做并不一定会成功，一旦失败，你的生命就白白浪费了。"

"这没关系，为你而死我不觉得可惜，我的主人。"黑斑雪猫司令有些激动。

"好吧，我们商量一下具体行动方案。"

"现在距离天亮大约还有140个小时，敌猫可能正在集结军队。我猜测哥白尼城肯定会出动机动部队，如果它们沿着公路前进，180公里的路程只需要十几个小时就能到达。"

"没关系，我在公路附近安排了岗哨。只要有敌猫部队出动，我就会收到警告。"

"现在请你出动部队，在公路上挖掘沟槽，阻止敌人的机动部队，每条沟槽跨度1.5米，深1.5米，而且至少宽100米，让车子在路边的草地上绕足够的距离，这样才能达到延滞它们的目的。现在最紧缺的是镐之类的工具。"

"不，这些工具我们有很多。这些年我们在山里开垦荒地，我有一支一万只猫的开垦队，它们是挖坑好手。"

"哥白尼城的军队各兵种的行军速度不一样，我们把挖坑部队全部派出来，设置至少10道阻拦线，行军队伍被拉长，我们就可以分割包围它们，然后在这个地方……"赫希船长在地图上指着一片林子，公路从林子间穿过，距离驯鹿市2公里不到，"埋伏重兵，从这里开始阻击它们。"

"这里会不会太近了？一旦失守，驯鹿市就危险了。而驯鹿市被占，我所有的部队的后路就被切断了。"

"这是决定我们命运的战争，只能成功不能失败。我们对敌猫军队了解越多，我们的胜率就越大。如果我们可以消灭这股敌猫，那么我们就可以保证一段时间内敌猫不再来侵犯了。"

"好吧，我现在就去布置，我可能需要出动所有军队，一旦消灭了这股来犯的军队，我们就要开进哥白尼城下，消灭元老会。"

"黑斑雪猫司令，现在就需要你做一点牺牲了。你带着卫星锅，借口谈判，你作为谈判的代表，把卫星锅的发射功率开至最大,导弹的导航系统会接收到这个卫星锅发出的特定频率的信号,引导导弹精确摧毁金字塔。当然,这是自杀行为,你可以不做。"

"喵!摧毁金字塔?这不行啊!金字塔被摧毁了,整个哥白尼城就会毁灭的!"黄金右眼大臣突然尖叫起来。

"为什么?"赫希船长觉得不明白。

"我听1号元老说的,据说4号元老一直在负责哥白尼城的各项事务,它成立了一支特别的队伍,每隔5年(16个地球年)会集合一次,举行一个神秘的仪式。据说这个仪式是为元老会的敌人准备的。任何对元老会或者哥白尼城怀有敌意的势力都会受到先祖的诅咒而被消灭。任何妄想入侵或者毁灭金字塔的人都会死亡,而且死得非常惨。"

黄金右眼大臣越说越激动,不由自主地弓起了背。

"究竟是什么东西,这么可怕?"赫希船长有些怀疑。

"我不同意摧毁金字塔,太可怕了。"黄金右眼大臣还是非常害怕。

"9号元老,你说一下意见吧。"所有人都把目光聚焦在这个体型庞大的雪猫首领身上。

"对于金字塔的诅咒,我有所耳闻,很有可能是真的。但是如果能够消灭元老会,我愿意付出一切代价。"9号元老下定了决心,"我宣布,现在执行哥白尼城攻略战第一阶段作战方案。

"我先派出8 000部队,800一队,带上铁镐,把公路分成十段,阻止敌方机动部队快速突进,然后在这树林中埋伏下两万雪猫，切断其退路，我亲自带领5万雪猫部队，及时增援树林的阻击部队，消灭来犯的敌猫。"

"据我的经验，元老会可以调动的作战部队不足一万。我们在数量上处于优势。"黄金右眼大臣补充道。

"如果我们放弃外围，缩在驯鹿市，元老会的部队完成展开，用重炮轰击，我们就全完了。"赫希船长作了这个判断。

"对！我们唯一要注意的就是一定要在路上把敌方消灭，不能给它们机会。"

"据我了解，元老会手下已经没有会打仗的猫将军了，能打仗的都被派往南方大陆作战了，留在哥白尼城的都是一些听话的庸才。"黑斑雪猫司令也发表了意见。

"你的意见非常重要，我觉得我的信心增加了不少。黑斑雪猫司令，请你跟着赫希船长，我们的成败就看你了。赫希船长，你可以调动你需要的所有资源，请你确保导弹可以命中目标。"

"我已经有计划了。"赫希船长看着9号元老说，"我必须用掉一枚导弹进行试射，不然我没法保证能命中目标。你看。"

赫希船长用手指着电脑屏幕上的卫星地图。在圣诞袜子半岛的脚尖处有个陨石坑，照片非常清晰，就好像袜子上破了个洞，呈圆形，现在是一个大湖。

"我现在只有这些卫星照片，但是它的尺寸、比例，我完全不知道，我必须进行大地测量，有了这些参数，我才能正确编辑导弹的弹道程序。而我必须找到一个明显的地标，从而可以容易地把地图和测距数据对应起来。比如那个陨石坑。"

"你说吧,你需要什么?"很明显 9 号元老跟不上赫希船长的思路。

"我需要一个运输队,把器材运到海边,还需要一艘船,送我们去陨石湖边。"

"我把打捞用的潜水舰派给你,浪费一两枚导弹没问题,我只有一个要求,把所有导弹都打出去,一枚都不需要留。务必彻底摧毁金字塔,我知道元老会的习惯,不是万不得已,它们不会离开金字塔的。"

"明白。"

14. 导弹试射实验

会议结束,山洞里就剩下船长、黑斑雪猫司令和几个猫研究员。

他反复研究着地图和弹道模型。他手头的工作很多,在进行反复计算和模型修正之后,才确定了方案,然后他按照图纸,将两枚导弹竖起来,设置为遥控模式,把卫星地图打印出来,带着几个身强力壮的猫研究员,背上通信器材、测绘工具、电池、卫星锅等便出发了。

在猫向导的带领下,他们一行来到了一个海滩边等船。茫茫黑夜无边无际,远处特蕾莎的弯月只露出海平面一点点,时隐时现,海风吹得人感觉刺骨的寒冷。天空美极了,灿烂的银河露出一半,在另一个方向上时隐时现,虽然星座的形状和在月球上略有不同，有的有一点变形，但是猎户座仍然清晰可辨，左上角的参宿四大星云肉眼就能看见。

赫希船长有大量的时间独自思考，他不知道自己做的是对还是错。元老会现在不顾一切地想要制造核武器，他们唯一的目的就是要纯化猫的血统，让有智慧的猫存在，淘汰没有智慧的猫。而9号元老反对这样做，它想让每一只猫吃饱睡好。它们之间的分歧可以说是水火不容。站在自己的立场上，他当然是支持9号元老的做法，只有让智慧猫的数量越来越少，猫文明的发展才会停滞，甚至倒退。火箭技术失传，对于他的船员来说，这当然是件大好事。

一个海浪打过来，迎面吹来一阵又咸又腥的风，猫研究员们却兴奋异常，它们点起了篝火，从沙滩里挖出各种奇怪的贝壳以及海中的长腿虫，看样子这些都是猫的美食。赫希船长也饶有兴趣地尝了尝味道，比皮托做的面糊好吃多了。

船不知道什么时候才能到达，这无尽的黑夜是一种折磨，赫希船长感觉很久没有深度睡眠，每次醒来时都觉得头疼欲裂，就好像自己凌晨4点睡到晚上六点的感觉，生物钟和光周期被打断太折磨人了。

漫漫长夜已经过去70多个小时，如果地球上一个黑夜从晚上7点算起，有12小时，那么这个200多小时长的黑夜现在刚刚过午夜时分。赫希船长已经接近崩溃的边缘。

船终于来了。9号元老派来一艘潜水艇，这是曾经用于打捞贾兰顿运输飞船上的密封舱的工具。

三艘小木船漂向海滩，上来几位猫水手，它们身体非常强壮，合力把器材搬上了潜水舰。舰上，赫希船长和猫舰长简单地相互"介绍"了一下。

赫希船长一行终于来到了陨石坑边上，这里的景象和他想象的完全不一样，站在海滩边，举着火把，只能看见脚下，眼前漆黑一片。

漆黑并不会阻碍人类的智慧。赫希船长有两件事需要做。

第一，他让猫舰长把潜水舰开出远海，停在距离导弹基地大约200公里的海上，听从他的命令。一旦测量工作完成，猫舰长就要把卫星锅放在小船上，将无线电波功率开到最大，然后迅速撤离，作为靶子。

第二，他现在必须精确测量这个直径30公里左右的陨石湖的尺寸，为自己的地图模型提供精确的数据。

赫希船长立即放出无人机，无人机飞到500米高空，利用雷达波反射，收集了方圆2公里处的地形图。不到一个小时，他就把自己的地图模型和卫星地图对应起来，确定了自己的准确位置。

随后他把几个激光测距仪交给猫研究员，让它们沿着陨石湖边前进，每隔半小时让无人机升空，和它们通信一次。

湖边是裸露的岩石，没有路，但是这些猫研究员身体非常轻盈，虽然花了点时间，但是它们始终保护着测距器材前进。赫希船长站在海边，用望远镜看着几十公里外激光测距仪发出的光，不断通过无线电通知它们调整位置，直到最后才对这些猫研究员站的位置感到满意。

他一口气测量了陨石湖边6个点的精确距离，将这些数据输入卫星地图，终于建立了导弹发射模型。

接下来就是连接卫星。从北斗星33号发射的这颗卫星，现在以每2小时17分钟环绕这个喵星运转。由于赫希船长现在处于靠近北极的位置，他每隔1小时42分钟会因为卫星绕到星球背面而与它失去联系。

现在电脑显示：与卫星连接中，请等待……虽然没多少时间，却如此漫长。

靶船先传来信号，距离发射点173.2384公里。于是他呼叫猫舰长，把潜水舰再往西北方向开30公里。最终，电脑屏幕上显示靶船的位置是203.6904公里。这是计算出来的距离，是否在误差的允许范围之内，就看自己的模型究竟是否靠谱了。此时，靶船上卫星锅的无线电波功率已经调至最大，导弹一旦落入预定范围，它会根据卫星锅发出的无线电波自动搜索卫星锅这个目标，启动引信，炸毁目标。

电脑终于和卫星连接，这说明卫星正在自己头顶上的太空快速飞过，他果断地点击红色按钮，输入密码。导弹发射了。

不一会儿，天上一枚导弹拖着尾焰，划过夜空，朝着西北面飞去。导弹的飞行数据不断地传到赫希船长的电脑上，导弹携带的摄像头里一片漆黑。随着高度数据急速降低，导弹开启无线电搜寻模式，靶船上的卫星锅会引诱导弹击中自己。

突然，导弹信号消失。这说明导弹已经爆炸，有没有击中目标，只有猫舰长知道。

无尽的等待让人倍感折磨，猫舰长报告说，潜水舰浮出水面，没有检测到卫星锅的电磁波，这说明导弹试射成功了！

赫希船长一阵狂喜，马头公司的产品非常靠谱。

9号元老听到这个消息也非常高兴。它对黄金右眼大臣说："你觉得我现在就派黑斑雪猫司令去谈判如何？"

黄金右眼大臣有些精神不集中，船长不在身边它有些焦虑，老半天才回答："现在不是时候，等赫希船长回来再商量一下，毕竟现在黑斑雪猫司令也不在这里，我们就算决定了也没用。"

"我觉得如果能够提前消灭元老会，我也不需要打这一仗，避免白白牺牲那么多野生雪猫。"

"9号元老大人，元老会你还不熟悉吗？现在它们眼里只有铀矿石，组织一支2000猫士兵的军队，带上重武器就能攻下这个驯鹿市。元老会绝不会在还有军队的情况下答应和我们谈判。我觉得现在应该统一思想，做好阻敌前进的工作，打好伏击战，消灭这支军队。"

"你说得没错。应该如此。"

导弹试射实验取得圆满成功后，赫希船长回到导弹基地，把所有导弹都竖起来，将发射控制终端带在身边，回到驯鹿市，和9号元老它们汇合。

黑夜只剩100个小时了，站在驯鹿市的高塔上，可以看见远处特蕾莎其他的几颗天然卫星在闪闪发光，月牙形的特蕾莎只露出上半部分，下半部分在地平线下，看不见。

赫希船长见了 9 号元老第一件事情就问:"我们的挖掘队进展如何?挖了多少堑壕?"

"根据通信兵的报告,距离这里 80 公里处的堑壕已经挖好了,元老会的近卫军想要通过汽车快速通过是不可能的事情。我们现在已经完成两条,五条已经挖好正在拓宽,还有三条距离这里最近的还在挖。"

"要抓紧时间,敌猫随时可能出现。"

正说话间,情报员从前方来报:"我们的挖掘队在没有军队的保护下,遭到哥白尼城军队的袭击,十条战壕中,已经完成的两条战壕已经失守,双方在第三条战壕处对峙。由于天黑,双方都没有发动大举进攻。"

"怎么办?战斗提前打响了。"9 号元老觉得有些棘手。

"给我 2 000 名训练有素,持轻武器的猫士兵,我去把战壕夺回来。"黑斑雪猫司令显得非常自信。

"我同意,元老会不可能不知道这条公路的重要性。现在我们准备在夜间挖断公路的意图已经暴露,如果我们现在不派军队保护前几条战壕,保证战壕足够深、足够宽,起到阻碍敌方机动部队快速推进的作用,天亮之后敌猫的机动部队就会顺利开近驯鹿市,这样我们就陷入被动了。"

"好。"9 号元老表示同意,"我让我的二儿子再带领 5 000 野生雪猫做你的后盾。你们务必消灭这支元老会的部队,争取天亮前保证战壕还控制在我们的手里。"

15. 哥白尼城决战

任务布置下去后,雪猫司令在驯鹿市找到了之前被俘虏的猫士兵,就100多,从敌人到战友,并不需要太多时间,其他猫士兵的智商都不太高,除了肌肉发达、动作敏捷,要想凑齐2 000经受过射击训练的猫士兵,是根本不可能的事情。

9号元老把最精锐的军队用于保卫它和它的家族,其他的军队没有什么组织力和战斗力。

最后雪猫司令只凑齐了300支枪,1万发子弹,200名会使用步枪的猫士兵,其余猫士兵只能听懂简单的命令,它们只能用来运输弹药和口粮,如果需要,可以加入挖掘队挖战壕。

集结完毕,黑斑雪猫司令准备出发。临走时,赫希船长给它带上了一个卫星锅,让它保持联系。

此时特蕾莎的月牙形状变得饱满许多,附近其他的天然卫星发出更亮的光芒,迎着月光,能见度稍稍好一些。沿着公路,部队并不会迷路,每路过一道战壕,都是忙碌的场景。数百只猫除了工具,还手脚并用挖坑,它们在智慧猫的领导下两班倒。工作队又分成两组,一组负责挖掘,一组负责运输渣土和石块,就好像开荒种田一样。

黑斑雪猫司令带领队伍来到第四条战壕,发现这里的猫明显多了,还有一些受伤的猫在边上休息,看样子已经到了和敌猫接触的前线了。黑斑雪猫司令亲自带领200名带着步枪和200

名身强体壮的野生雪猫士兵，组成突击队，迅速前往第三条战壕，让其余走得慢的部队到第三条战壕集合。

时间就是生命，越早占领有利地形就越能把握战斗的主动权。

隐隐约约发现前方有影子在晃动，空气中弥漫着一股柴火的味道。这是接近第三条战壕了，柴火的味道应该是挖掘队休息的营地。果然，在营火的余烬附近几百米范围内，发现了好多猫的尸体，都是被咬断了喉管，还有明显的搏斗痕迹。

黑斑雪猫司令隐蔽地接近战壕两端。野生雪猫具有优良的夜间作战能力，它们迅速出击，元老会的猫士兵还没反应过来，就被消灭了，连一声喵叫都没有。黑斑雪猫司令轻易地夺回了第三条战壕。在它的前方还有两条战壕被元老会的军队占领着。

黑斑雪猫司令立刻集合部队，留下一名猫士兵传达命令，改变部队的集合点，把集合点从第三条战壕改为第二条，随后急速向约8公里外的第二条战壕行军。仅仅一个多小时，黑斑雪猫司令就发现前方不远处灯火通明，到处都插着火把，还有两台机器正在运行。

从望远镜中可以看见，一台机器正在从边上挖土填坑，另一台机器没有工作，但是看起来像是要把路面压平。

"元老会正在修复公路，现在必须消灭它们。"黑斑雪猫司令盘算着。它把队伍照例分成两队，准备从左右两面发起进攻。

手持冲锋枪的猫士兵先接近阵地，进入150米射程范围内，黑斑雪猫司令一声令下，左面的猫首先开火，随后右面的猫也开火。

顿时第二条战壕里乱成一团，元老会的猫士兵到处乱窜，四散逃开。黑斑雪猫司令一声口哨,它身后的野生雪猫一齐蹿出,如离弦之箭,甩着尾巴追逐各自的目标。

这是一次非常成功的突袭,黑斑雪猫司令没有损失一个猫士兵。唯一不足的是,元老会的猫士兵趁着夜间的混乱,逃走了很多。而且两台机器都是自动的,虽然没有人控制,却没办法让它停下来。

机器的金属外壳刀枪不入,重量接近 20 吨,根本抬不动,而且它还会释放瞬间的强电流,凡是接触这些机器的猫士兵都被弹开很远。

眼看着第 2 条壕沟就要被填满了,黑斑雪猫司令拿这两台机器毫无办法,只能干着急。

元老会的士兵也许很快就会组织进攻,如果不抓紧时间布置防御,自己有可能会被消灭。

因为有射击武器,这支猫部队是 9 号元老手中最有战斗力的部队,它的优势在于进攻,可以轻易取胜,却不擅长防守,在如潮水的敌猫面前,子弹打完就会被屠杀。这支部队的存亡关系到整场战役的胜败。

正在布置阵地的时候,黑斑雪猫司令有了一个意外发现。它竟然发现了一挺重机枪和三箱子弹。

有了重机枪,守阵地就容易多了。它把机枪架好,拆开一箱子弹,挂上弹链,虽然没有副射手,但这不重要。

阵地上只有两台机器发出轰鸣声。3 个小时过去了,黑斑雪猫司令的后续部队终于赶到了,而元老会的部队还没有发起反攻。

驻守在战壕中的猫士兵终于可以吃上一口热食,吃完后甚至还有猫士兵挤成一团相互戏耍起来。

此时卫星锅被后面的部队抬上来了,黑斑雪猫司令立刻与赫希船长联系,询问如何让两台机器停下来。船长指示,在阵地上寻找一个工具箱,必须找到橡胶手套和一把合适的螺丝刀,拆下挖掘机的防水面板,然后把水灌进排气口,电路短路,机器就停止工作了。

这种自动建筑机器人是猎户座集团通用的殖民星改造机器人,结构简单,适应草原、沙漠、森林等各种地形,无论下雨刮风还是沙尘暴,都能完成工作。赫希船长对它们再熟悉不过了。

黑斑雪猫司令很快找到一个工具箱,它跳上挖掘机的履带,在车体的尾部找到一个排风口,然后用一把七角形的螺丝刀拧开面板,排风口瞬间冒出很多黑烟。对于一个智慧猫而言,虽然它失去了夜战的优势,不过眼睛不再近视,可以进行相对精密的操作。这也算是一种优势吧。

黑斑雪猫司令从排风口灌下去两大袋水后,巨大的机器便停止了工作,控制电路因为进水而短路烧毁,但是发动机仍然在冒黑烟,机器还在发出轰鸣声。

黑斑雪猫司令终于可以安心吃口饭,然后钻进一个小洞,蜷着身子入睡了。

不知睡了多久,一阵猛烈的炮声把黑斑雪猫司令惊醒。

元老会的军队开始反击。也不知道它的军队会不会因为炮击受到惊吓而溃散。

当炮击停止后，它一骨碌爬上阵地，望远镜里看见前方无数星星点点的成对小亮点在浮动，不时朝阵地上射击。

黑斑雪猫司令迅速巡视了一下阵地，在所有猫士兵的脑袋上拍了一下，集合了100多个猫士兵和100多只野生雪猫，下令全军待命，做好准备，只要重机枪枪声响起，大家就一齐射击。

敌猫开始冲锋了，手持步枪的猫越走越慢，后面却快速跑上来一批几百只没有任何武器的元老会猫士兵，发起了"猫海战术"。

300米，250米，200米，敌猫就要冲到眼前了。一阵哒哒哒，黑斑雪猫司令的重机枪喷出火舌，所有猫士兵一起射击，元老会的猫士兵顿时乱作一团，冲锋和逃跑的猫士兵撞在一起，黑斑雪猫司令的重机枪前面一个扇形区域留下了几十具尸体。

又是一阵刺耳的哨声，黑斑雪猫司令指挥它的野生雪猫部队发起反冲锋，追出了1公里远。这些野生雪猫已经杀红了眼，根本不听指挥，越跑越远，就好像在非洲草原上的猎豹捕食羚羊一般。

现在管不了那么多了，黑斑雪猫司令马上集合了100名携带冲锋枪的猫士兵，带上子弹和粮食，没命地向前突进。随后，它们竟然发现一个炮兵阵地。

黑斑雪猫司令三下五除二，端着冲锋枪一顿扫射，元老会的炮兵丢下三门大炮就逃跑了。

原来元老会的军队原本准备用大炮掩护步兵冲锋，却不知道发生了什么，大炮没响，只有猫在冲锋。

黑斑雪猫司令没有停歇，带领着部队猫士兵向第一条战壕发起进攻。

进攻出奇的顺利,几乎没有遭到什么抵抗就占领了第一条战壕,还缴获了10辆汽车和大量汽油、弹药。元老会的士兵根本来不及反应,听见枪响就一哄而散。

这条战壕距离哥白尼城还有100公里远。

和之前一样,黑斑雪猫司令准备固守第一条战壕,用枪消耗元老会的有生力量。它布置完阵地防御之后,就吹着哨子,四处归拢部队。这时候,它有了一个意外发现。一只野生雪猫嘴里叼着一具智慧猫的尸体,身穿元老会军装,喉管已经被咬断,彻底断了气,脑袋上还戴着一个头盔。

黑斑雪猫司令摘下它的头盔一看,认识这只猫,自己之前在南方作战的时候,这个家伙作为元老会的代表来沙丁鱼港对军队进行慰问,它的军衔级别很高。黑斑雪猫司令这才意识到,它可能已经摧毁了一个司令部,这支部队原来的任务是夺回驯鹿市。

审讯俘虏后,这一点终于得到证实。

哥白尼城的讨伐队在匆忙间组成,想趁夜色利用公路快速突进,没想到在路上发现了挖掘战壕的猫士兵。讨伐队出动了一支突击队,轻易地占领了第一条和第二条战壕。

没想到突击队刚占领第三条战壕,就被黑斑雪猫司令悄无声息地消灭了。

哥白尼城的讨伐队正在集中精力修复公路,讨论如果无法快速推进到驯鹿市脚下,应该如何掩护炮兵推进,就传来了第二条战壕遭遇袭击,损失了一部分猫士兵。由于一门大炮在刚修复的公路上陷进了泥中,耽误了一点时间,等讨伐队组织好了准备进攻第二条壕沟时,黑斑雪猫司令早就布置好防御阵地了。

讨伐队的指挥官并没有什么指挥军队的经验,它只带领过一支采矿的工程队,在山上打洞埋炸药。因此它对黑斑雪猫司令的情况一点都不了解,连侦察兵都没有派出去,就把所有部队都投入了战斗,身边也没有留下什么警卫队。

战斗结果就是黑斑雪猫司令一个反冲锋就消灭了这支临时拼凑的讨伐队。

"兵贵神速。"黑斑雪猫司令用卫星锅和赫希船长取得联系,将这个情况报给9号元老,"9号元老,我现在很可能已经消灭了哥白尼城的讨伐队,我认为现在应该出动所有部队向哥白尼城发起进攻,天亮后发起总攻。"

"距离天亮还有80多个小时,我命令你坚守在第一条战壕的位置至天亮,等待大部队的到来。"9号元老发布了新的命令,语气中带着激动。

"明白!喵!"

虽然目前形势较为有利,但是黑斑雪猫司令不敢怠慢,它仍然在努力加固防御阵地,把机枪架好,还把三门火炮对准前方,因为没有炮兵和专业瞄手,不指望能起什么作用,但是爆炸的震慑作用也很重要。尤其是对那些没有经过训练的猫士兵,可以直接吓破它们的胆,让它们溃逃。

忙碌了几个小时,哥白尼城方向没有一点动静。这时黑斑雪猫司令胆子更大了,带领着十几名猫士兵沿着公路跑出几公里,对附近进行侦察。它觉得这条公路非常重要,万一元老会在半路设下伏击圈，对行军中的大部队进行打击，后果难以预料，所以它必须保证这条公路的安全。

侦察队越跑越远，不一会儿就来到了荒郊野外，空荡荡的公路上什么都没有。得意忘形的黑斑雪猫司令带领着侦察队一路前行来到哥白尼城郊外，望远镜里已经可以看见城墙上的探照灯。

时间已经过去 4 个小时，黑斑雪猫司令已经非常疲劳了。既然从第一条战壕到哥白尼城的路上没有一个猫士兵，那么现在侦察队的任务就应该是监视哥白尼城。离天亮还有不到 60 个小时，一旦哥白尼城有什么动静，可以随时回去汇报。

然后黑斑雪猫司令就和手下的侦察队轮班休息了。

黑斑雪猫司令一觉醒来，发现大事不妙，应该是哥白尼城中的军队，循着黑斑雪猫司令的气味摸到了侦察队的驻地，几千哥白尼城的猫士兵将这十几只猫团团围住。没办法，黑斑雪猫司令举起了爪子，只好投降。

猫士兵不敢耽搁，把黑斑雪猫司令直接押往金字塔。

"我们又见面了，仅仅一个昼夜。" 1 号元老亲自审问黑斑雪猫司令，"你这个叛徒，说！野生雪猫叛乱者有什么行动？"

"我犯下了致命的错误，我轻敌了。快杀了我，我好和家人团圆。"

"元老会不接受任何建议！要杀了你很容易，但是你还有点用处，快点说出叛乱者的进攻计划，不然我们要上刑了。"

"我只是前线的战斗员，不知道总攻计划。但是你们却有一次得到铀矿石的机会。"

"什么？铀矿石？" 2 号元老冷笑了一下，"凭你能得到它吗？"

"我们并不想进攻哥白尼城，我们没有这个实力。"

"你们当然会遭到失败！" 1 号元老叫了起来，"快说！铀矿石在哪里？如果你敢撒谎，我现在就杀了你。"

"我觉得我们可以签订一个契约，我们向你们提供铀矿石，用来交换你们的粮食，这样我们可以避免交战。"

"元老会不接受任何建议！你快点让反叛者交出铀矿石，我们现在需要 500 吨！马上就要！"

"我可没有决定权，不过我可以说服人类，人类也许有办法。"

"人类？你知道如何联系他？"

"我需要回去取一个联络装置，不然我找不到他。"黑斑雪猫司令想着如何离开。

"我不允许你这个俘虏离开，这里有联络装置！你来联系人类。"

说着，黑斑雪猫司令戴着铁镣铐，被卫兵押上了金字塔的顶端，那里有一根巨大的天线。

黑斑雪猫司令牢记它和船长的联络无线电频率，果然那头传来了赫希船长焦虑的声音："黑斑雪猫司令！你去哪了？天快亮了，怎么都找不到你。"

"人类！我命令你交出铀矿石。我需要 500 吨，现在就要！"1号元老一听见他的声音就叫了起来。

"你是谁？"

"我是伟大的1号元老。现在黑斑雪猫司令这个背叛者在我这里。"

"你在金字塔？"

"赫希船长，我在金字塔里！元老会都在金字塔里！"黑斑雪猫司令大叫。

"不许你说话！"1号元老说着，拳头如雨点般落在黑斑雪猫司令的脸上。

"你是1号元老？"赫希船长问。

"是的！"

"好吧，我这里有一张地图，标出了一个铀矿，就在哥白尼城不远的地方，我预计你可以得到2000吨矿石。不过我有一个条件，不许你伤害黑斑雪猫司令。"

"元老会不接受任何谈判，快说！矿山在什么地方！"

"我发给你一个坐标，你接收一下。"

赫希船长盘算着一个新的计划，通过卫星作为中继站，他向金字塔发射了一个特殊的信号，金字塔的控制界面上出现一个对话框："是否与用户001建立连接？"

1号元老便点击了同意，然而它并不知道通过赫希船长的卫星直接与他建立无线网络连接是什么后果，这下1号元老中计了。

赫希船长对猎户座集团的 LAM 操作系统非常熟悉,他通过卫星连接,以管理员的账号一下子就登入了贾兰顿 2668 号飞船的系统。他在海量的共享文件里寻找,通过目录搜索,只花了几分钟就找到了一个文件,那是哥白尼城精确的卫星地图。赫希船长立即开始下载。

时间一分一秒地流逝,下载进度条从 20% 到 70%。

"据我所知,浓缩铀有个关键的参数,就是它的临界体积,你们是怎么计算的?"赫希船长故意拖延时间。

"2 号元老,你和人类交流一下吧,人类的智慧不可小视。"1 号元老显然不懂这个问题。

"我拒绝交流,这些都是秘密。"2 号元老显得有点不耐烦,"我手里只有一些浓度很低的铀,现在说什么都太早。"

"你不会没有算过吧。"赫希船长看了一下进度条,87%。

"我怎么会没有计算过!你打算激怒我吗?喵!"2 号元老发出了怒吼。

"不不不,请你不要激动,如果临界体积算错,会发生爆炸引发灾难,我只是担心而已。"

"你根本没必要担心,我对浓缩铀的每一步操作都很熟悉,只不过没有铀矿石,一切都是空谈。"

进度条已经达到 100%,赫希船长说:"我已经拿到了地图,你现在就放了黑斑雪猫司令,不然我不会发给你矿山的坐标。"

"你先发矿山的坐标,不然我现在就杀了它!"1 号元老丝毫不退让,"元老会不会与任何人谈判!"

无奈之下,赫希船长只好在哥白尼城北部山区里随便标了一个点,发了过去。

"很好,人类,我现在命令你,携带100吨矿石,到核工厂来交换黑斑雪猫司令。如果你没带矿石,或者我们发现这个矿山里没有任何铀矿石,那么黑斑雪猫司令就没命了。"

"给我点时间准备,我们保持联系吧。"

"我们在核工厂见面,给你48小时准备,你到晚了就杀了黑斑雪猫司令。"1号元老说完便离开了。

现在赫希船长已经有了金字塔的准确位置。因为贾兰顿2668号飞船在几千年前来到这个双星系统,停泊在这个喵星的近地轨道上时,就对整个行星进行了精密的勘测,然后把所有的密封舱都扔掉,一边扔一边标出了这些货物的落点,减轻重量后携带船长室和主控系统在喵星表面进行了软着陆。

驯鹿市的气氛非常紧张,几万只野生雪猫已经吃饱喝足。现在是黎明前的黑暗,距离天亮还有50小时,9号元老跃跃欲试,准备带领着雪猫军团向哥白尼城进发。第一条战壕的通信兵回来报告,没有哥白尼城的丝毫信息。

于是9号元老向赫希船长发布命令:"人类!你留在导弹基地待命,听我的命令,当我带领大军接近哥白尼城脚下时,我会用卫星锅和你联系。我会要求元老会投降,如果它们拒绝,你就发射所有导弹摧毁元老会的金字塔。我需要亲自见证元老会的灭亡!"

"这没问题。马头公司的导弹可以命中目标，不过请你让我救出黑斑雪猫司令。"

"黑斑雪猫司令是不可多得的将军。我会派 100 名带枪的卫兵去救它，不过你的首要任务是听我号令，消灭元老会，明白吗？"

"好的，尊敬的 9 号元老。"

"好！我宣布，哥白尼城总攻方案现在执行，全体出动！"9号元老抑制不住激动的心情，胡子都翘了起来。随着一阵呜呜的号角声，浩浩荡荡的军队便出发了。

数万野生雪猫军团并没有整齐的阵型，冲在队伍最前面的是数千体型巨大，没有装备武器的野生雪猫。在驯鹿市攻城战中，它们付出了巨大的牺牲，死伤过半。不过它们嗜血的天性没有改变，它们不屑于像智慧猫那样直立行走，它们更喜欢四脚飞奔。

黎明前，照亮大地的星光变得十分黯淡，连特蕾莎的影子也看不见，它的"月亮"更是若隐若现，能见度变得很差，几乎伸手不见五指。这时野生雪猫的夜视能力被激活，无数双猫眼变成跳动的荧光球，在黑暗中一闪而过。

9 号元老坐在自己的专车中，走在队伍的中间。这辆专车有着厚重的铁壳，装饰华丽，纯电动力，行驶速度缓慢，每小时只能走 10 公里，连助动车的速度都不及，而且每 20～30 公里就需要更换电池，是名副其实的龟速。但是它笨重的躯壳可以挡住大部分子弹，据说连炮弹都无法把它掀翻。

9 号元老有 1 000 多个智慧猫组成的近卫队，每个近卫队猫士兵都配备短冲锋枪和两颗手雷，是所有部队中最有战斗力的。由于天黑，它们纷纷举起了火把。

近卫队后跟着1 000多只猫，照顾着9号元老及其家族的生活起居，各种生活用品都装在平板车上。

运输队在队伍的最后，走得最慢，各种弹药、武器、粮食肩扛手拉，停停歇歇。

就这样，队伍中跑得快的越跑越快。这些野生雪猫可以一边赶路一边睡觉，不知疲倦地向哥白尼城进发。由于和驯鹿市的交通中断，这条公路上几乎没有猫，而大多数猫因为饥荒进城了，因为只有城市里才有粮食供给。

不到40小时，2 000只野生雪猫已经兵临城下，这些野生雪猫野性难改，没有接到进攻命令，就直接向哥白尼城发起了进攻。

通向哥白尼城的公路两边有无数废弃的贫民窟，散乱地分布着。这座哥白尼城原来是由人类建设的，后来猫的数量越来越多，猫只能自己在哥白尼城外搭建简陋的猫窝，久而久之，形成了一个比原来城市面积还大的新城区。只有登记过的智慧猫才允许进入内城，享受工业化的成果，其余的猫则住在这些贫民窟中。

野生雪猫冲进这个没有法律的贫民窟，和住在这里的居民相互撕咬起来。

警报声划破了黎明的寂静，整个内城发现有入侵者来犯，切断了内城和贫民窟的所有通道。

野生雪猫凭借数量上的优势，以及训练有素的捕杀技能，很快平息了贫民窟内零星的抵抗。在长达5公里的城墙下，野生雪猫仰着头，策划着攻进内城。

哥白尼城毕竟是有一座3000年历史的古城，有很多渗透点，除了城墙上各种小洞，就是复杂的下水道网络，数千只野生雪猫化整为零，从各个点挤进内城。

元老会以为是贫民窟发生了骚乱，并没有去理会。直到内城燃起了火光，金字塔所在的高处能看见数十处起火点，元老会才发现事情并不简单。9号元老的叛军怎么会这么快就开始攻城了？

刚从城市警卫队中抽调的军队在赶往驯鹿市的路上被黑斑雪猫司令消灭了。除了亲卫队，1号元老会竟然没法组织起一支军队用于消灭渗透进内城的叛军，只能从核工厂调回一支部队。现在金字塔的门紧闭着，谁也不准进入，只留一个小窗口，让通信兵不断汇报情况。

4号元老从睡梦中惊醒，匆忙宣布哥白尼城戒严，派出了自己的部队，在每条街上与野生雪猫巷战。

由于放弃了外围，野生雪猫很快占领了城门。随着轰然一声巨响，内城的门被打开，几千只野生雪猫蜂拥而入，一场屠杀开始了。

城里那些凡是不结实的猫窝都被野生雪猫袭击扒开，里面的智慧猫被拖出来咬死，内城里惨叫声四起。到处都是枪声和爆炸声。

双星中的红色恒星终于从地平线上升起，破晓的曙光并没有带来一丝温暖，反而照亮了哥白尼城战场上横七竖八的尸体。

4号元老的警卫队在通往金字塔的三条道路上设置了路障，建立了临时的阵地，架起了机枪，狙击手分散进入自己的位置，从暗处居高临下，射杀野生雪猫。攻城战的局势开始扭转。

根据元老会的命令，保卫核工厂的军队加入了城市保卫战。这支生力军在机枪的掩护下,将城市西南角的野生雪猫部队围住,利用街巷分割它们,逐渐缩小各个包围圈。不到 2 个小时,元老会的警卫队由守转攻,向野生雪猫发起反冲锋,几百只野生雪猫退出内城。

元老会这才反应过来,9 号元老打着谈判的幌子,已经把大军开到了哥白尼城下。于是 1 号元老发布了总动员令,打开军械库,向城里 10 万智慧雪猫每只发一支枪、10 发子弹,由军队带领,按照 4 号元老划分的防守区域,进入阵地,构筑防御工事。工兵猫开始修补城墙,锁紧城门,严阵以待。

1 号元老非常清楚,这些野生雪猫不是 9 号元老的主力部队。

双星已经完全升上地平线,在灿烂的晨辉中,哥白尼城的侦察兵从望远镜里看见了 9 号元老浩浩荡荡的大军正在逼近,它们就像一群迁徙的野兽,除了高大坚固的城墙,没有任何力量可以阻止它们。

利用卫星,赫希船长很容易就把卫星锅和金字塔的天线加入了一个局域网,建立了通信。

9 号元老坐在专车里,拿着对讲机,近卫队立刻布置防御阵型,架好机枪和沙袋,卫星锅更换电池,架在 30 米开外。

"1 号元老,我们又见面了,我是你日思夜想的九弟弟,9 号元老。我非常想念哥白尼城。现在你的军队,无论是被派往南方大陆的 10 万雪猫部队,还是黑斑雪猫司令、暴风雪将军的部队,还有你派来消灭我的讨伐队,都不存在了。你们已经成为光杆司令了。"9 号元老停顿了一下说,"快投降吧,交出元老会的权力,让我统治哥白尼城.我不想流血,也不想收你的尸体。"

通信器那一头并没有回音,9号元老有些不耐烦了,怒吼道:"我只给你一次机会看看我的实力,我只要一个命令,你的哥白尼城就会变成一片废墟!船长,发射导弹,先把哥白尼城的标志性高塔炸掉!让元老会尝尝我的厉害!"

赫希船长在导弹基地里控制着通信,他把通信切换成仅他和9号元老之间的秘密对话,然后喊道:"请你抓紧时间,9号元老大人,卫星还有不到30分钟就要飞出通信区域了,而且必须保证导弹在飞行的12～13分钟内与卫星保持联络,所以要不要炸金字塔,现在就决定吧。如果现在不决定,下次机会是1个小时15分钟之后。"

9号元老正在犹豫,那头的元老会发声音了。"元老会神圣不可侵犯,你是假冒的,9号元老,我现在就把你送上天。"1号元老发出了怒吼。

这句话只有赫希船长听见了,他动起了歪脑筋,如果切断9号元老和元老会之间的通信,相互以为对方过于傲慢,不接受谈判,那么他就可以名正言顺地炸掉金字塔,消灭元老会了。

正在这时候,从哥白尼城金字塔不远处,突然射出了3枚小型导弹。它们几乎垂直射向天空,过了几分钟才落下。轰!——轰!——轰!——赫希船长听见9号元老那里发出的三声巨响,哥白尼城发射的导弹在9号元老的队伍中炸开了花,猫士兵顿时乱作一团,但是没有炸到9号元老。

"发生了什么事?"

"哥白尼城里飞出了导弹，和你手里的导弹一模一样，在我身边爆炸了，我的队伍有点混乱。"9号元老的声音中夹杂着一丝惊慌。

"导弹？和我描述一下，什么样子？"赫希船长一边通话，一边搜索着贾兰顿2668号飞船的文件系统。

"一共3枚，飞到天上，很高，然后落下来，爆炸。"

"我查到了，是元老会的萨第姆防空导弹，一共15枚，是用来打飞机的地对空导弹，并不适合陆地目标，不用担心。"

"不用担心？我攻城部队的左翼几乎崩溃了，士兵们已经扔下武器，四处乱窜，要崩溃了。"9号元老有些着急了。

"我建议现在就用导弹摧毁金字塔。导弹对于元老会来说也不算什么新鲜的玩意，它们看见过，你说你可以精确打中它们，它们也不会相信，更不会因为这个投降。我这里显示，还有27分钟，卫星就要失联，如果你在10分钟之内不作出决定，你就需要再等1小时。1小时以后战局会不会有什么改变谁也不知道。现在元老会摆出决一死战的架势，当它们在战场上占据优势的时候，它们更不会投降，而意外有可能会出现，运气不好就会……"

"好吧！喵！发射导弹吧！"

"明白！"

赫希船长再次核对了导弹的制导程序，正在这时元老会发话了："元老会神圣不可侵犯！入侵者必将受到天罚。元老会现在给你一个忏悔自己罪恶的机会，放下武器，解散军队，到金字塔来，接受元老会的审判！"

9号元老并没有听见这句话,赫希船长果断按下按钮,3枚导弹以10秒钟的间隔,依次升空,飞向180公里外的目标,整个导弹基地被烟雾弥漫着。

　　此时哥白尼城的反击开始了。萨第姆防空导弹再次升空,虽然只有一1枚,但是落点极佳,在9号元老的身边炸开,一下子把9号元老的专车掀翻,卫星锅被炸得粉碎。

　　9号元老害怕极了,它迅速打开车门,把头伸出车外,这时专车已经90度侧翻,周围全是烟雾,熏得它眼泪直流。没有一只猫保护它。

　　"护驾!快来护驾!"9号元老急忙喊着。等了2秒钟没有回应,情急之下,它吹响了呜呜的号角声,然后迅速缩进专车这个铁壳中向对讲机大喊:"人类!导弹呢?我命令你立即发射导弹!摧毁元老会!摧毁金字塔!现在就发射!"

　　可是卫星锅被炸毁,通信中断,对讲机的那一头陷入死一般的沉寂。

　　导弹现在正以每小时850公里的速度飞来,要想击中180公里外的目标,导弹需要飞行10多分钟,随后天边同一方向飞来好几个光点,快速向金字塔逼近。

　　9号元老望着光点兴奋地大喊:"元老会,你的末日到了!"

　　第一枚导弹在金字塔左腰部爆炸,瞬间金字塔的左边被黑烟吞没,塔尖在浓烟中若隐若现。隔了10秒,第二枚导弹又飞入金字塔的左腰,并没有发生什么大爆炸,但是金字塔顶端完全被黑烟吞没,只能看见半个金字塔。

这时候哥白尼城的导弹升空，很明显要去拦截赫希船长的发射的第三枚导弹，但是两枚导弹都没有拦截成功，飞向了远方。

又隔了10秒，第三枚导弹命中目标，引发了剧烈爆炸，着了火的建筑碎块四处飞溅，留下一团大火。

金字塔已经被完全摧毁了。战局立刻发生了扭转。

看见金字塔被摧毁，9号元老十分惊喜，站在专车上，用尽所有力气吹响了号角，近卫队和其他野生雪猫队终于听见了，停止溃逃，向哥白尼城发起了总攻。

失去了主帅的哥白尼城守军得不到元老会的任何命令，顿时军心涣散，放弃抵抗，各自逃命。轰的一声巨响，内城的城门再次被打开，野生雪猫再次冲进去，直扑金字塔的残骸。

这时战场上出现了一件奇怪的事情。金字塔的废墟上冒出了一团黄绿色的气体，越来越多，没几分钟，元老会所在高地上已经被这团黄绿色气体完全笼罩，渐渐扩散到整个城市，并且不断地顺着地势向城外以及贫民区扩散。

哥白尼城本来就是建在一个陨石坑中，这个陨石坑北面高南面低，北面一条大河穿过，金字塔建在北面高地的最高处，因此黄绿色烟雾不断涌出，朝地势低洼处倾泻。高地上的黄绿色烟雾越来越浓，凡是活着的生物被烟雾吞没后立刻痛苦地蜷缩成一团，在痛苦的挣扎中死去。

无论是守城的士兵还是进攻的野生雪猫，它们所有的猫都不知道这是剧毒的氯气。它们看见这团烟雾，觉得味道不对，还想跑，已经来不及了。

正是 4 号元老在做这件事，它按照元老会的旨意，将盐湖中的水通电，制备氯气，吸入冷凝管，装入不锈钢罐体。这就是所谓神秘的仪式。

一旦入侵者胆敢侵犯神圣的元老会，它们就会受到最严厉的惩罚。而导弹完全摧毁了金字塔，击破了 30 吨液氯的储罐，液氯摧毁了低于元老会海拔处的所有生物，哥白尼城迎来了最血腥的一天。

可怜的 9 号元老，坐在笨重的专车里，看着外面一团迷雾，周围的近卫军丢下自己往回跑，没几步就栽倒在地。它还来不及生气，就闻到一股浓烈的消毒水的味道，瞬间呼吸痉挛，倒在柔软的沙发上，再也起不来了。

16. 金字塔与贾兰顿 2668 号飞船的真相

清晨的阳光已经照亮大地，黄绿色浓雾笼罩着哥白尼城，燃烧冒出的黑烟混杂在这片死亡的气息中。无数猫来不及闭眼就死了，两只眼睛朝天瞪得滚圆，直直地盯着双星。它们在烟雾中时隐时现。

整个哥白尼城一片死寂，不时传来建筑倒塌的声音。这片死亡之地给所有侥幸逃过死神追杀的猫留下了终生难忘的印象，只要空气中有轻微的消毒水的味道，它们马上就会受惊，全速跑出很远。所以哥白尼城很久都没有一只猫来过。

赫希船长连发 3 枚导弹，通过检查最后一枚导弹接近目标时传回的影像,他判断,金字塔已经完全被摧毁。随后,卫星照片证实了这一点。

他的任务已经完成了,他不断地呼叫着9号元老,几个小时过去了,没有得到任何回应。

赫希船长不知道前线发生了什么,就想着去救黑斑雪猫司令。于是他和黄金右眼大臣一起,带上100个猫士兵和圣诞树市挖来并包装好的铀矿石,前去核工厂。

路上,他觉得周围有些出奇的安静,连个伤员也没有。赫希船长骑着野生雪猫,路上走了8个多小时,才发现野生雪猫的溃兵,一个接一个,如闪电般从眼前跑过,惊慌失措,不顾一切地跑。

赫希船长觉得十分奇怪,元老会不是已经消灭了吗?为什么9号元老的军队有那么多溃兵?难道9号元老出事了?

赫希船长大脑飞速转动,9号元老是交易的筹码,9号元老死了,雪猫司令就毫无交换价值,必须尽快救出它。

于是赫希船长和黄金右眼大臣骑着野生雪猫,扔下矿石运输队开始急速飞奔。当他接近核工厂的两个巨大碉堡时,发现这里空无一猫,只有一只猫趴在阳光下懒洋洋地睡觉。

黄金右眼大臣的鼻子特别灵,它忍受着极大的反感,顺着黑斑雪猫司令留下的气息,在一间大楼里发现了它,它正和其他猫挤成一团,相互戏耍。

雪猫司令看见赫希船长,一下子扑进赫希船长的怀中。赫希船长后来才知道,保卫核工厂的军队接到命令去哥白尼城增援后,再也没有回来。站在高大的碉堡上,用望远镜可以清晰地看见：元老会金字塔已经不见了，整个城市被黄绿色烟雾笼罩。

核工厂里所有的猫都放下了手中的活，核工厂彻底停工，留下的猫研究员懒懒地躺在地上晒太阳，舔着自己的爪子。这才是属于猫的最本质的快乐。

赫希船长当然非常高兴，把核工厂里所有的猫都"吸"了个遍。随后好奇心驱使他进入核工厂最核心的离心室。可是他打开门，发现房间里积满了灰尘，离心机很久都没有开过机。他撬开纯化室的大门，发现里面的材料横七竖八地堆在地上，经过酸浸泡过的矿石溶液里含有可溶的铀化合物，按照操作说明，铀化合物料液需要用"柱子"来处理。

所谓的柱子，其实是一个空心玻璃外壳，两头连通着管子，一头进料液，一头排料液。柱子里是特殊的填料，含有特殊的离子，铀化合物通入柱子，会和这些填料发生化学反应，留在柱子里，其他的废液会流出，将溶液中的铀化合物浓缩收集起来，进入下一步工序。

很显然，这些都是人类制造的一次性消耗品，猫根本没有能力制造这些柱子。刺鼻的气味遍布整个房间，赫希船长捂着鼻子跑了出来。

他进入初加工区，发现一个巨大的池子，里面浸泡着很多石头。

赫希船长知道，铀矿石需要浸入酸液，溶解后把液体通入刚才那个房间的柱子里。显然这些猫虽然对工艺流程非常熟悉，却并不知道自己在干吗，它们甚至不能理解酸和pH值的概念。当酸液反复使用，变成中性的时候，铀矿石就算泡上一万年也无法将铀溶解到溶液池中。

2号元老根本不会提取铀矿石,它在向元老会撒谎,没有铀矿石只是一个借口。

所谓的智慧猫也不过如此。猫永远都无法理解人类的想法,它们只是享受着人类的工业品,却没有形成"科学"这个概念,无法用自己的大脑来理解这个宇宙。

这些猫能走到今天这一步,能够自己摸索着学会操作人类的产品,已实属不易。但它们终究只是人类创造的玩物,不是大自然进化出来的智慧生命,衰退合情合理。

核工厂里可能会有辐射,赫希船长并没有在里面待很久。他走进保卫核工厂的兵营,这里空无一人,还有很多储存的食物。他还在军官的营房里发现了不少物品,有绒线玩偶、绳子、瓶盖、长杆子和子弹壳。

猫有收集癖,这不奇怪。

原来隶属于9号元老的近卫队完成护送任务之后,大多数返回圣诞袜子半岛了。赫希船长在兵营里开动灶台,加工食物,把几十只猫都养起来。在黑斑雪猫司令的组织下,这些猫成了近卫队,不断巡逻,防止其他猫入侵。

就这样无忧无虑地生活了两个昼夜,也就是差不多一个多月的时间,粮食所剩无几,赫希船长必须去一次哥白尼城寻找食物。

不过那里被血洗过,环境很脏,已经完全停止了活动,成为一个死城。没有猫再进行工作,蒸汽管道中也没有蒸汽,地上躺着几只懒猫,元老会高地下的内城和贫民区堆满了猫的尸体,蚊蝇成群，没有一只活猫。水管爆裂，污水横流，形成一个个水坑，但是有几个被氯气净化过的水坑却清澈见底。

最终赫希船长发现元老会高地有一个仓库，里面堆满了各种粮食，除了面粉，还有土豆、红薯，更多的是皮托磨成的粉，吃也吃不完。穿过仓库，是一个巨大的温室，黑洞洞的。赫希船长花了两个小时，启动了备用电源后才发现温室十分巨大，一眼望不到头，里面种满了各种植物，都枯萎了。灯光可以模拟昼夜交替。

他又走进另一个房间，里面堆满了各种各样的植物种子。黑斑雪猫司令非常高兴，立刻派兵驻守这个仓库。赫希船长感觉自己好像在执行殖民星任务一般，发电、种植和储备粮食，进行各种科学实验和地质考察。

现在最重要的工作就是清理尸体，防止瘟疫。氯气的消毒作用已经散尽，雪猫司令和黄金右眼大臣把所有的智慧猫都组织起来，从清晨处理到傍晚处理数万只猫的尸体。赫希船长开着挖掘机挖了数十个大坑，用自动洒水车把街道清理干净。

吃饱喝足，闲来无事的赫希船长又开始满足自己的好奇心。他来到金字塔的废墟，发现这里就是贾兰顿2668号飞船的控制中枢，飞船自从降落到这里以后，再也没有挪动过位置。前人在这个再也无法起飞的飞船周围造了这个100多米高的金字塔，将它保护起来。

走进废墟深处，有一个往下的楼梯，他看见一个房间。打开门，点亮蜡烛，里面是一个祭坛。再进去是一个有很多管道的房间，天花板已经塌陷，一个不锈钢罐子倒在房间里。

原来4号元老就是在这里制备氯气的。元老会的生活穷奢极侈，喝水都是用氯气净化过的。

再往里走，进入另一个房间，这里变成了复合材料的墙壁，再也看不见石头。这里就是飞船的舱室。赫希船长拿着手电筒找了两个小时，才接通了电源。这里排水良好，空气干燥，加上本来这个星球氧气含量就很少，3000年了，这里保存得非常好。打开计算机，系统时隔很长时间再次启动。

历史重新回到了飞船降落的那一刻。计算机里存储的资料是与外界隔离的，赫希船长从没有见过。它是一个原始资料库，赫希船长连接金字塔的LAM系统只是这个系统的备份。

在原始资料库中，船长日记存储在一个显眼的文件夹里。日记很多，赫希船长没法一一读完，从目前的资料来看，飞船的船长是一个叫比洛克因的月球人，因为煽动叛乱而被判决强制人工深度冬眠后，被关进了贾兰顿2668号飞船流放到天枢星。

船长日记按日期排列，出发日期是星历时间16696.432年，因为相对论时间效应，船长日记只记录了飞船上流逝的绝对时间。第一篇日记从飞船出发后的181年7个多月开始：

比洛克因船长日记，星历绝对时间：16696.432+181.7年

这究竟是怎么回事，自从我进入深度冬眠，离开我深爱的故乡月球以后，飞船应该飞向天枢星。现在航道偏离，飞船自动转向，我再也到不了那里了。不过对于一群被流放的犯人，去哪里不重要，甚至于死在路上都不奇怪。真是可笑，人类数十万年的

文明史,科技高度发达无所不能,仍然会发生奴隶死在船上这种远古时代才能发生的事情。

比洛克因船长日记,星历绝对时间:16696.432+181.9 年

问题已经解决,我们决定改变航道,控制飞船前往 HIP—56290 这个恒星世界,也许可以在这个世界里找到一个落脚点。我现在就编写程序。或许我可以向别人广播,我们占领了 HIP—56290 这个恒星系统,建立了一个新的殖民星,并宣布月球是一个独立的世界,与地球没有任何关系。

比洛克因船长日记,星历绝对时间:16696.432+181.901 年

可恶!求救信号竟然有敏感词屏蔽!看来宇宙信号法被落实得非常彻底,不能随便向宇宙中进行广播,只能编写默认的求救信号。

比洛克因船长日记,星历绝对时间:16696.432+184.1 年

我们已经接近这个恒星世界,在气态巨行星的卫星系统里发现了一个适宜居住的卫星。看来这里就是我们的目的地。我们很可能都死在这里。

比洛克因船长日记,星历绝对时间:16696.432+190.6 年

意外冬眠被唤醒后,我们又在飞船上待了 9 年。这是 9 年牢狱生活,虽然对于流放犯来说这是正常的,不过感觉还是糟糕透

顶。不过这样的日子终于要结束了。我们已经做好降落的准备。

比洛克因船长日记，星历绝对时间：16696.432+190.7 年

我们已经顺利进入环卫星轨道，虽然有惊无险，不过我必须扔掉飞船上所有的物资，减轻飞船重量，为着陆作准备。这个卫星太糟糕了，全是海洋，一不小心就会掉进海中。不过飞船的密封舱性能绝佳，不需要担心损坏，只是打捞起来非常麻烦，得重新建立一个数据库，记录它们精确的落点，再去打捞它们。

比洛克因船长日记，星历绝对时间：16696.432+191.3 年

降落后的工作真的太多了！我不喜欢这个世界，氧气含量太低了，呼吸困难。而且这里的白天和黑夜都太长了，我的生物钟已经紊乱了。真受不了！不过一切比飞船里强多了，起码可以自由活动。从地图上看，我现在的落点应该是北方大陆，我从密封舱里获得了不少建筑机器人。为了保证能量供应，我得建立一个基地。

比洛克因船长日记，星历绝对时间：16696.432+191.4 年

发生了一件有趣的事情，有两个密封舱里竟然有几万只活猫在深度冬眠，我把它们解冻，戴上头盔，它们竟然可以和我们说话。这简直是上帝派来的天使。

比洛克因船长日记，星历绝对时间：16696.432+191.8 年

我终于住进了自己造的特殊房间。利用双星日出日落和遮光板的角度，我在漫长的白天可以模拟出地球上的昼夜，虽然有 2～3 小时的误差，但是比整天晒太阳强。无论在月球上还是在这里，我还是喜欢 24 小时昼夜，简直太舒服了。

比洛克因船长日记，星历绝对时间：16696.432+194.1 年

在这里生活了 3 年多，已经毫无新鲜感了。这些猫学得很快，已经可以自己制造木炭，制备氯气，将纯净的水加到锅炉里发电。有了电，很多电子产品就能使用，它们终于可以自己学习了。它们还会自己寻找皮托这种藻类植物的孢子，只需要挖一个水坑，就能在这个星球上种植这些植物，虽然难吃，不过这是它们唯一可以吃的食物。要不就去河里、海里抓鱼或者其他软体动物。这个星球还没有高等动物，就好像 4 亿年前地球上还处于泥盆纪，我现在连一只青蛙都没有发现。

猫是外来的物种，能不能适应这个世界只能靠它们自己。

比洛克因船长日记，星历绝对时间：16696.432+194.8 年

我感觉我生病了。真是可悲，我曾经是月球上叱咤风云的人物。为了月球哥白尼城里 3 万居民的利益，我和猎户座集团进行了艰苦的谈判。我们的作息时间受到严格控制，仅仅为了降低成本，为地球供应氦三这种能源。我们不是人，是工具，没有自由的工具。

为了摆脱奴役，我必须进行斗争，用枪，用炮，用导弹显示

我们的力量。这样我们就可以夺取氦三的控制权，我们自己定价，自己获得利益，免受地球上那些吸血鬼的盘剥。

也许辉煌只属于过去，人老了，会陷入回忆的旋涡无法自拔。

比洛克因船长日记，星历绝对时间：16696.432+194.8 年

我的病好了，也许是过于劳累导致的。没想到病毒在整个宇宙中都是存在的，也有可能是寄生在猫身上的。总之没有大碍。

我还是怀念在月球上的时光，我在月壤的废渣中秘密提取铀化合物，并且进行浓缩实验。这些离心机可以分离纯化气态氦三，当然也可以纯化高浓度的六氟化铀。这套流程我简直轻车熟路。

我利用浓缩铀偷偷制造的 20 颗原子弹还没有使用就被队伍中的内奸阻止了。斐格这个可耻的叛徒，没有亲手处死他真是我一辈子的遗憾。现在我离开月球在太空里飞行了 180 多年，远在月球的斐格早就死了吧。哼！这样的渣滓被我枪毙十次都不过分。

比洛克因船长日记，星历绝对时间：16696.432+194.9 年

现在想起来，和地球上的浑蛋谈判是我一生的耻辱，我有资源，有武器，有核弹，宣布月球自治是远远不够的，真该直接宣布月球独立。

都是斐格这个叛徒，让我在睡梦中成了俘虏，导致我的努力瞬间化为泡影。这些地球上的吸血鬼竟然如此卑鄙，不仅把所有月球独立运动的信息抹去，还把我制造的所有武器都放进飞船，就是为了销毁证据，就好像月球上什么都没有发生过一样，还打着开辟陌

生航道的名义,在路上安排这样的阴谋,让我们悄无声息地死去。

实在对不起,我们还好好地活着呢。月球独立万岁!

比洛克因船长日记,星历绝对时间:16696.432+195.0 年

我终于发现了我们的水质有问题,猫粪污染了水源,并不能被过滤装置去除,有时候还会寄生在贝类中,所以我们必须制造氯气对水源进行消毒。水很重要。

比洛克因船长日记,星历绝对时间:16696.432+195.1 年

回忆就像一把钝刀子,割得人生疼。今天,我的副官,维贝克去世了。他是一个好人,从小和我一起长大,年纪轻轻就在工厂里奉献青春。为了我的独立计划,他付出了所有的心血,浓缩铀的每一道工序都是他制定的。我们都有一个梦想,把氦三能源牢牢抓在手里,换取美好的幸福。我们都努力了,只不过没有成功。

比洛克因船长日记,星历绝对时间:16696.432+195.3 年

今天在和部下闲聊的时候,我突然意识到一个严重的问题,我们的飞船并没有到达天枢星,地球上的人肯定会来找我们,而我们的飞船在路上留下一个求救路标,我们被发现只是时间问题。地球人会不会对我们赶尽杀绝?

哼!休想!现在我的队伍中已经没有叛徒。我要让追杀我们的人付出血的代价。这个世界属于我们,在法律上属于月球王国

的海外殖民地。我们手里有武器，有核弹，可以摧毁入侵者。

比洛克因船长日记，星历绝对时间：16696.432+196.1 年

防御工事修得差不多了，你就算来一支星际舰队，只要你敢降落，就要付出血的代价。现在我已经训练了一支猫军队，即使我们死了，猫也会代替我消灭你们这些地球上的魔鬼。

比洛克因船长日记，星历绝对时间：16696.432+197.1 年

很久没有写日记了，为了保证猫族的种群稳定，把变异控制在一定范围之内，我把它们关键的基因型分别保存在 9 个猫身上，并且每只猫制备 300 份克隆，放入液氮低温保存。还别说，猎户座公司的全自动体外克隆手术机器人确实靠谱，不仅可以自动制备液氮，克隆猫受精卵的存活率也达到了 70% 以上，甚至母猫一次把 9 个元老的克隆猫都生下来了。

……

看到这里，赫希船长已经不想再看了。这些猫利用人类的工业品，整整活了 35 个世纪。哺乳动物的大脑确实强大，有学习能力，可以建立自己的社会。这就好像一个生存游戏，唯一的法则就是保持一个高度活跃的大脑。

但是现在智慧猫的数量在减少，野生猫在种群数量上占有绝对优势，智慧猫退化成野生猫的趋势已经无法阻挡了，即使有元老会保存基因也阻止不了这个趋势。

哥白尼城的小小人造基地靠赫希船长一个人运行着。日子就这样过着，如同一个只有时针没有分针的钟，始终在缓慢而不停止地流逝，死寂而平静。

直到有一天来了一群访客。那是南方大陆来的猫，它们坐着船，非常顺利地来到北方大陆一探究竟。

这些南方猫已经了解到了北方大陆发生的这场浩劫，也没有说什么。它们在北方大陆住了2个昼夜，赫希船长决定带着黑斑雪猫司令和黄金右眼大臣去一次南方大陆，见一下1号议员。

南方大陆的情景已经变了很多，牛奶盒子市再也组织不起来劳工恢复城市。泥土中充斥着死猫残留的气味。很多猫离开了城市，再也没有回来。每当太阳升起的时候，它们就会本能地回忆起遭到核弹打击的那一幕。

城市没有猫去维护就成了废墟，电力至今没有恢复。

1号议员比之前更肥了，仍然吃着饼干，这是作为1号议员的特殊待遇，它每天都要十几二十包。

它和赫希船长面面相觑，没有说什么话，赫希船长只是把它"吸"了个爽。1号议员躺在赫希船长的双腿上，快睡着了。

"看来智慧猫的历史就要终结了，猫文明就要画上句号。"

1号议员懒洋洋地抬起来头看了一眼赫希船长，又继续趴在他的腿上，懒懒地说了一句：

"这有什么办法，大局已定，我们仅仅是猫而已。"

尾　声

喵星再次迎来漫长的黑夜，只不过这黑夜缺少了灯光。特蕾莎仍然用一高一低两只怪异的眼睛（风暴）注视着喵星上的一切。灿烂的星空中多了一条清晰的亮线，那不是彗星留下的彗尾，而是飞船反物质发动机制动减速时喷出的尾焰。

北斗星33号飞船在遇难273年后，终于等到了猎户座集团的救援飞船。

此时赫希船长早已去世，他的船员们虽然都在深度冬眠，但是生命体征完好。救援队将他们移入救援飞船后，将所有资料都复制带走，取出一包价值连城的芯片，然后丢下空无一人的北斗星33号货运飞船，离开了HIP—56290这个恒星系。

随后，这些船员在天枢星附近苏醒，却发现他们熟知的赫希船长已经不在了。人们解读了赫希船长英勇的事迹，知道他牺牲了自己，保全了飞船上所有船员的生命。

到目前为止，HIP—56290的双星仍然放出温和的光芒，喵星上发生的核战争，以及月球独立运动领导人比洛克因船长被流放在这里的故事却被湮没在宇宙历史的长河中，还无人知晓。被废弃的北斗星33号飞船仍然静静地躺在特蕾莎的拉格朗日点L4上。

此时的喵星上，赫希船长的墓碑周围的杂草被清理干净，上面多了一束鲜花。

新纪元

启示

文 / 野火

科幻
硬阅读
DEEP READ
不求完美 追逐极致

◆ 1 ◆

  宇宙澎湃，亿万色彩萦绕盘旋，虚空浩瀚，无数螺旋交错缠绵。横跨数座星系的星子海恍若虹色轻纱，悬挂在无穷的幽寂中，美丽却又危险至极。时间在无限深远的空间中似乎失去了意义，思绪被静怡带向沉沦的瞬间，上百道光束突然闪现，割开迷雾，冲入无边的星子海，打破了永恒的死寂。

  光束闪烁的轨迹逐渐变亮，速度却似乎慢了下来，当镜头急速拉近 1 600 倍，大脑才开始纠正视神经的相对错觉，感知到超越人类极限的动态视讯。当模糊的残影被放慢 500 倍，图像终于解析成功，显现出超光速轨迹的真相。

  水晶般璀璨的宇航器在层叠的星子中穿行，表面折射的光芒残影形成了视觉上的光束。在高速撞击中，无数星子化为齑粉，被凶猛的能量流裹挟，呈螺旋式扩散飞扬，仿佛缠绕在光束四周的飘带。

  画面静止，投影光幕切回新闻画面，女主播用兴奋的语调讲解着这段绚丽的影像："刚才播放的是第九惑星外围探测器以量子通信传回的影像片段。地球联邦星空总署经过对比判定，这正是 11 个月前与人马座探测器相撞的外星文明舰队，他们前进的方向正对太阳系，很可能是破解了探测器携带的友好信息，前来拜访我们的。按信号传输的时间和舰队前进的速度推算，6 个月后他们就将抵达地球。这将是人类历史上里程碑式的重大事件……"

无邪的双眼看着投影光幕，充满好奇，胖胖的小手在空中抓挠挥舞，"啊啊"的呓语匆忙表述着自我存在的意义，可惜还没表述两句，臭屁和粑粑就终结了灿烂的笑容，换成了不适引发的哭闹。智能管家打开生态襁褓的清理功能，妈妈把小婴儿抱起来，爸爸手忙脚乱地给他换新衣服。

唐灵不喜欢这个每天拉十次粑粑的臭小鬼，她觉得自己已经足够聪明可爱，爸爸妈妈没必要再浪费精力，养育另一个并不完美的基因继承者。可惜，妈妈没有中止这次意外妊娠，还为了稳胎不惜延误研究进度，额外休息了一个月。

唐灵刚过完 5 岁生日，智商测试数值就已经超过身为世界顶级科学家的父母，学习效率更是正常孩子的十几倍。高智商与求知欲往往形影不离，学习知识是唐灵最爱的游戏，但也给她带来了一些麻烦。孩子与大人最大的区别不是身体，而是意识，可爱的前提是天真，天真的本质是无知。唐灵知道得太多，便实在无法可爱起来。当她开始用力学原理测算秋千摆幅时，自然就成了群体中的异类。

"哇，彩虹啊，好漂亮啊，这一定是仙女的魔法。"

"没有仙女，也没有魔法，那只是很普通的光折射。"

"哎呀,有流星,大家快许愿……好可惜啊,没有来得及。"

"对空间物质与大气摩擦产生的光迹许愿,是没有任何意义的。"

"丑小鸭的忍耐和坚强终于让她变成了白天鹅。好厉害啊,我也要向她学习!"

"白天鹅幼崽的正常发育进程而已,跟坚强毫无关系,不必学习。"

……

在同龄孩子们看来,唐灵一点都不可爱,她不爱笑,总一本正经地板着面孔,还经常说些怪话破坏欢乐气氛,所以大家都不愿意跟她玩。这种拒绝最后甚至变成了集体排斥。

唐灵对此不屑一顾,她认为,排斥自己的不是孩子们的智商,而是他们的生物竞争本能,自己可以谅解他们的无知,但绝不会迁就他们的愚蠢。于是,白天鹅和丑鸭子们从此一刀两断。

父母陪伴和学习知识是唐灵仅有的两种乐趣。臭小鬼要强占半壁江山,唐灵自然得坚决反击,可还没等她发动"争宠大作战",科学院抢先出手,将爸爸妈妈紧急召回各自负责的科研组。时间紧,任务重,爸爸妈妈每日早出晚归,忙得昏天暗地,家里绝大多数时间只剩唐灵和臭小鬼大眼瞪小眼,外加一个无所不能却呆头呆脑的智能管家机器人照顾他俩,"战争"只好暂时搁置了。

唐灵爱看书,而且有很多书可看。小孩子总爱问十万个为什么,唐灵的问题很早就从"天空为什么是蓝色的"深化到"小孔成像原理"。爸爸妈妈时间稀缺，无奈之下便把能想到的科普书整合起来做了个电子书库，让她自己阅读查询。后来看到有用的书就会录入，久而久之，唐灵的书库就变成了"百科全书"，甚至夹杂了很多顺手存储的科学论文和实验报告。

看书要有规律，需要阶段性放松和休息。唐灵懒得再看新闻上关于外星人到访的各种讨论，一时又没找到其他娱乐项目，无聊之际便只好趴在婴儿床围栏上，臭着脸观察刚睡醒的小小人，权当缓解视疲劳。

臭小鬼手舞足蹈半天，见没人抱他，就打算自己滚出去，结果翻身还不熟练，屁股压住胳膊，将自己卡住了。他来回晃了半天都没办法改变状况，就瘪着嘴打算哭一下，扭头看到唐灵，立刻笑了起来，"嘎嘎"得像只小鸭子。

唐灵哼了一声，扭头不理他，可臭小鬼不但笑得更欢，还"啊啊"地努力地探身想摸唐灵扒在床沿的手，结果把自己拧得更扭曲了。唐灵见他蠢萌的样子，犹豫了一下，叹了口气，踩着凳子，翘起脚，探下身，伸出一根手指头，嫌弃地戳着臭小鬼白胖的小屁股，把他翻了过来，嘴里傲娇地说："哼，看在你讨好我的分儿上，帮你一次好了。"

"咯咯咯咯！"

臭小鬼成功翻过来，开心得不得了，笑得满床打滚。智能管家闻声而来，确认小婴儿只是大笑不是咳嗽，才松了一口气，迈着独特的机械滑步转回去继续做家务。

唐灵看看手指头，觉得刚才的手感似乎还不错，于是又捅了臭小鬼屁股几下。臭小鬼像被点了笑穴，笑得不亦乐乎，吓得智能管家又跑来了。这个游戏顿时引起了唐灵的兴趣，她一会儿点点臭小鬼的屁股，一会儿戳戳他的肚皮，玩得很是开心，可怜的智能管家却被折腾得差点崩溃。

3个月大的臭小鬼毕竟精力有限，笑了一会儿就乏了，被智能管家抱着吃了好大一瓶奶，便满足地又睡了过去，睡着时还感叹了一声"哎呦吼"。

这是臭小鬼发出的第一个多音词，有腔有调。唐灵翻了个白眼，歪头说："哎呦吼？你是玩累了还是吃累了？好大的架子啊。"说完，又捅了臭小鬼屁股一下。

这一下有点力度过重，臭小鬼从睡梦中惊醒，瘪瘪嘴，扯着嗓子号啕大哭起来。

唐灵被吓了一跳，连忙捂着耳朵跳下凳子，转身狂奔，试图逃离犯罪现场。刚跑到门口，迎面正撞在赶来的智能管家腿上，"咣"的一声脆响，一个跟头弹飞出去。唐灵晕乎乎地爬起来，只觉得眼前一片金星，脑门又胀又痛，捂着额头的大包委屈至极，干脆撒开性子也满地打滚大哭起来。

智能管家左看看右看看，一时算不明白到底应该先抱哪个才好，只得都搂到怀里，一边安抚，一边唱起妈妈原声录制的儿歌。

这一天，是2120年12月21日。

◆ 2 ◆

　　臭小鬼一天天长大，唐灵操心的事也越来越多。臭小鬼学会了自己翻身，需要鼓励一下；臭小鬼开始啃自己的脚丫，应该记录一下；臭小鬼最新的睡姿像个青蛙，必须嘲笑一下……撞到婴儿车的熊孩子被打得鬼哭狼嚎，惊扰睡眠的宠物狗被踹得落荒而逃，不可爱的唐灵接受成为"姐姐"后，升级成了街区一霸。

　　智能管家的名字被唐灵从"托马斯3527"改成了"老铁"，据说这是古代中华北方民间词汇里代表好朋友的专用词，比型号加编码的冰冷称谓听起来顺耳多了。民族的就是世界的，每当唐灵满屋高呼"老铁来给臭小鬼洗粑粑"的时候，充满最新科技的云端家庭就瞬间回归大地，弥漫起阵阵乡土气息。

　　爸爸妈妈很庆幸没将那本《上世纪信息时代网络文化用语》收录进唐灵的书库，不然家里现在很可能已经满屋高呼"老铁666"了。他们很欣喜于唐灵的转变，试图抽出更多时间来陪伴两个孩子，可惜事与愿违，亲子时间却不得不变得更少了。

　　新闻播报外星舰队进入太阳系之后，地球联邦科学院开始戒严，爸爸的战略机械统合和妈妈的基因解锁工程都进入了关键阶段，常常连续几天都不能回来，答应了唐灵很久的全家旅行一拖再拖，这让唐灵很不开心，学习都没了精神。

　　当新闻播报木星基地失联时，唐灵的不开心加重，暂停了脑力训练;当新闻播报外星舰队同步月球轨道时,唐灵的不开心升级,冲老铁和臭小鬼发了好几次脾气;当新闻播报谈判团交涉未果且无人生还时,唐灵的不开心达到了顶点,开始用摔锅砸碗以示愤怒。

一向温文尔雅的爸爸经常说:"愤怒与埋怨,是无能为力的表现。"可现在,他却在一边拷贝实验数据,一边用极其强烈的愤怒与埋怨证明自己有多么无能为力:

"我当初就说过,星舰开发刚进入初级阶段,北极星舰队只具备太阳系内径作战能力,不要自以为是地搞什么太空联谊计划。在不具备跨星系作战能力之前,贸然用自主探测器装载地球的文明信息向银河系外漫游,还不断发送信号寻求联系,是十分危险的。

"宇宙的生命环境是未知的,但最大可能就是与地球生态环境类似的弱肉强食。这个概念很多年前就被星际环境研究专家反复警示,可这些狂妄自大的政客依旧置若罔闻。就算他们的脑子只有核桃大小,也应该想到,有能力捕获探测器并跨越茫茫宇宙来访的文明,绝对比我们强大!

"如果我们发现一个文明程度远低于人类的星球,会发生什么?没有初次见面多多关照,只有殖民战争、奴役掠夺!我们应该做的是寻找其他文明,而不是被其他文明找到!"

唐灵不太理解这些愤懑,不过既然爸爸不是和妈妈吵架,也不是说她和臭小鬼,那在语音通话里和同事骂一骂政客缓解工作压力也无伤大雅。妈妈突然决定实践旅行的承诺,唐灵早被偌大的惊喜砸懵了,此刻她正忙着收拾行李,变着花样挽回之前罢学罢饭撒泼打滚的恶劣形象,没心思开导可怜的"老父亲"。

"妈妈,我想把电子书库和实验套装都带上,这样出去玩也不会耽误学习,好不好?"

妈妈正在检查爸爸最新研发的球形救生舱,准备用这个直径一米的微缩样品充当安全座椅,免得臭小鬼路上乱动,随口回道:"爸爸的备用智脑坏了,正在用你的电子书库备份笔记和资料,一会儿还给你。实验套装的工具太多太重,就不要带了。"

唐灵瘪瘪嘴,"爸爸的强迫症啊,总要备份两份,弄乱了人家书库的序号怎么办?实验套装可以让老铁帮我背着啊。"

妈妈愣了一下,解释道:"老铁这次不跟咱们一起去,他要留下看家。"

"好吧,可怜的老铁哦。"唐灵看看在打包行李的智能管家,过去拍了拍他的后背,表示同情,刚想安慰他几句,却被爸爸更大声的牢骚打断了。

"是的,我们回来接孩子,准备自行前往集结点。要转移科研机构和军工企业,却没做好信息管制,造成全民恐慌!耗费巨大完成的超级救生舱,不配备给第一线舰队官兵,却想先供给高官!准备发动全球防卫体系,却又没统一作战意志,还在试图谈判议和!……他们在浪费人类最后一丝挽回局面的可能!"

通话结束,爸爸拷贝完了所有研究资料,妈妈不顾臭小鬼的挣扎,硬把他塞进了救生舱,固定在悬浮车后座的安全环上。离开家门的那一刻,老铁在门里挥手告别,有些孤单,还有些悲伤。唐灵很想转身拉他一起走,却在爸爸的催促下最终放弃了这个任性的念头。

仓促的春游仓促出行,街道上到处是出城的车流,大家争前恐后,花样百出,但最终,所有人还是被堵在了出城的跨江大桥上。

春风微凉,桃樱飞散,随着江水漂向未知的远方,没有回头。夜色被嘈杂搅乱,车灯如密鳞汇成长龙,喧哗声和鸣笛声此起彼伏,纷扰不休。

跨江大桥上车龙杂乱冗长,不见头尾。堵塞不单是因为道路分流能力达到上限,更是因为各种事故和争执,短时间内无法疏通。人们大多站在车外,或心急如焚地与人通信,或肆无忌惮地指天骂地。

被爸爸抱在怀里的唐灵四下观望,回过头来问道:"爸爸,你平时不是总说一寸光阴一寸金,不要在无意义的事上浪费人生吗?为什么现在却要和这些笨蛋一起堵车,浪费人生呢?"

爸爸有些语塞,妈妈解围道:"我们想利用假期出行,别人也是这么想的。你马上要上学了,不要总说别人是笨蛋,这样不礼貌。知道吗?"

"好吧,好吧,我知道了。"唐灵吐了吐舌头,转头看风景以躲避妈妈的教训。

大桥上挤满了车,不好看,人们脸上都挂着焦虑慌张的神情,更不好看,唯有夜空安静祥和,星光灿烂,还算值得一看。于是,唐灵开始专心计算星座的距离,没再注意旁边车载视频的声音:

"地球联邦防卫总署已经启动紧急预案,请大家不要被谣言蛊惑,不要过度恐慌。我们欢迎友好的星际来访者,也有能力消灭卑劣的野蛮侵略者。第三次交涉即将开始，所有星际舰队都已经进入一级战备，月球星舰基地半数星舰已经升空列队。不管最终是否能达成共识，我们都将捍卫人类……"

播报画面忽然一震，主持人的话语被凄厉的警报声打断，画面刚转向月球基地上方，还未来得及向突然出现的光团聚焦，摄像机就被撞翻在地，无数人在向后奔逃。背景中的星舰基地刹那间被万千蓝色光线笼罩。

在倾斜的画面中，悬浮在基地上方的数百艘星舰在光幕中纷纷解体、分裂、破碎，转眼化为尘埃。地面的建筑、炮台、车辆、武器，也瞬间分解飘散，在月球表面形成大片黑色迷雾。

能量失控的殉爆不知从哪里开始，瞬间蔓延，火海中哀号遍野，仿若炼狱。下一刻，重力场失控，人造气层破裂，火焰随着氧气外泄扭曲成巨大的龙卷，密密麻麻的人如渺小的虫豸，被吹向太空。摄像机被卡在某个残骸缝隙，画面剧烈摇晃，随着一张惊恐扭曲的面容在镜头前闪过，光幕一闪，只剩一片空白。

爸爸歪着身子探手连点按键想更换其他频道，却发现所有频道都是空白，根本就没有卫星信号。

唐灵突然扭着爸爸的脸，指向天空大喊起来："爸爸，妈妈，快看，快看啊！"

爸爸转过头，看向夜空，顿时呆在当场。

下弦月中部还在绽放连串闪烁的光斑，黑色迷雾将弯月切成两段，夜幕铺满了卫星和宇航基地炸裂的火花，将单调的墨蓝染成混乱的颜色。下一刻，一颗，十颗，百颗，耀眼的星芒拖着光尾划过苍穹，刻出道道白痕，不断向地面延伸，仿佛无形的大手正在绘制一幅壮丽的印象派画作。

笔触刚刚到达天际中央，人们视线所及的远山突然腾起一片火海，数百发星际导弹拖着巨大尾焰腾空而起，紧接着地平线上也升起无数光点，在强大动能加速下，化为璀璨的逆天光雨，迎向漫天流星。质子武器、粒子武器、震荡武器、电磁轨道炮、重质量弹……甚至未来得及处理的老旧中子武器都掺杂在其中，绚烂的色彩覆满整个夜空。

星雨与光雨相遇，点燃了苍穹，亮如白昼。每一个闪烁的光团都是一场恐怖的能量风暴，每一个爆发的亮点都是一次巨大的力场冲击，一层又一层，一波又一波，星海被遮蔽，月光被阻断，大气层都颤抖着扭曲起来。人类倾其所有上演了一场惊天动地的烟火表演，似乎在向宇宙展现自己强大的力量。

大戏高潮落幕，曲终人却未散。当最后一片能量乱流光雾悄然泯灭，星空还是那片星空，一丝不乱，流星还是那群流星，一颗未少。

流星雨的速度在短暂受阻后呈几何倍数递增，亮度也层层暴涨。地平线上再次冲起一片光点，人类大气圈舰队以同归于尽的阵势迎头撞了上去，却如萤火之光被一冲而散，转眼间化作细碎的火星飘散无踪。

短短几分钟的时间，地球联邦引以为傲的战略武器毁灭殆尽，再没有什么能阻止流星雨飞向四面八方，其中一颗越来越大，越来越亮，在人们惊恐的眼神中，变成硕大无比的光球，落向十几公里外的城市中心。时间仿佛在这一刻静止，无声无息。

"啊！"

爸爸用一声无意义的喊叫惊醒了周围的人，他抱着唐灵冲向身旁的悬浮车。世界突然陷入黑暗，并不是车灯与路灯熄灭了，而是远处骤然爆发的强光占据了视网膜所有感光区域。

黑夜中出现了一颗太阳，天地间所有的一切都失去了光彩，被撕成破碎的残影黑芒。

第 1 秒：爸爸拽开车门，按开固定在后座的球型救生舱，将里面熟睡的臭小鬼推向一边，将唐灵也塞了进去。太阳与地平线衔接的地方开始扭曲，如同盛夏时远处空气折射的波动。随着太阳升起扩张，这种扭曲越发明显，隐约可见其中有一些细碎的黑色碎屑在四散挥发。

第 3 秒：爸爸打开了防护按钮，直接调至最高级别，丝毫不顾孩子们被 ITO 维生液灌入口鼻的惊慌，猛地扣上盖子。天边的亮线从扭曲中向外延伸，瞬间扩散变成一道光环。一切阻挡光环的物体都被碾为齑粉，就连空气都变成了肉眼可见的黑影被推向远方。

第 5 秒：救生舱旋转锁死，外壳的 16 个孔洞瞬间喷出最新型突入大气层用缓冲凝胶，将自己彻底包裹起来，抗高温、抗冲击、抗辐射阈值升至极限。光芒终于突破形状的束缚，冲向整个天地，没有爆炸升腾的火光浓烟，没有冲击波在爆心地面反射和负向抽吸形成的蘑菇云，所有冲击能量以超过核爆冲击数倍的强度向四面八方冲击扩散，碾压过所有敢于阻挡的物体，只留下一团晶莹的蓝色光芒在中心区域闪烁不定。

第 9 秒：江水急速汽化，水位骤然下降数米。大桥的金属框架表面升起炙白色的火焰，刹那化为液态，悬浮车的钢塑外壳直接熔化挥发，人们没来得及张嘴呼喊，就被无声的热浪瞬间碳化成黑色的碳物质雕塑。妈妈的手停在悬浮车加装的防御力场按钮上，脸上凝固着关切和不舍，终没能说出最后一句叮咛。

第 11 秒：无数物体粉碎溶解后重新凝结成碎屑，带着琉璃的五色光芒，如同扑面爆发的星辰巨浪，构建出了冲击波边缘的形状。黑色的人形雕塑最先被冲散，接着是悬浮车的零件和各种金属残骸，最后，整座大桥如同被拆碎的积木，瓦解成无数碎片，被无形的大手一掌拍飞，江水也随之消失无踪，露出了空荡荡的河床，只有一个小小的救生舱如狂风中的落叶，随风飞向天际。

第 15 秒：在飓风的嘶吼声中，地面如被抖动的地毯，甩起了一道数米高的起伏波浪。波峰、波谷交替之间，无数建筑飞上半空，化成碎片，河床来不及干裂就化成扬尘洒向岸边焦黑的楼群，没有被甩飞的大楼发出不堪忍受的惨叫，一道道裂痕出现，扩大，断裂，一座座高楼折断，坍塌，粉碎，在剧烈的能量飓风中旋转扭曲，转眼消失在天际尽头。

肆意扩散的冲击波如恶魔的巨口，吞噬了天地，惊天动地的巨响终于追上来，在天地间炸裂。云被吹散了，城市被吹散了，无数人类被吹散了，风清天淡，大地干净得如同被星河洗过，在气流回卷之前，空气中连微生物都没有，只有几截坚强的桥墩残骸，纪念着曾经鲜活的世界。

这一天，是 2121 年 6 月 12 日。

◆ 3 ◆

唐灵脑海中一片空白，直到看见怀中的臭小鬼胖胖，她才慢慢清醒，回想起一切。唐灵摸索着打开头顶的舱门，从球型救生舱爬出来，脚下一软，摔倒在地。地上没有一丝灰尘，铺满了泥土熔成的黑色颗粒，身上失去能源链接的ITO液体迅速干燥，变成灰白色粉尘，四散飘落。她抬眼观望，四野茫茫，寂静无声，天地之间只剩下了渺小的自己。

"爸爸！妈妈！"

唐灵双手拢在嘴前，用尽全身力气大喊。她知道这毫无意义，却依旧喊了很多声，果然没有一丝回音，世界仿佛已经死亡。

头顶的星空依旧灿烂，甚至比以前更明朗，银河的每一粒星尘都无比清晰，但唐灵却再看不到一丝美丽，只觉得每一颗星光都像一只眼睛，漫天星光就是漫天目光，无情且冷漠。地平线已卷起黑色的云层，冲击尘在强气旋牵引下卷出无数扭曲的旋涡，从四面八方向中央缓缓合拢，如同终场的幕布，宣告着人类盛世的结束。

一声啼哭打破了死寂，唐灵回头一看，发现臭小鬼不知什么时候醒了，半个身子探出舱口，正在抓舱体上烧成黑色固块的缓冲凝胶往嘴里送。唐灵连忙把他抱起来，抠出刚进嘴的渣滓。臭小鬼被打扰了雅兴，顿时大哭起来，手舞足蹈地表示着自己的愤怒。剧烈的挣扎带得唐灵重心不稳,一跤坐倒在地。

唐灵想教训臭小鬼,可见他哭得伤心,豆大的眼泪滚滚而下,只得一边给他擦眼泪,一边哄他。臭小鬼耍起了性子,怎么也哄不好,唐灵无奈中突然想起妈妈和老铁每次哄他都是唱儿歌的,于是也唱了起来:

黑黑的天空低垂,亮亮的繁星相随,

虫儿飞,虫儿飞,你在思念谁。

天上的星星流泪,地上的玫瑰枯萎,

冷风吹,冷风吹,只要有你陪。

……

唱着唱着,臭小鬼终于收住哭声,唐灵的泪水却夺眶而出,她紧紧抱着臭小鬼,张开嘴,号啕大哭,哭得撕心裂肺。哭声在空旷中消散,单薄而无助。

臭小鬼看着姐姐,怯生生伸出小手,笨拙地抹着那些眼泪,放到嘴边尝尝,被苦得皱了皱眉。他眨了几下眼,嚅动着还没长牙的小嘴,"啊啊"几声,似乎想安慰唐灵,见并没有效果,便学着爸爸抱自己的动作,搂住唐灵的脖子,小手轻轻拍着她的后背。拍着拍着,本来就没醒的臭小鬼自己却又睡了过去。

唐灵抽噎着止住悲伤,抬起头,看看歪着头流口水的臭小鬼,使劲一吸鼻涕,咬咬牙,努力站了起来。

遥远的天边有闪电划过,电光中隐约可见空气对流产生的巨大龙卷,卷入旋涡的物体无论大小,都被撕得粉碎,然后抛向天际。高温都未燃尽的各种微尘形成飘带般的气旋,借势飘上平流层,与冲击尘汇合,慢慢聚拢,一点点吞噬着星光。

唐灵终于彻底冷静下来,她发现自己已经没有时间浪费在悲伤中了,在无人的荒野上停滞无异于等死,必须尽快离开。唐灵把臭小鬼轻轻放回救生舱,关好舱盖,打开侧方的物品暗格取出说明书,迅速了解救生舱功能。稍作思索后,她找出绳索,分作两股,一端固定在救生舱两侧的旋转把手上,另一端扎出Y字形绳套挎在肩上,然后启动救生舱的减缓代谢系统,一步一步向未知的远方走去。

5岁的唐灵带着7个月大的臭小鬼,就这么毫无准备地开始了漫漫求生之路。

天地一片混沌,朦胧昏暗,极尽目力也只能看清眼前十几米的光景,如果没有电光偶尔闪现,会让人有时间陷入停滞的错觉,以为前方的路永远没有尽头。

超热能与冲击波洗刷过的大地平整光洁,连碎石都很少,没有任何判断方向的依据。唐灵不知走了多久,就在她几乎陷入自我怀疑的时候,泥土熔成的黑色颗粒终于开始减少,板结龟裂的地面越来越明显,她才确定自己正在向冲击区域外前进,松了口气。

紧张可以让人忽略身体需求,放松之后,报复性的警报信号却越发强烈,唐灵这时才开始感觉饥肠辘辘,口渴难耐,可翻遍全身上下,却只找到了那本不能吃不能喝的电子书库。她气恼地想将巴掌大的电子书库扔出去,手已经挥起来了,却突然停滞了,慢慢收回放进背带裤的前兜。

唐灵犹豫了半晌,终于还是取出救生舱夹层中那一小瓶应急营养液,抿了几口。感受到体能稍稍恢复,她连忙调整好情绪,在被惰性侵蚀之前强迫自己站起来,继续拖着救生舱,在无垠的旷野中缓缓前行。从半空中俯瞰,她就仿佛黑色地毯上的一粒灰尘,渺小脆弱。

救生舱的特殊材质重量很轻,加上里面的臭小鬼和ITO维生液也只有十几千克,但随着时间推移,这重量似乎在逐渐增大,几乎要将唐灵拖垮了。人的意志力是有极限的,唐灵能想到的最有效的增强意志方法,就是数秒,每3秒迈一步,给自己形成一种机械反应,分散注意力并最大限度缓解情绪。

数到23 708秒,起风了,从背后袭来,是顺风,但唐灵并没有多开心。她知道,空气流动越快,人体表层热能和水分的消耗就会越多,现在这种情况下,风就是催命的吸血鬼,想要活下去,就必须在身体被榨干之前,走出冲击区域,找到水和食物,不然,就会变成戈壁中的干尸。每走5分钟,唐灵就会回头观察一次背后的脚印,调整方向,以免因视线不清双脚迈步不均造成俗称"鬼打墙"的圆形迷失。每一次回头,看到救生舱里在迷迷糊糊啃脚丫的臭小鬼,她都会多一丝勇气。

数到86 400秒,最后一滴营养液被喝掉了。天空依旧昏暗,黎明始终没有到来,冲击尘遮蔽苍穹,不知何时才会消散。唐灵的双脚失去知觉,肩膀也磨烂了,如火焰灼烧般剧痛。她咬着牙,将身体尽力前倾,用重力借力,手脚并用,在茫茫大地上蠕动爬行。

数到 149 074 秒，视野中终于隐约出现一些残垣断壁，模块材料的建筑只剩了基底，倒是老式的钢筋混凝土留下了更多残骸，挂着水泥碎块的钢筋仿佛被狂风摧残过的漆黑灌木，杂乱地向后倾倒延伸，很是凄惨。

唐灵并不比它们强多少，她的四肢都透支了最后一丝力气，连手指都无力抬起。她拽着救生舱的绳子，斜斜立在风中，身体随风晃悠了两下，眼前的景物开始旋转模糊。

"我是要死了吗？"

"是的，只要闭上眼睛，放弃脚腕上最后那一点挣扎，倒下去，就可以彻底轻松了。"

"那死了之后呢？"

"当然就是去童话里的那个天堂，和爸爸妈妈团聚了。哦，或许还有老铁。"

"那臭小鬼呢？"

"他也会去的，只不过会晚些天。"

"为什么会晚些天？"

"救生舱的能源和 ITO 减缓代谢系统还能维持几天，如果开启冬眠功能，起码能维持半个月。"

"然后呢？"

"然后，他就会在缺氧失温中安静地死去，不会感受到任何痛苦。"

"你是谁？"

"我是死亡的召唤，你可以称我为死神。"

"这世界上根本就没有神，你不过是隐藏的自我消极意识。给我滚远点！"

唐灵的眼睛浑浊了起来，似乎在做梦，又似乎堕入了某种幻境。臭小鬼好像感应到了什么，使劲拍打着救生舱上的小圆窗，哭喊起来。

抗震层吸收了震动，也阻止了声音传播，可唐灵却听到了臭小鬼的呼唤，她猛地瞪起双眼，身体前倾，迈出一步，顿了顿，强忍住肌肉的痉挛颤抖，又继续开始向前爬行。前方天边隐约有一片亮光，不知是真实还是幻觉。

在昏迷的前一刻，唐灵听到了动力电机特有的噪声，一名驾驶悬浮机车巡逻的游骑兵出现在她眼前。在低血糖的晕眩中，她没看清那个士兵的脸，甚至没有力气说一句"谢谢"，但是，她永远记住了那壶水和压缩饼干的美味，美到足够回忆一生。

"臭小鬼，我们会活下去的，一定会活下去！"唐灵在昏迷中仍紧紧抱着救生舱，喃喃低语。

这一天，是2121年6月14日。

◆ 4 ◆

唐灵和臭小鬼是本战区发现的第 42、43 幸存者，之后，再也没有人从冲击区域走出来。

收容难民是军队的义务，隔离危险是军队的权利，经过 12 道基本检查后，唐灵和臭小鬼被收容隔离在 033 战区的医护站，得到了水、食物和一张床，却暂时失去了自由。

唐灵不在乎自由，她需要休养，也需要时间消减悲伤。她知道现在没有爸爸妈妈的保护与容忍，自己必须收起骄傲任性，开始全力表演普通孩子的乖巧天真。短短几天时间，医护站大部分人就喜欢上了"可爱的小唐灵"，负责身体检查的小护士甚至每天都会给她一块糖。

平流层上的冲击尘越发厚重，天空愈发昏沉，只有正午才能勉强看清连营延伸向远方的灯光。临时军营铺满大地，成千上万的军人严阵以待，每天都有大批军车和运输飞艇运来新的部队，军队越聚越多，拉成密网团团围住冲击地区。

唐灵从人们的闲话中总结出了一些大概信息：这次外星生命冲击登陆覆盖了半个地球。108 颗直径上千米的巨型晶体破空而下，穿过人类战略武器的迎击，冲击坠落在最重要的军事基地和军工都市上，晶体丝毫无损，落点周边上百公里被夷为平地。地球联邦调动残存的北半球军力，对最前沿的十三个冲击点进行包围,却因为某些原因陷入了反攻还是防御的争执中。

是战是和,唐灵并不关心,她关心的是哪里有奶粉。臭小鬼稚嫩的肠胃还无法适应普通食物,强灌营养液又有蛋白过敏反应,引发呕吐拉稀。眼看臭小鬼的身体越来越弱,唐灵万分焦虑,可军队供给的罐头管饱,奶粉却是稀罕物,身为被限制自由的难民,她连乞讨都没有资格。小护士见臭小鬼可怜,便帮忙去后勤部申请,得到的却只是带有戏谑的玩笑。

现实很现实,不会因为唐灵是一个孩子就出现捷径,更不会因为臭小鬼可怜就打开后门。就在唐灵心力交瘁几近崩溃的时候,"好心人"竟然出现了。

有两个人来问唐灵,是否愿意用救生舱交换奶粉和更好的住宿环境,一个是技术军官,另一个是某长官的秘书。唐灵对他们提出的优厚条件很动心,但是,她推算过,臭小鬼没有奶粉吃,生存概率为52%,但如果没有了救生舱,概率却只有7%,这个生意,不能做。

唐灵刚想开口拒绝,脑海中突然闪过一阵针刺般的疼痛,似乎有如指甲划过玻璃的诡异声音在向她示警。唐灵的眼神停滞在秘书淡淡的笑容上,笑容很和蔼,很友善,但她眼前却有种截然相反的幻觉一闪而逝,她仿佛看到自己傻乎乎地断然拒绝,秘书惋惜地摇头离开,数天之后,某水坑里漂浮着自己和臭小鬼失足淹死的尸体……

这不是幻觉,这是直觉,一种突然出现的特殊感应。唐灵暗暗心惊,揉着眼睛掩饰自己的失神,迅速调整情绪,憨笑着问道:"叔叔,这个婴儿床虽然功能方便,但太小了,你又睡不进去，你要它干吗啊？"

秘书蹲下来，摸摸唐灵的头，说："不是叔叔用，是给其他小宝宝用。你和弟弟现在安全了，不用再背着它到处跑了，应该换一个更舒服的床。"

唐灵含着拇指想了想，说："也对哦，确实用不上了，那就换给你吧。不过，弟弟最近身体不好，只有在这里面才能好好睡觉，你能不能先把奶粉给我，我让他适应一下，后天，你再拿你说的那个软床来换？"

秘书沉吟一下，笑着说："好，没问题。你可不能反悔。"

唐灵笑得很开心，"当然了，好孩子说话算话。你也一样，说好的 10 罐奶粉哦。"

送走秘书和技术军官，唐灵才发现自己浑身都汗透了，她很清楚，自己的见识和经验有限，如果不是这些人本能上对小孩的轻视，她不可能如此轻易蒙混过关。唐灵已经没有多余精力感叹自己的运气，脑海中开始迅速梳理当前的情况：

现在的战局看似安稳实则危若累卵，联邦政府不知从哪里幻想来的勇气，星际战略武器都无法阻止外星生命降临，他们却认为地面部队用人海战术加战术武器能阻挡外星生命的下一次进攻？又或者，他们觉得把军队摆在这里，可以让谈判条件变得更有利？

为了确保臭小鬼的生存，救生舱万万不能交易，虽然拖延了一时，但在战争随时可能爆发的现状下，想给自己的孩子弄到救生舱的有权人必然不会有太多耐心。一天后，要么自己老实交换，要么人家上门配送安乐死。

概率学是一门猜的学问，但它所有的依据都是已知条件的演变，唐灵推演了无数次，得出的结论都是死路一条。如果她不打算在这里陪政客大爷们打赌，跟着大兵们殉葬，更不想束手待毙，等着被谋财害命，唯一的出路，只有逃离医护站，向更北方逃难。

收到奶粉后，唐灵将10罐奶粉和饮用水用软包装分成若干单元，塞进救生舱原本储备缓冲凝胶的夹层，确认了秘书因为惯性思维，并没想到要监视一个5岁的小孩，便迅速开始为逃亡做准备。

爸爸说过："偷，是两种分子结构的常规接触，但又是主观意识驱使生物电的误操，暂时无法通过法律完全杜绝，必须加强介入！"

妈妈说过："偷，是人类基因中自我意识的外露，是占有欲和惰性最直观的表现，暂时无法通过基因改进剔除，必须自我克制！"

唐灵觉得分子结构和基因探索都可以暂时放一放，生存才是第一要求，爸爸妈妈应该会默默保佑自己，而不是随风入梦打自己屁股。

唐灵从巡逻兵宿舍偷了军用绳索和两块单兵纳米护甲，从食堂偷了十几包压缩饼干和两壶营养液，又从机械工的工具箱偷了锯条和改锥，接着，她就在医护站金属围栏最隐蔽的角落，花5个小时弄断了18根钢丝和6个连接点。钢网乍一看完好无损，但只要从右向左上用力一推，就能掀开一道三角形缺口，刚好够唐灵带着救生舱通过。

翌日，一切如常，唐灵继续表演着天真可爱，直到天空从昏暗转向漆黑，整个医护站都安静下来。人类的习性还没来得及适应环境的变化，依旧保持着凌晨时分最放松的惰性。唐灵推着救生舱无声无息地溜出帐篷，来到垃圾处理区，取出藏好的东西。她将压缩饼干和营养液绑在身上，在前胸后背缚上护甲，再披上分发的那件能当风衣的小号军服，然后用跟伤兵学会的背扣绳结方式将救生舱固定在背后，确定可以随时改变承重方式，拖拽滚动都不会影响活动，才走出这隐蔽的角落。

凌晨5点，天色漆黑如墨，空气中弥漫着无法言喻的古怪气味，有些像化工废气，又有些像焚烧有机物的烟尘。医护站的照明不是很充足，有足够的阴影掩护唐灵矮小的身躯，就算她背着一个比自己大一圈的救生舱，也还是躲过了巡逻队的视线。

路过医疗物资帐篷时，唐灵又顺路偷了一些抗生素类药物。她刚猫腰从另一边钻出帐篷，却正撞到一个人腿上，抬头一看，正是给她糖吃还帮她申请奶粉的那位小护士。两人大眼瞪小眼，唐灵嘴里叼着两板没收起的药片，眼中是些许惊讶，护士嘴里叼着半根烟，眼中是颇多尴尬。

"小唐灵，你这么早跑出来干什么？你嘴里的是……药？"小护士把烟藏到身后，偷偷掐灭，被烫了一下，咧着嘴问道。

唐灵瞥了一眼不远处严禁烟火的牌子，点点头，"我晚上吃多了，出来跑步消化一下。"

"跑步？这么晚了跑什么步，你这个打扮……那个药是谁给你的？是什么药？药可不能乱吃！"小护士虽然染上点不良嗜好，但职业修养很好，关切地询问着。

没等她问完，唐灵已经绕过她，跑到了另一顶帐篷后面，再跑三步，就能隐入一堆杂物的阴影，脱离小护士视线。

"呜——"

尖锐的警报骤然响起，如同厉鬼的嘶嚎，瞬间响彻了整个战区。唐灵确定自己出逃不可能引起这么大反应，于是跑到钢网围墙边时，转头看了一眼。这一眼，让她停下脚步，呆在了当场。

无数光点在天边缓缓升起，起初仿佛仲夏夜的萤火虫群盘旋萦绕，随后逐渐汇成流光飞舞的霓虹，最终凝聚为坠落地面的璀璨银河。未等人们从视觉震撼中回过神，银河突然扭曲旋转，化为成百上千条光带，向四方飞散。当其中一条光带以不可思议的速度瞬间抵近到了眼前，人们才看清，组成它的是数百颗璀璨的晶体。晶体群悬停在半空，幽蓝的光芒撕开黑暗，冷冷照射在地面武装集结的人类身上，感受不到丝毫温度。

哪怕用大脚趾想都能猜到，这些晶体要么是外星生命，要么就是外星生命的飞行器，而且他们肯定不是来和人类合唱《相亲相爱》的。唐灵忙掀开金属围栏上的钢网缝隙，拱着救生舱爬了出去，在洞外犹豫了一下，探头冲里面傻眼的小护士喊道："别看了，跑啊！"

小护士一时想不明白为什么要跑，不过担心唐灵乱跑出意外，还是跟着钻了过来。唐灵没等小护士继续啰唆，将救生舱绑带背上，撒腿就跑，小护士刚跟着追出两步，身后便枪炮齐鸣，瞬间连成一片。

士兵、战车、陆战艇、穿梭机以及各种型号的战斗机甲连成庞大的立体攻击阵型，所有作战单位都在疯狂攻击，高斯步枪疯狂喷射着高密度压缩子弹，粒子速射炮每秒三发的强力炮击急如骤雨，重物质飞弹的爆响仿若雷鸣，陆战穿甲巨炮、阳电子要塞炮、震荡冲击锤、粒子振动刀、强酸爆弹、电浆爆弹、生化武器、细菌武器……无数武器的火力几乎遮蔽了天空。

人类再次向"外星友人"开起武器展览大会，虽然这一次的强度远逊于不久前的全球战略迎击，但种类齐全，数量庞大，集中了人类所有成熟不成熟的武器。沿着夜空向远处看去，所有战区都在迎击各自近前的水晶群，上百处饱和火力连成巨大的弧形光带，从033战区左右无限延伸，贯通整个包围圈，直到地平线尽头。

唐灵突然明白了战术制定者的思路——用最大的战斗密度，把最全的武器种类都试一遍，总该能试出一款有效的吧。人类不能指望感冒病毒消灭敌人，也无法期待发现致命漏洞全歼侵略者，只能用这种看起来极其愚蠢的方式寻找胜利的可能。然而，事实证明，愚蠢往往只是愚蠢，不会因为附带了牺牲就获得命运的垂怜。

不管是实弹还是能量弹，所有远程火力都在水晶群身前消减于无形。满载收束弹的穿梭机还未接近就炸为飞灰，机甲举着冲击钻头冲天而起，却如玩具般凌空解体，所有近战也变成了自杀的笑话。人类的攻击似乎能吞噬天地，却无法给外星生命造成一丝伤害。

不知是受够了无休无止的噪声，还是厌烦被没完没了地骚扰，晶体集群突然光芒暴涨。米字星芒般的晶体变幻着无数形状，如花朵，如昆虫，如飞鸟，如猛兽，又似乎什么都不像，只是某些怪异形状拼接的混合体。在诡异莫测的变化中，晶体群射出无数几乎凝成实质的光线，扫向密密麻麻的人类军队。

光线所过之处，没有冲击爆炸，没有熔解冰冻，所有武器都开始分解。不管是随身枪械还是重型武器，不管是泰坦机甲还是陆战堡垒，所有具有攻击火力的物体都在密集的扫射中变成了最初的形态。矿物颗粒、碳氢凝胶、稀土固块、能量粒子……战场被各种粉尘迷雾笼罩，枪炮声在光影摇曳中越来越小，最终一片安静。

只摧毁武器，却不伤害其他物质分毫，这种惊人的力量虽然很强大，却并不可怕，与人类战争的血肉模糊相比，显得无比柔和。很多人突然觉得，外星生命连战争都如此文明，是不是之前的一切都是误会？人家怀着和平的爱心来共存共荣，却因为语言不通的某个交涉错误，才引发了兵戎相见？

和平幻想还未来得及继续升华，光束已纷纷变成柱状，笼罩向最前方的士兵。被笼罩的士兵瞬间脱离地球引力，在骤然失重的手舞足蹈中被拉上半空。惊慌的喊叫刚刚出口，就变成了凄厉的嘶嚎，浮空士兵们眼球凸出剧烈转动，双手疯狂抓挠着头壳，仿佛里面有什么东西在翻江倒海让他们痛不欲生。他们双脚拼命蹬踏，想寻找逃离的方向，却根本无处着力。接着，星星点点的微小光粒从头顶浮起，被吸入水晶，融入了其核心的光芒。

神话剧瞬间变成了恐怖片，而那些光粒又带着一丝奇幻的色彩，过多震撼让人不由产生一种错觉，觉得这只是某全息影院的垃圾新片。错觉只闪现了零点几秒,就被抛落的尸体打断,第二批士兵又被光柱吸离了地面,莫名混乱的戏剧终于变成了灾难片,恐慌瞬间蔓延整个战场。

"撤啊!"不知道是谁惊呼一声,打破了诡异的安静,惊慌的士兵们不知所措地向后退避,想尽可能远离光芒笼罩的范围,后退的速度越来越快,幅度越来越大,最终变成了溃败。士兵们惊恐地呼喊着,转身奔逃,拥挤碰撞,自相践踏,惨叫声不绝于耳。

后方数百米外的战线还算完好,大多数士兵一时还不明白前方发生了什么,可没等他们确定是否要按命令举枪拦截前方溃散的部队,就被人潮冲得七零八落。有人后退,有人前进,有的战车在隆隆炮击,有的机甲在全速撤离,战线被扯得乱七八糟。一切都是因为无力与恐惧,勇气在这一刻变得无比廉价,因为哪怕奋不顾身,也没有分毫作用。

战局即将崩溃之际,一片橘黄色的光芒从北方升起,令惊慌后退的人潮停下了脚步。残存的大气圈舰队迅速完成列阵,数十艘升空的重型战列舰拆除了早被验证无用的粒子舰炮,装上了还在实验阶段的钨合金冲击枪,看起来就像变异的金枪鱼。

来不及疏散地面部队,战列舰动力飙升至最高,转瞬冲过十几公里的距离,带着巨大的破空声狠狠撞向最近的这片晶体集群,卷起的狂风将地面的人群吹得四散,没来得及抓住东西的士兵甚至飞出了上百米,如同渺小的蝼蚁。没人去关注那些倒霉的家伙,所有人的视线都随着舰队转动,满含希望,最后一线希望。

晶体的光线纷纷射向最前方的战列舰,撞上舰首的光波遮蔽力场却依旧洞穿而过,巨大的舰身瞬间千疮百孔,却因为体积优势没有分解,钨合金高频震颤的反常规斥力似乎冲破了无形的力场屏障。

人潮中的欢呼还没来得及出口,晶体群仿佛被磁石吸引的铁砂,瞬间聚成一团,结合成巨大菱体。水晶外壳根本不受形态限制,似乎只是核心光团的附属物,以肉眼几乎无法分辨的高速扭曲变形了无数次,在层叠残影中化为直径近百米的扭曲螺旋,无数光粒从中喷涌而出,漫散如浓雾,瞬间遮蔽了冲锋的战舰。螺旋恍若星系,光粒犹如星辰,一艘艘战舰群冲进光雾,好像尘埃误入黑洞,凭空便被吞噬了,连喷射器的尾焰都消散无踪。足足过了十几秒,各种分解飞散的物质微尘才飘散下来,在光雾外遮出大片阴云。

欢呼变成了绝望的嘶吼,溃败的人潮终于一发不可收拾。晶体收回光雾,再次分解为数百单位,跟在败军之后缓缓飘动,一边继续分解武器,一边慢条斯理地享受食物。033战区上万士兵任人宰割,包围圈几十万军队一败涂地,整个战线近千万战力全面崩溃。没有任何武器能有效杀伤可怕的外星生命,政客们的豪赌试验失败了。

视线所及,到处是拼命奔逃的人类士兵,被外星晶体驱赶着,如同被狼群围猎的羔羊。能源库爆炸引发的大火在军营中蔓延,势头越来越大,火海中不时传来弹药殉爆的炸响。橘红的火光和幽蓝的星光一前一后,交错映射在每个人的脸上,本应是颇为瑰丽的色彩,可那些面孔上满是恐惧与无助,令色彩显得苍白绝望。

唐灵站在营地侧面的小山坡上,看着脚下涌向北方的人潮,又眺望了一眼远处扩散的漫天萤火,像个大人一样长长叹了口气,转身向东面走去。

小护士有些恍惚,看看山坡下,又看看唐灵,招手喊道:"小唐灵,你去哪啊?大家都往北面跑了。"

唐灵回头看了看她,不再表演天真,沉静地回道:"这些外星生命的行为模式是在捕猎,羊越多的地方其实越危险,往东走可以最快脱离这个地区,而且人很少,遇到这些怪物的概率也最小。"

小护士对唐灵的变化很不适应,心慌意乱地想了十几秒,终于还是选择了相信惯性思维。她将兜里最后三块糖果塞给唐灵,嘱咐了一句"自己小心",便转身追向溃散的部队。

唐灵计算了一下小护士的奔跑速度和行进方向,结论是被捕获概率为67%,无奈地叹了口气,转头走下山坡,融入山阴暗影之中。

救生舱里的臭小鬼被吵醒了,感受到外面的热闹,顿时没了继续睡觉的意思,趴在圆形舱窗前歪头看向远处的战场,肥嘟嘟的小脸上满是好奇,每一次火光爆起或蓝芒闪烁,他都会张大嘴巴表示感叹。

唐灵边走边轻声说:"臭小鬼,看来好运结束了,咱们只能靠自己了。"

这一天,是2121年6月26日。

◆ 5 ◆

云城位于外星生命登陆冲击范围外，建筑大半完好，地震和热辐射造成的伤害也算不上惨烈。大多市民在军队建立包围圈时就向后方疏散了，留下的人不到三成，要么盲目，要么固执，要么愚蠢。

气温越来越低，形势越来越糟，生活越来越不易。军队溃败后，盲目变成了恐慌，固执和愚蠢变成了歇斯底里。有的人慌忙出逃落荒而去，有的人囤积物资准备坚守，有的人烧杀抢掠胡作非为，有的人纠集武装以求自保……乱世众生之相是人性美丑最赤裸的展现，越到绝境，越是分明。

不论正义还是伪善，无分仁慈与凶残，当外星生命幽蓝的光芒从天空划过时，所有人都像躲避秃鹰的兔子，趴在阴暗的地洞中一动不动。外星生命的捕猎区域越来越广，已扩展至冲击点外数百公里，猎兵每天会巡弋捕食，集群则会每个月向北大规模狩猎一次，这已经成了惯例。

在绝对力量压制下，人类就像蝼蚁，只能任人宰割。武器毁灭，交通隔绝，通信中断，人们被困在失去能源、满目疮痍的残破城市中，绝望地逃避着抓捕与杀戮。激光通信屏蔽，光子网络消散，量子通信隔绝，唐灵修好的古董收音机是获取北方信息的唯一途径，只是，信号越来越差，消息也越来越差。

"联邦军将士奋勇作战,血染疆场,以最新列装的冲击武器击溃侵略者后战略转移,建立北纬 30°防线……"

"北纬 30°会战取得阶段性胜利,外星侵略者在此为他们的罪行付出了惨重的代价,北纬 37°战线集结了联邦军新建 6 大主力部队,最新型轨道炮严阵以待,必将给予来敌迎头痛击……"

"北纬 42°战役即将开始,空间换时间的战略取得初步成效,外星侵略者的攻击密度和攻击强度在持续下降,相信这一次……"

苍青色的天空很低沉,仿佛就压在头顶,随时会崩塌下来,昏暗寒冷的世界一片混沌,恍若回到了天地未开的时代。

唐灵在废墟中耐心搜捡,很仔细,没放过任何一寸地方。这种严谨带来了回报,两个小时后,她用几粒玉米设下陷阱套住了一只老鼠。困兽犹斗,老鼠垂死挣扎抓破了唐灵手臂上的皮甲,却没透过里面的防寒服,没等它攻击第二下,就被唐灵扭断了脖子。

从头到脚裹满的几层防寒服装让唐灵看起来十分臃肿,有点像过去街上表演的布偶,可唐灵实际上很瘦,原本婴儿肥的脸蛋如今颧骨高耸,胖胖的小手早已骨节突出,皮肤也因为长期饥饿而灰暗无色,随处可见冻疮的痕迹,如果用体重秤称量,可能衣服都比她要重一些。

唐灵不觉得瘦是一种美,她痛恨自己过去挑食的毛病,很后悔有肉吃的时候不努力,没用甜品和垃圾食品把自己撑成个胖子,那么现在起码还能剩点脂肪御寒。她一边想,一边用电线将老鼠拴在腰上。她正要离开,身后突然闪出一道人影,狠狠一脚将她踹翻在地。

"交出来!"比唐灵高出半个身子的男孩手里拎着铁棍,凶戾地瞪着她。

唐灵知道这个男孩经常抢劫比他小的孩子,所以平时都注意不靠近他的活动区域,今天追老鼠追得太投入,忽视了这个问题。

唐灵解下老鼠,举在手上,平静地说:"能不能给我留一条后腿。"

男孩抓过老鼠,居高临下地瞥了瞥唐灵,一拳打在她脸上。寒冷中,疼痛被放大了很多倍,唐灵觉得自己头都要裂了,不过依旧没有反抗,她知道在正面冲突中自己再怎么拼命也没有胜算。

男孩用铁棍压着唐灵的头,拽过她肩上的背袋,拉开绳结,倒过来抖了抖。一小袋玉米粒和一卷电线掉了出来,零碎的几把小工具里还夹杂着个拳头大的瓶子。

他揣起玉米粒,拧开瓶盖,见里面是黑乎乎的黏稠液体,而不是期望中的水,便不满意地问:"这是什么玩意?"

"容电液。对你没什么用,请还给我。"唐灵的视线盯着他的手,语气很平缓。

"还个屁!不管有没有用,现在都是我的!滚!"男孩再次将唐灵踹翻在地,将瓶子塞进自己的背包。

唐灵面色平静,爬起来拍了拍身上的土,转身准备离开,不料,男孩又拽住了她的后衣领:"站住,你袖子里是不是还藏了什么东西。"

唐灵叹了口气,翻开左袖的夹袋,掏出几片风干的肉片,递了过去。

男孩接过来,咬了一口,满意地指着另一边含糊地说:"这边也交出来!"

唐灵很听话,慢慢翻开袖口,在男孩用力咽下肉干闭眼的瞬间,突然抽出一节小巧的黑色钢管,猛地杵在他腰上。男孩顿时全身痉挛,一个跟头栽倒在地,四肢不断抽搐。

唐灵拎着钢管走过来,顶端两根金属尖刺噼啪闪烁着电火花。这根自制电击器不止一次救过她,她每天都保养检修,所以今天依旧没出现任何故障。唐灵踢开男孩手里因为肌肉痉挛攥得死死的铁棍,捡起掉在土里的肉片,然后将男孩的背包拎了起来。背包里除了刚才抢唐灵的东西,竟然还有三块干饼、半瓶水和两根包装完好的火腿肠,简直是天降横财。

"求你……给……我留……半块饼……我妈妈生病了……在……等我……"

男孩艰难地歪过头,浑身颤抖地哀求着。

唐灵低头看了看他,沉默几秒,神情有些凝重,撕了半块饼,绕到左侧,慢慢放在他身上。就在干饼离手的瞬间,男孩右手腕一翻,拽出布条卷住的水果刀,直刺向唐灵的喉咙。

"啪。"

没等刀片近身,唐灵右手的电击器已经戳在男孩胸口,让他抽搐得如案板上弹跳的秋刀鱼,刀片在痉挛中,切进男孩手掌里,与骨头摩擦得咯吱作响。

"你上个月杀那个新来的高个男孩,就是这么杀的,我在屋顶看见了。"

唐灵喘了口气,可能是因为紧张,意外地多说了句没必要的废话。

男孩眼中满是惊恐,甚至涌出了大颗大颗的眼泪,如果他还能开口,一定会用最真挚虔诚的话语苦苦哀求。

唐灵摇了摇头,拇指推动电击器的功率调节阀,然后,按下开关,再次戳下。

前额,2秒,150毫安。心脏停搏,瞳孔开始涣散。

还没来得及确认男孩死亡,强烈的危机感突然在唐灵脑海中闪过,如同钢针对着眉心般令人汗毛直竖。这种莫名的直觉在大半年的流浪中数次帮她避过危险,所以她毫不犹豫滚向旁边的废墟残垣,手脚并用,如蟑螂般迅速钻进乱石缝隙。

柔和的蓝色光芒骤然滑落,外星生命的猎兵悬停在男孩头顶。男孩的生命意识即将消散,猎兵一时竟无法隔空完成能量吸取,稍一停顿,晶莹如水晶般的外壳开始扭曲,如绽放的彼岸花,笼罩住濒死男孩的头部。

男孩面部肌肉剧烈扭曲,仿佛在千万倍高速播放他的一生,最终定格在一个诡异的表情下,停止了最后一丝呼吸。数粒微弱的蓝色荧光从头顶被吸出,穿过水晶,缓缓融入光团。

唐灵藏在阴影之下,屏住呼吸,不让自己发出一丝声音。老拾荒者传授的经验没错,外星生命的感知范围只是自体光芒所及范围,只要不被光芒接触,并将空气震动控制在极低范围,就能避开扫描搜索。猎兵的光芒闪烁了两下,似乎发现了新的震源,呼地腾空而去。

又等了一会儿,唐灵才从废墟中钻出来,长长地吐出一口气,身上的冷汗被风一吹,不由得打了一个激灵。几条野狗从街尾钻出,瞪着血红的眼睛,冲唐灵低声咆哮。唐灵不敢多耽搁,立刻拐向一旁的断墙,转弯时回头瞥了一眼,这些追随光芒而来的野狗已开始分食冰冷的尸体,咬得"咔嚓"作响。

唐灵小心隐蔽身形,穿过三条街道,确认未被跟踪,才顺着荒草中不起眼的石板钻进一条狭窄缝隙。她爬过十几米深的管道,转过三个分岔,打开闭锁的铁门,终于回到了藏身之地。

这个地下室是以前排污系统的供电室,虽然被掩埋,却没有完全被破坏,还有半间机房和一组变电器保留完好。救生舱通过改装过的变压装置连接在应急电池组上,闪烁着运行正常的绿灯,下方的功能灯显示着冬眠的字样。

唐灵打开电池组容电舱,将那瓶充能完毕的容电液倒进去,置换出一瓶电量耗尽的旧液,放回背包,准备明天出去继续寻找能源充电,维持臭小鬼的冬眠。这种最新的冬眠技术不同于传统人体冷冻,不需要大量能源和复杂操作,先以生物电引导人体进入深度睡眠,再通过生物磁场压制代谢速度,将能量消耗降至最低,甚至可以使发育和衰竭这两种人体最不可逆的活动陷入半停滞状态。

冬天来了，长夜降临，所以必须冬眠。

核武时代，曾经有科学家提出过核冬天的概念，但众多反对者认为这是杞人忧天的荒诞妄想，将其批驳得体无完肤。

在这些自认高明的专家看来，所谓核冬天达成几乎是不可能的。虽然核爆发能将冲起的微尘冲进平流层，但其威力和总量的比例，达不到遮挡整个地球的程度，想要形成遮蔽堆积，整个地球需要被核武器清洗十遍以上，这种需求量实在荒谬。就算微尘量充足，想要单方面阻挡太阳光辐射又不阻挡地面对外光辐射，产生反温室效应，条件又太苛刻。就算这个条件也恰好形成，但平流层高度太低，受重力影响，微尘不可能停留太久，几周就会回归地面，无法构成长期降温。

当威力巨大的质子武器出现时，那个久远的核冬天笑话曾被拿出来再次讨论，后来因为尴尬，不了了之。现在，密集如云的冲击微尘充满了从平流层到散逸层的高度，久久不落，笑话终于变为现实。阳光被遮蔽，平均气温持续下降，已至零下30℃。冲击之冬，这个足够严谨的词汇，再没有人跳出来反驳了。

冬天是寒冷的，也是残酷的。

农作物产出快速化使人类忘记了饥饿，更不会储备超过市场吞吐力两倍以上的粮食。于是，当永夜降临，生产断绝，占领区的幸存者耗光了明面上能搜捡到的食物，这个世界就彻底进入了无序与疯狂，掠夺与暴力成为常态，杀戮与死亡早已麻木。

在这种环境下，饥饿、寒冷、疾病、意外、恶意……太多因素能杀死脆弱的生命，婴儿活下去的概率几乎为零。唐灵见过被老鼠啃食的纤细骸骨,见过被啼哭声暴露后落入暴徒之手的弱小母子,还见过易子而食的人间惨剧……所以她在第一场黑雪飘落的时候,启动了救生舱的冬眠功能。寻找能源和维生液的原料很辛苦、很危险,但臭小鬼会很安全,这个生存模式性价比最高——这就是唐灵的计算结果。

唐灵慢慢咬着干饼,每一口都抿一点水,嚼够15下,保证所有养分都能被肠胃最大化吸收,才用力咽下去。吃完晚餐,她将剩余的食物包好,藏在半截废管道中,然后靠在微温的电池组壁板上取暖,拿出珍藏的电子书库努力学习里面的知识。

无意间看到屏幕左上角的日期,唐灵才突然发现今天竟然是公历新年,这让一向专注的她忽然有些走神。

记忆中上一个公历新年很无趣,无外是一些跨年晚会、彩车游行、商品促销。爸爸妈妈很晚才回家,爸爸搂着自己,还没讲完睡前的高等数学解疑,就自己先睡着了。妈妈哄睡了臭小鬼,拉着自己,偷偷分吃了一盒冰激凌。老铁独自坐在全息投影前看直播,跟着各处娱乐现场的人群一起读秒欢呼,高兴得莫名其妙。

回忆一旦开始,就会肆意蔓延。唐灵更喜欢华夏文艺复兴后被重视的农历新年,它来得迟一些,却更有意思,换桃符,换门神,贴春联,挂灯笼,放鞭炮,吃饺子,除夕夜欢庆通宵达旦,正月里庙会、灯会、鼓会接连不断,更重要的是,爸爸妈妈会被强制休假,在家里陪自己和臭小鬼直到上元节。

想起妈妈端来的饺子,忆见爸爸打翻的酒盅,唐灵眼中蒙上了一层水雾。在朦胧中,她仿佛看到臭小鬼正扭着屁股"咿咿呀呀"向爸爸妈妈爬去,还张手要抱抱……唐灵猛地一把拽过臭小鬼,却觉得指尖生疼,回过神来,才发现自己的手死死抠在救生舱外壁上。

一切美好都只是虚幻的回忆,真正的现实是饥寒交迫的生活与黑暗残酷的现状。这一刻,陷入新年回忆的人很多,强烈的对比落差中,有人疯了,有人死了。

臭小鬼并不知晓这些残酷,在冬眠中依旧睡得四仰八叉,翻着肚皮漂在救生舱里,嘴巴一张一合吐着泡泡。如果不是 ITO 维生液阻挡了气音,他应该会带着鼻涕泡打出一串欢快的小呼噜。

"臭小鬼,新年快乐。"唐灵抱着救生舱,继续看书,决定更拼命地活下去。

这一天,是 2122 年 1 月 1 日。

◆ 6 ◆

冬日漫长得令人绝望,温度持续下降,室外平均温度已降至零下 40℃,整个世界都仿佛被冰冻了。或许是因为严寒下能量消耗太大,外星生命也停止了向北的攻势,连占领区的狩猎密度也稍有减轻,战争暂时陷入停滞。

人类的生命力不强,求生欲却很强,比蟑螂强,比水熊虫强,比地球上任何生物都要强。不管世界是黑暗还是寒冷,不管灾难是疾病还是杀戮,只要用心去找,总能在都市的角落找出一个又一个挣扎求生的人。他们或者苦苦忍耐，或者努力应对，或者暴力抢夺，他们用尽所有方法活着，虽然不知道残酷的冲击之冬何时才会结束，但依旧用幻想的希望支撑着自己。

唐灵也在拼命活着，比任何人都用力。因为她知道，如果自己死掉，臭小鬼只有两种下场：一是在能量耗尽的救生舱中变成标本，二是被某些生物发现后变成食物残渣，被人救助养育的可能性绝不超过6.7%。

人类另一个最大特点是秩序性，不管环境如何恶劣，不管文明如何崩坏，人类总会根据形势迅速建立新秩序来适应生存需求。肆意的杀戮和无序的混乱日益减少，自发团体和聚集地逐渐洗牌组合，占据幸存物资仓库的团体开始扩张势力吞并人口，新的分配形式和社会阶层正在形成。最有意思的是，竟然有从外星生命那里释放的人声称：外星生命是神明，他们被赐予了进化资格，将成为神的代言人，拯救世界，带领人类走向光辉的未来。

如人类史上每一次浩劫一样，各种势力、各种思潮在洪流旋涡中碰撞融合，不知最后会变成什么怪物，只是，这一次的进程因为绝对力量的压迫加快了无数倍。

唐灵在这加速进程中很被动，因为年龄和身体的原因，寻找食物和能源本就很艰难，当这些物资搜寻区域被团体瓜分，她的日子就难上加难了。地域和资源的瓜分引发了无数明争暗战，每一粒粮食，每一滴容电液，都成了有主之物。一开始，唐灵还能在势力间的空隙区域拾荒，但随着人口集中和势力扩张，拾荒已经不是一个孩子能做的了。唐灵不敢冒着救生舱被人觊觎的风险加入某个团体，所以她决定自己动手，当一个丰衣足食的强盗。

昏暗复杂的路况让车辆恰好在这里损坏，完好的顶棚让人不自觉地选择就近的废墟栖身，而最适合修车的避风保暖场所就是这截断墙后面——唐灵的设计很周全，计算得很准确。此刻她正蹲在残破的防雨沿上静待动手时机，下面是附近最大的势力"救世军"的物资运输车，车上是整整4桶容电液和十几箱罐头，应该是刚从某个地下仓库搜捡出来的。

淋了煤油的篝火很旺，但热量却被严寒吞噬殆尽，并未营造出多少温暖。中年司机叼着半截烟卷，胡子上挂满了冰碴儿，正在修理被撞坏的球形悬浮轮。旁边举着灯棒的年轻人从怀里掏出一个裹着保温棉的水壶，满脸堆笑地递上前说："张哥，我都跟着运输队出六次任务了。您看，下次是不是帮我说说，让我入正式编制啊。"

司机瞥了他一眼，不耐烦地接过水壶，边拧边骂："上次让你杀个越线拾荒的你都不敢，还想入编制？一天吃三顿饭？没喝酒你就醉了？你他妈的……哎，哎，你这壶里……"

年轻人搓了搓满是冻疮的腮帮子，小声说："昨天抢那个小聚集地的时候，我从一个死鬼身上摸到半瓶小二，管收缴的王叔赏我了，我又不会喝，就给您留着了。"

司机哼了一声，说："不会喝还他妈知道小二，你小子就装吧。算了，看在你小子每次得了烟酒都孝顺哥的分儿上，我帮你说两句好话。"

"谢谢哥。我汪诚卫对天发誓，一定对张哥感恩戴德，涌泉相报！一定为救世军鞠躬尽瘁，死而后已！"

"行了,别拽文了。原先我就不喜欢张口闭口都拽个词的,现在更烦这些没用的。你看咱们老大杨哥,被外星老爷抓去后不但活着回来了,还谈成了拿人口换平安的条件,更牛逼的是得了外星人的武器使用许可。这就叫人狠话不多。"

"是,是,老大可不是一般人,令人望尘莫及啊。咱们现在协助外星人抓人,看似有些残忍,却为更多人换回了生存权利。牺牲少数,成全多数,这是现在能为人类延续做出的最好举措了。那些蠢货还骂咱们是'人奸''伪军',简直是对英雄和先驱者的污蔑!"

"哎呀我去,读书人是可以啊,你这些话怎么说得老子心里这么舒坦呢。你小子是个人才,我还真得推荐推荐你。"

"哪的话,都是张哥您领导得好。我听说最近有不开眼的在组织什么反抗军,要和咱们作对,这事有机会您最好告诉老大。虽说都是些连枪都没有的土鳖,但万一要和联邦军勾搭成了气候,可就麻烦了。"

"什么反抗军、联邦军的,都没个屁用。那些个轨道炮、粒子炮,这个弹那个弹的,伤着外星老爷一根毫毛了吗?打不过就认输,非闹事就是自己找死。还他妈什么尊严啊、未来啊,死了屁都没了。"

"是啊,识时务者俊杰也,既然注定会被统治,那被人类统治还是被外星人统治,也没什么区别嘛。尊严,是生者的权利……哎,那是……"年轻人刚抬起头,从天而降的铁拳已经狠狠砸在司机头上,飞散的脑浆和鲜血溅了他一脸。没等他从惊恐中回过神,染血的拳头便在眼中无限放大。

唐灵突然操纵机械骨骼凌空扑下，不是因为听不下去了，而是因为十几米外的三名警戒人员视线同时转向了他处。单兵动力装甲粗大的机械手脚被分解固定在唐灵细小的四肢上，以传感连动装置与背部的驱动中枢联接，让她看起来像一个比例失调的人偶，但行动却迅猛无比。名叫汪诚卫的年轻人被砸飞出去的时候，警卫的头还没转回来。

一击得手，唐灵闪身钻进驾驶室，启动车辆，猛地将动力踏板踩到底，刚修好的球形悬浮轮发出刺耳的轰鸣，瞬间提到最高速。警戒士兵们刚转过身，运输车已经冲了出去，扬起的浮尘蒙了他们满头满脸，眨眼间消失在道路尽头的转角。士兵们面面相觑，到此时都没明白发生了什么。

唐灵的车技很好，生生让悬浮运输车跑出了越野车的彪悍。开出十几公里，钻进提前布置好的隐蔽点，确定没被人追踪，她又向北折了个大弯，沿着某商务区的废墟转了个8字，这才开启低速静音模式，向隐蔽所回返。

路过一片废弃的住宅区，唐灵突然想起，自己拖着臭小鬼刚流落到这座城市时，在这里遇到过一对老夫妇。那时，她饿得几近虚脱，是他们给的食物救回了性命。爸爸曾说过"滴水之恩当涌泉相报"，所以，唐灵觉得，自己应该送去一箱罐头以表谢意。

唐灵藏好车，操控机械骨骼扛起罐头，小心翼翼地摸进小区，凭着记忆精准地找到楼栋，更小心地沿管道爬上公寓顶层。翻过阳台时，她还在想是不是应该敲敲窗户，免得吓坏两个老人。

映入眼帘的不是慈祥的笑容，而是两具冰冷的尸体。寒冷封存了时间，让房间中的画面凝固在谢幕的时刻。门窗没有被破坏,只有客厅有搏斗的痕迹和血污,歹徒不是从外部强行闯入,而是入室后暴起伤人。老先生倒在卧室门前,身体前扑,后脑塌陷,老妇人被捆绑在客厅,身上满是拷打的伤痕。尸体冻得硬如石块,无法分辨死亡时间,只有扭曲的表情和横七竖八的伤口叙说着惨剧发生的突然与残忍。

几个房间都空空荡荡的,藏食物的暗房也干干净净,老夫妇辛苦积攒的所有物资被掠夺一空,一粒残渣都没留下。凶手离开时没想过掩盖,甚至连门都懒得关,大门在正午昏黄朦胧的微光暗影中轻轻晃动,发出冷笑般的咯吱声。

唐灵推演出了每一个细节,仿佛亲眼看到了虚假地博取同情、可叹地引狼入室、残忍地杀戮掠夺……一切已经毫无意义,她只能像无奈的大人般长长叹了口气,气息从口罩边缘渗出,冻成霜花,贴在眼角。她记得自己离开时提醒过老人,不要随意救助别人,不要轻易暴露食物,看来他们并没有听从劝告。农夫与蛇的故事大多数人小时候都听过,但他们许是年纪太大,已经忘了。

相信人性是一种善良,但不是每个被救助者都是无力作恶的孩子,不是每个被施恩者想的都是如何回报。这个世界现在很阴暗,会滋生出无数罪恶,人性经不起考验,考着考着,就成了豺狼。唐灵将老人的尸体运下楼,带到野外,浪费了很多时间和力气挖开冻土,建了一座坟冢。

回隐蔽所的路上,唐灵为减少声音,开得并不快。转过一个路口,前面有人瘫坐在路上,满脸痛苦地捂着染满鲜血的腹部,悲切地呼喊着。唐灵一怔,本能地想松开动力踏板,脑中直觉的刺痛突然再次闪过,某种幻听般的杂音在耳边响起,仿佛压抑的喘息，又好像得意的狞笑。唐灵眯了眯眼睛，面无表情地一脚将踏板踩到了底，悬浮运输车骤然加速，球形悬浮轮旋转力场与空气摩擦，爆发出尖锐的鸣响。

男人惊慌地瞪大眼睛，猛然跳起身，扭头就向路旁蹿去，可惜，他终究还是慢了一步，改装过的车头装甲挡板狠狠撞在他的腰上，直接将他掀上了半空。男人在空中打着转，如同被高高抛起的破麻袋，手中扣着的尖刀在车灯强光中闪了两闪，飞得比人还远，血花在半空中冻成冰碴，泼了一地。

"砰"的一声，男人破烂的身体砸在路边一辆废弃车辆上，弹起来，摔到地上，又滚出了十几米。枪声骤然响起，道路两侧倒塌的房屋中冲出来几个人，疯狂地向唐灵射击，可惜根本没擦到飞驰而去的运输车分毫。他们没理会地上即将死去的同伴，只是恨恨地跺着脚高声叫骂，诅咒这个没停车乖乖受死的浑蛋出车祸撞死，懊恼中却忘记了枪声可能引来外星猎兵的后果。

唐灵开车很专心，手脚并用操控机械骨架的同时，眼睛始终关注着前方路况。她谨慎地驾车钻进一处坍塌封闭的地下污水通道，绕过迷宫般的岔路，进入隐藏极深的闸门，确认陷阱和掩体完好，看到安心冬眠的臭小鬼，这才慢慢放松下来，闭上酸涩的眼睛。

臭小鬼似乎也感受到了唐灵的回归，不再烦躁地来回翻身，安静下来。他吮着拇指，蜷缩着身子，只有胖脚丫还在不安分地轻轻扭动着，似乎在抗议唐灵的晚归。

唐灵给救生舱换完容电液，加装完维生物质，这才满面疲惫地靠在救生舱前坐了下来。她隔着舱窗把脸贴在臭小鬼的脚丫上，慢慢地说："臭小鬼，我可能病了，心口很冷，你给我笑一个吧，好不好？"

这一天，是2123年2月11日。

◆ 7 ◆

人心冷，却冷不过寒风。气温越来越低，已经达到零下50℃,但这似乎还不是尽头，冲击云依旧没有消散的迹象，每月1.2℃的降温稳定持续，突破零下60℃大关并非遥不可及。

人们习惯了寒风肆虐，习惯了被外星生命狩猎，习惯了到中心地铁站的市场以物易物，也习惯了这个永远穿着改装动力装甲的奸商。

奸商块头很大，肚子更大，看起来很蠢，他说他叫老铁，可宰起人来刀刀见血。刀是双刃刀，一方面，物美价高是市场原则，所以他的高档货要价很高，另一方面，想仗势强夺自然也要做好被大卸八块的心理准备，自从东桥六虎的脑袋变成市场门外最显眼的死亡警示牌后，便再没人敢打这个摊位的歪主意。

地铁并非合适的避难场所，虽然保温效果比地上建筑好很多，但区域有限、结构单一，极易被外星猎兵猎杀，所以除非走投无路，否则不会有人常住这里等着送死。可当救世军日益势力壮大，占据了这些地下区域后，情况就完全不同了。

救世军与外星生命的合作已经人尽皆知,他们会将抓捕到的流民进行筛选,对年轻人进行洗脑吸纳,把老弱病残分批定量送给外星生命,以交换生存权利并保障其下辖地区的民众不再遭受狩猎。于是,救世军占领的地铁变成了人人向往的平安天堂,主动投靠的人越来越多,地下建筑很快连成地下城,经过几次发掘扩张依旧人满为患。人口增长与秩序安定自然催动了民生发展,救世军会与其他势力进行大宗交易,民间也形成了小规模市场,位置几度变换,最后固定在中心地铁站的地下一层。

唐灵打开动力装甲腹部的装甲板,将救生舱固定在球形卡槽内,自己穿戴好四肢体感操控系统,坐上救生舱前方的驾驶位。装甲板闭合,电机启动,腆着肚子的"老铁"便活动着手脚站了过来。他背起货箱,确认防护门外的警戒和伪装都完好,这才快速离开藏身处,钻进迷宫般的地下管道,向市场走去。

这副单兵动力装甲原本破烂得只剩四肢,唐灵研究了爸爸拷贝在书库中的笔记和资料后,对其进行了全面修复,还花费无数将其改装成了适合儿童操控的微型机甲。以战略统合理论改装的机甲不但动力强悍,更将体感动作同步的操控误差限定在微米级别,再配上极度拟人化的动态 OS 和刻意为之的变声器,所有人都以为她只是个穿着动力装甲的大胖子。

腹部驾驶位之所以那么凸出,是因为后方加装了安装救生舱的圆形卡槽,这个奇葩设计的思路源自恐惧。那一天,唐灵回到隐蔽所,看到几只变异野狗挖穿墙壁裂缝,循着气味在疯狂撕咬救生舱,她当场就发了疯。唐灵撕碎了野狗,却无法撕掉差点失去臭小鬼的恐惧,尽管救生舱无比坚固,那些能轻易咬断骨头的利齿连个划痕都没留下，可她不敢想象，如果野狗在偶然下拧开闭锁栓，会是什么样的画面。所以，她将机甲的腹部改装成了这个样式，去哪儿都会带着臭小鬼。

有危机感的人会更努力，努力的人就应该得到回报。唐灵现在是市场上最好的机械师，她不但能修理一般器械、武器，还能修理医疗仪器、研究设备，甚至可以调整仿生义肢和核心电机，就连耗子张这种出名吝啬的人都来找她修理义肢，生意自然火热到烫手。

耗子张人如其名，身形矮小，样貌丑陋，坐在边上等唐灵修理手臂义肢的时候，还不忘用抖腿让自己显得更猥琐些，"老铁，你上次卖崔三的那种能量增幅器还有没？"

唐灵用机甲粗哑的电子音冷冷地回道："有，开价。"

耗子张捋着下巴稀疏的胡子，笑着说："我可是厚道人啊，肯定不能让你吃亏。你不是在收购军用机甲的 SF 芯片嘛，我这有两块，这可是我拼了老命才弄来的，市面上少见……"

"几级的？"唐灵对废话没兴趣。

"一个二级平衡，一个三级火控，都是八成新，我拆得可小心了，一个触点都没坏……"

"增幅器我新做了调整，超频 200% 可达 34 秒，价格要加三成。"

"34 秒？那太好了！这玩意关键时刻真能保命啊。这价格……我加三块分组驱动器怎么样？"

"分组驱动器我库存很足,暂时不收。"

"那……我手头暂时还真没什么……哎,对了,这还有个稀罕玩意,你看看能值多少。"

耗子张从背包里掏出一个不小的盒子递了过来。盒子里是一架残损极其严重的碟形机械,看样式和结构,像是某种智能无人机。旧世纪军用无人机在市场上很常见,没有太大价值,如果不是机体样式独特,唐灵都懒得扫描一下。

数据分析用时意外得长,耗子张见老铁没直接把东西扔回给自己,便口沫横飞地开始吹嘘机械的来历,一趟地下钻探拾荒被他说得天花乱坠,宛如惊心动魄的摸金传奇。唐灵自动过滤掉夸张和虚构后,还是得到了一些有用信息。

两个月前,外星生命的水晶城从 200 公里外的降临地迁移至此,悬浮于城市中心,建立了连接地面的高塔。救世军在外星生命帮助下顺利镇压其他几大势力后,宣布他们将作为外星生命代理人正式管理整个都市,随后便在外星连接塔下开始挖掘地热能源钻井,同时发起都市圈复兴计划,四处大兴土木。

建设需要资源,战斗部队四处出击掠夺,民间也兴起物资探寻的热潮。某些聪明人突然想到,外星生命离开的降临地区当初是地球联邦十大都市之一,驻有地球联邦科学院和第 11 环球战略基地,就算被夷为平地,但地下深处肯定有幸存的战略仓库。于是,数百名地下拾荒者远赴唐灵曾经的家乡,进行大规模发掘,耗子张就是其中一员。

耗子张曾是知名勘探专家,他凭着经验在广漠的冲击盆地中成功定位了科学院的位置，并探索到了未完全塌陷的地下科研区。可惜消息泄露，大群挖掘者蜂拥而至，他很快就被排挤出了中心地带。

深达数百米的地下科研区是宝库，却也布满了死亡陷阱，粉碎的结构随时在重复坍塌，未彻底损坏的防卫体系从休眠醒来，轻易就能将人化为灰烬。近百名挖掘者携带着数十台工业机甲深入中心地带，十几天后，只有5个人到达核心区域并活着回来。据说他们从下面带回了不少实验资料和样品，从救世军那里换得了数不清的好处。

塞翁失马焉知非福，耗子张虽然只在地下80米到120米的外围区域挖掘了几间物理机械实验室，却还算有惊无险，找到的仪器和研究品一早就换成粮食藏进了地洞。这个吊装箱里填缝的无人机损坏严重，看似高级却无人能解析，所以一直没有出手。

资料库中没有匹配的模块，冗长的扫描最终也没能解析成功，只取得了大概的结构图。耗子张说得口干舌燥，眼见似乎没有结果，便准备回去凑钱，顺便把这破烂砸了听响。

巨大的机械手在桌子上敲了敲，不带一丝感情的电子音响了起来："可以交易，这东西能顶一块分组驱动器，一手交钱一手交货。"

耗子张眼珠一转，心想这莫非是个宝贝？见老铁已经低头开始继续修理他的生化义肢，又不由暗笑自己想多了，把好心当了驴肝肺，连忙递过两块芯片和两组驱动器，喜滋滋地接过垂涎已久的能源增幅器，一边摆弄，一边咂吧着嘴说："你这人话少，但手艺真没得说，对我老张也不错。我老张是讲究人，要不要我推荐你进救世军啊？是联合共荣政府的技术部，你这水平，绝对能被重用。"

老铁抬头看看他，"推荐？技术部？"

耗子张左右看看，歪着头小声说："那帮孙子成天他妈笑话我，说我老张就会挖地洞捡垃圾，什么狗屁勘探工程师，这年月吃屎都赶不上热的。呵呵，风水轮流转，我昨天进了政府勘探部，还当了组长，也算混出头了，只不过有保密规定，不能乱说。你等着瞧，以后有他们求我的时候。"

耗子张言语间颇有些小人得志的炫耀。生活真的是把杀猪刀，曾经的高级工程师，现在怎么看都像个老混混。

唐灵摇摇头，加装了一个小零件，又检查了一遍关键内构，便把耗子张的半截胳膊拽过来，接驳人造神经线路，将固定环"咔嚓"一声闭合上去。

耗子张疼得一哆嗦，缓了好一会儿才敢用力，发现义肢的机械手指感应度极大提升，甚至可以做出令人眼花缭乱的弹奏反转动作，力度和精度都比修理之前强许多。他呲着东倒西歪的黄牙，竖了个大拇指，"好手艺！这世道活着不易啊，看这局势，往后大家就得在外星人和救世军手下找食了。你也就别有啥不好意思，再考虑考虑，想好了找我。"

耗子张摇头晃脑走远，唐灵在微型屏幕上点了点，确认刚才装进那义肢的全息记录仪工作正常，便关闭了短距信号连接。

地热能源井和都市圈计划是当下最火爆的话题，好像无限黑暗中投射出的一丝光芒，吸引着无数绝望的人趋之若鹜。希望就好像内含剧毒的蜜糖，让人不由自主地忽视了危险。唐灵不相信外星生命的和平，更不相信救世军的共荣，所以，她加强了这方面的情报收集。

耗子张义肢里的记录仪是唐灵安装的第 15 个，之前 14 个被安装的义肢主人不是交际广泛，就是在救世军中工作，获取的各色信息不但能让唐灵清楚地了解局势，还可以卖个好价钱。情报，可能是毒，也可能是药，总有人需要它。至于收购那架无人机，只是因为它很像爸爸的研究笔记中记录的能量共鸣概念样机，就算修不好，留个纪念也算聊胜于无。

一时没有新生意上门，装甲内的唐灵便切断体感传输，让老铁低头坐在摊位后面，保持着胖子打盹的标准动作，自己开始检索上午从 12 号义肢中下载的影音信息。

大量驳杂无用的生活信息逐一排除，有关地热能源钻井的影像挑选整理完毕，信息重复的日常工作暂时搁置，最特殊的一段被优先分离了出来。

昏暗的电梯闪烁着红色指示灯不断深入地下，过了许久才终于停下来。12 号走出电梯，穿过冗长的地下通道，经过三道警戒，来到一扇巨大的闸门前，排在 U 形通道尾部等待接受安全检查。生物扫描和能量检测很严格，却并没有发现异常，唐灵特制的微型记录仪有生化外壳包裹，靠提取宿主生物电为能源，运转波动比人体自循环还低，自然不会被普通仪器发现，只是 12 号的义肢是左腿，画面视线很低，看起来总有些怪异。

闸门开启，热浪扑面而来，视线中的画面微微有些扭曲。12 号随着队列走进闸门，踏上环绕井壁的步行平台，宏大的地下空间骤然在眼前扩展开来，直径上百米的巨型钻井向地下无限延伸，井壁上纵横交错的通道与密密麻麻的灯光交织出扭曲的柱形空间，空间中上千条能量循环管道盘旋成庞大的动力线圈。

动力线圈沿着连接塔与空中的外星水晶城底部连接，环绕着擎天巨柱般的钻杆在钻孔处闭合。钻孔已不知探入地下多深，喷涌出的沙石滚烫炙热，引导来降温的冷空气瞬间就化成了雾水，接着被蒸发消散。在气雾中，密如蚁群的人驱动着各式机械，一刻不停地分流运输。

12号的工作是根据挖掘出的沙石分析地下岩层状况，以便调整钻头强度和转速，他面前的工作台进度表上显示，现在挖掘深度是13 044米。工作很枯燥，数据比对和机械调整占据了大段时间，快进许久，一个走进办公室的军人打断了安静的气氛。

军人穿着新式军服，挂着上校军衔，面色冷峻地怒喝着："钻井进程始终没有进展，排斥力却越来越强，水晶城又被向空中推出3米，外星人在地表行动的消耗还在持续增大。谁能告诉我，我该怎么跟上峰解释！"

12号旁边的上司连忙迎上去，小心地说："长官，我们正在分析这个奇特现象，可暂时还无法定论。我们查阅了能找到的所有勘探记录，没找到任何类似的情况，这完全超出了常识，只能用不可思议来形容。"

上校不耐烦地挥了挥手，"地幔挖掘计划虽然是外星人的命令，但也能为我们提供源源不断的能源和矿产，为此我们耗费了无数物资和人力，必须进行下去。你们不是地质专家嘛，给我解决这个问题！"

"可是，长官，现在不是地质问题，更像某种力场问题。下面的岩层虽然夹杂了一些辐射矿层，但并不影响挖掘，所有阻力都是凭空出现的，就好像有一种反作用力，在向外推能量钻头。"

"反作用力？什么乱七八糟的，重力不是应该向下吗？"

"对，重力本身没有任何变化，可是地心引力存在的同时，却出现了另一种反方向的力。更匪夷所思的是，这种力似乎只针对外星人和他们的能量。外星人越是加大能量功率，他们那个水晶钻头就会受到越大的反向排斥，我们的工人和其他器械却根本感受不到这种力的存在。"

"另一种力？能排斥外星人那种无敌力量的力？"

"是的，这种来自地心的反作用力在对抗外星人的能量，而且在不断增强，迫使外星人的水晶城不断提升高度，加大缓冲距离，才能平衡能量消耗。如果用比喻描述，就好像地球在反击。或许就是因为这种力的存在，外星人才停止了进攻和占领区的狩猎，不得不与我们合作以最低消耗获取……"

上校挥手打断了他的揣测，皱着眉说："干好你的工作，其他的别乱琢磨！如果地球反击真的存在，那这就不是我们能解决的问题了。这件事立刻列入绝密档案，写一份详细报告给我，人类规划局的人在整理联邦科学院挖掘出的资料和素材，没准他们能分析出是怎么回事。"

"好的，马上。"

这时，某种怪异的杂音突然在唐灵耳边响起，仿佛来自极远处，却又似乎就在大脑中震荡。唐灵的危险感知越来越强，无数次帮她化险为夷,但随之而来的这种古怪的幻听却让她十分苦恼。幻听声总是凭空出现,有时轻微如蚊虫鸣叫,若有若无,有时却强烈如山呼海啸,引发大脑的剧烈疼痛。

这次与以往不同,唐灵清晰地感应到声源就在这段全息影像中,音频波谱没有异常,但那个声音就在画面之外,来自深邃的井底,来自遥远的地心,似乎在低声呓语,又好像愤怒地发泄。

她捂着越来越痛的脑袋,正要开启音频分析,画面突然晃动起来,12号刚向外跑了几步,便在剧烈震荡中一头栽倒,滚了几滚,撞在栏杆上,下半身悬空在通道之外,视野恰好可以俯瞰下方层叠的无数平台。

"地震!地震了!快跑!"

人们叫喊着,疯狂地涌向各处闸门,却因混乱拥堵成一团,大量机械和管道从井壁崩解,坍塌砸落下来,落在密如蚁群的人堆中。人命如蝼蚁,在巨响与尘埃中化为一片一片肮脏的血渍,四处飞溅。

钻孔爆发了逆流,沙石混在岩浆中冲天而起,能量循环管道寸寸粉碎,蓝色光芒被倒逼而回,钻杆咯吱作响,细密的裂缝连成漆黑的大龙,一直延绵向顶端的天空城,在双向冲击中猛地爆开。

又一声山崩地裂般的巨响,钻井深处的水晶钻头也崩飞出来,坚不可摧的晶体被卷进能量龙卷之中,竟然开始迅速风化、分解,庞大如山的锥形螺旋片刻间便化为粉尘。

12号拼尽全力挣扎站起,在本区平台坍塌的最后一刻冲进办公室里间的紧急弹射舱。他没有理会上校的喊叫,狠狠地按下了启动键。下一刻，弹射的巨大冲力将未系安全锁的 12 号砸倒在地，左腿的义肢承受了绝大多数伤害，扭成一团，其中的记录仪也陷入一片黑暗。

唐灵终于明白了前日中心地区诡异局部地震的真相，知道了外星生命的水晶城不断升高的原因，却又有了更多的疑惑。脑海中剧烈的震荡让人无力继续思考，她强忍着头痛和随之而来的胃部不适，启动了老铁的自主返回指令。老铁的 AI 接管控制权限，迅速将所有物品收入背后的箱子，关闭店铺，穿过市场，消失在偏僻的坍塌通道中。

老铁回到隐蔽所时，唐灵已经全身大汗淋漓，她深吸一口气，忍下最后一丝残留的痛楚，这才打开装甲，从驾驶位上爬了下来，仰面躺在地上，手指都懒得再动一下。救生舱里冬眠的臭小鬼似乎感应到了什么，不安地扭动着身体，小嘴碎碎念着发出无法理解的呢喃声。

唐灵用尽力气爬起身，轻声安抚臭小鬼："别担心，姐姐没事，爸爸妈妈会保佑我们的。"

这一天，是 2125 年 12 月 17 日。

◆8◆

或许是一个拾荒者,或许是一个士兵,再或许是某个强盗,总会有某个人首先发现那缕久违的阳光穿透云层,发出喜极而泣的哭号,然后惊起所有生灵。

阳光回归大地,带来的不仅是温暖,还有希望。人类就像找到母亲的孩子,纷纷冲出居所,涌上地面,对空中的淡黄色光团呐喊着泼出最原始的崇拜。甚至有人狂热到发疯,脱掉衣服迎接阳光的照射,然后笑着在光明之中逐渐僵硬,变成一座座造型夸张的冰雕。

唐灵站在屋顶,看着地面的人群疯狂欢呼、顶礼膜拜,甚至无所顾忌地载歌载舞,却没有跟着笑出来。狂欢的情绪似乎化成了幻听的共鸣,在耳边嗡嗡作响,她捂着隐隐作痛的额头,慢慢退入阴影,从暗道转回了地下藏身处。

温度开始持续上升,不到一个月的时间就回复到了零度以上。万物复苏的时节,野心自然也肆意疯长,救世军内部争斗无可避免地开始了。最初的领导者杨宇死得无声无息,无数血腥倾轧后,三位新大佬掌控局势,形成了相对稳定的权力三角。救世军完成了从暴力团体到军政势力的转变,成为雄踞一方的庞然大物。

外星生命有了"官方"称谓——无质生命,他们居住的水晶城也有了一个很高端的名字，叫作天启城，与地面连接的高塔则被称为衍生塔。科学与宗教多重定义掺杂的洗白宣传中，外星文明入侵变成了无质生命拯救世人，对人类的狩猎变成了优胜劣汰的洗涤，套路终于回到了人类习惯的方向，听起来不再满含屈辱与恐怖，莫名多了几分亲切感。为感谢无质生命对人类的拯救，都市圈到处播放着歌功颂德的赞歌，童声唱诗班的合唱庄重肃穆却又温暖亲切。

地热能源钻井成功重建，已顺利突破 35 000 米，开始进入地热及矿产的高效采集模式。莫名其妙的排斥力被衍生塔的新型能量场抵消大半，为防止能量溢散，塔基附近填充平整成了宏大的和平广场。

为维护地区和平，救世军最高智囊团制定了"人类生存进化管理制度"。

对内管理需要有序高效，所以一切物资财富归政府统一调配。治下民众按出身、能力和贡献划分为 9 个等级，每个等级之间呈递进式区别，所有人按等级分配住所和工作，每月按时按量领取不同质量、数量的生活物资。有限的教育、医疗、科技等资源只分级供给上 3 级，等级越高则拥有越高的权限和资源使用权。

严苛的等级制度是为了优胜劣汰，让更优秀的人用更多的资源更快地接受无质生命的引导，踏上进化之路——这个美妙的说法被宣传车 24 小时宣讲着，表示怀疑的人将会获得最公正的审判。

对外战争中抓捕的其他势力民众都会被送进集中营，他们不再有姓名，变成了一个个数字代号。儿童都被关进养育院统一看管教育；年轻人被筛选后，智商高的被配对强制受孕，加速繁衍，智商低的则被发配往各处成为奴工，建设都市；中年人的待遇更苛刻，有脑力特长者留用，剩余的发往地幔采掘厂；老年人除特例外一概监禁，被分批送往天启城供奉给无质生命，脑死亡后尸体投入有机回收炉。

用少数死亡换取多数生存，用些许自由换取文明复兴，用点滴痛苦换取天下太平，这很"合理"。孩童的啼哭，女子的咒骂，男人的怒吼，老者的哀号，这些无声的声音在整个都市圈盘旋，仿若黑洞，又似地狱。

人类驱使牛马，食用猪羊，把爱心献给花鸟猫狗；而现在，他们也终于成了牛马猪羊、花鸟猫狗，驱动者是超阶压制的无质生命，经手者却是想活下去的人类自己。

恶鬼们在歌功颂德，附庸虫在为虎作伥，顺从者在自我麻醉，血性尚存的人在努力反抗。有人揭竿而起，倒在枪口下，有人悄然出逃，消失在荒野的风雪中，最终绝大多数人还是在无法抗争的暴力面前默默接受了现实。

唐灵也接受了现实，不是因为胆怯，而是因为计算后发现，虽然现在的社会与曾经的地球联邦相比简直冷酷到令人发指，但抛开人性和感情，纯粹比较理性效率，确实最适应当下的环境，最利于人类复兴。

人类历史充满了战争与灾难，人们在感叹悲伤之余很容易忽视一个问题——每一次灾变其实都是人类文明进步的转折点。过去的数千年，人类过度依赖科技，导致科技不断进步，本身进化却十分缓慢，甚至陷入停滞。此次灾难，彻底粉碎了人类对科技的依赖。这或许会变成一次契机，只不过，契机并非来自宣传中的无质生命启示，而是来自地球的影响。这种观点并非凭空臆想，而是源于唐灵对自己身体状况的研究。

不时发作的幻听和大脑刺痛始终困扰着唐灵，有时甚至令她痛不欲生，但也让她的感知能力急速增强，身体也开始出现神奇的变化，肌肉强度、骨骼密度、细胞活性、脑域开发等各方面增长曲线都远超常人，增幅最低的免疫能力都是正常人类的1.7倍。这种状况如果一定要找一个词汇来定义，只可能是——进化。

唐灵对此极为警惕，因为妈妈曾经说过："自然的基本规则是平衡，打破平衡，必然会付出相应的代价。"经过刻苦钻研，她终于初步解读了电子书库中妈妈的笔记，也通过简单的基因测试得出了一些推论。

推论有好坏两面。

好的一面是：唐灵的基因在某种未知力量影响下，正在自动进化，这种进化可能从她在033战区救护站第一次感知危险时就开始了，之后随着地球对外星生命的抗拒不断加强而不断加速。幻听并非疾病，很可能是脑域开发后意识力外溢，与外界意识流碰撞的共鸣反应。

坏的一面是：进化过于突然，基因自我调整无力冲破基因锁，甚至与肉体强化速度线产生了冲突，大脑和身体的疼痛就是这种冲突最外在的表现。冲突如果继续加剧下去，可能会发展到精神失常、身体撕裂，甚至基因崩溃、自燃毁灭。

唐灵还没有能力解决这个超出正常基因学范畴的怪异问

题，只能服用神经抑制药物压制意识强度，减少症状发作频率。她将药片一口吞下，眉头微皱，看了看身旁救生舱里的臭小鬼，便开始整理近期收集的情报。臭小鬼也微皱着眉头，似乎又在睡梦中看到了不开心的事。

97号记录仪导出的影像来自资源管理部的下级官员，他这颗电子义眼本身就配有光学成像器，所以记录仪获得的全息影像范围很广且十分清晰。

穿过堆积如山的物资仓库，草草检查了分拣系统，视线便跟随脚步转向了另一侧的高权限通道。民众等级物资分拣是自动化的，旧时代的物流分拣系统被修复改进后可以轻松完成这个工作，人力巡查不过是设备维护和以权谋私的日常手段。人类规划局为解决钻井反作用力而建立的生物能源体系才是当前最重要的工作，容不得半点马虎。

97号的视线停留在能源体系簇新的培养槽前，久久没有移开，培养槽中悬浮着一个沉睡的男性人类。男人的头盖骨已被摘除，透明的半球形护罩覆盖着鲜活的大脑。荧光闪烁，培养槽指示灯逐渐亮起，头部护罩缓缓伸出无数插头和探针，从不同角度刺入大脑褶皱，不时闪起白色电芒。每一次电芒闪烁，男子的眼球就会急转，面部肌肉也随之抽搐颤抖，充满了无法言喻的痛苦。护罩上方的螺旋形装置随着一次次刺激旋转起伏，形成了一呼一吸的诡异节奏，呼吸之间，点点微小的光粒被吸出，流入顶端球形的临时存储器。

"咔嚓"一声轻响，检验仪亮起绿灯，完成启动的培养槽被压进分拣口，固定在传送机械臂上，沿着螺旋形通道消失在新式钻井背面幽深的输送网络中。

视线顺势转向分拣区左侧，无数培养槽沿着螺旋轨道整齐排列，中控系统有条不紊地将麻醉的人类切割颅骨，接驳入培养槽，然后转运到分拣通道，等待要求置换旧培养槽的红灯亮起。

视线再转向分拣区右侧的窗口。窗外，钻井直径已经扩展至两百余米，井壁布满了棺材大小的固定舱，刚才启动的那个培养槽刚从输送口弹出，交接给另一块机械滑板运送，正停在井壁左上4741编号的固定舱前。舱门弹开，旧培养槽沿着井壁轨道上升，将失去生命气息的人体倾倒入有机回收炉，新的培养槽则镶入固定舱，开始自动接驳能量输送管道。交接完成，细小的能量输送管道再次亮起，将隐约的光粒汇向最近的中型管道，再传入主管道。

一台培养槽抽取的光粒微不可见，十台汇集的集束管道勉强能看到淡淡的红色荧光，一百条汇集入中型管道后，光芒便如萤火虫群一般绚烂飞舞，最终，所有虫群在主管道中汇聚成溪流，集中成江河，化为璀璨夺目的光带。光带在中央分离器中分为两股，一股向上奔腾，通过衍生塔送往天启城，另一股向下流动，化为巨大的能量冲击钻头，不断向地心挺进。

这就是地热能源钻井重建成功的秘密，这就是都市科学院为无质生命改良的能量吸收方式，它让直观的吸取吞食变得颇具工业机械之美，也让吸收过程更为细致高效。抽取自人类的能量没有受到地球排斥，以此为基础设置的力场为无质生命抵挡了大半反作用力，来自地心的怒吼变成了翻涌的泥浆带来的丝丝呜咽，似乎在为地球的无奈抽泣，又仿佛为人类的生命哀鸣。

唐灵连忙关闭影像，以防止意识共鸣，臂部智脑恰在此时发出了"嘀嘀"的呼叫声。唐灵打开变声器，接通信号，对方的信号不是很好，不但有杂音还断断续续的："……喂，喂……我……顺风耳……顾问大哥，能听见嘛，我……不好……回我……"

唐灵点开无人机的增幅器，信号立刻清晰起来，"听到了，说。"

从耗子张手里收购的无人机就是一个赔钱货，唐灵花费了无数时间和零件修理，也只恢复了普通动力和小部分增幅功能，想用来增加机甲功率是做梦，拿来做信号增强器却绰绰有余。

顺风耳拍着话筒说："哎哟，每次和顾问大哥通话，信号就莫名其妙地好，真是怪了。现在外面到处都是磁场乱流，气候变得乱七八糟，这光子通信没有卫星中转，只靠地面基站连接简直就是个屁……"

情报贩子越来越多，越来越吃香，自然形成了独特的团体和组织。地下情报网里，都是以ID或代号互称，唐灵的消息最权威，还兼顾推理和计划等咨询业务，所以人送代号"顾问"。顺风耳的外号自然代表他的消息最灵通，只是这张嘴太碎了。

东拉西扯了半天，顺风耳终于说到正事："今晚凌晨前，运输队会从H5区的关口进入防卫军防线，运送的是第9批发掘所得，押运部队是一个满编中队，大概120人。这个消息已经被卖了7次，再转手价值不会太高……"

唐灵只是淡淡地回道：

"卖出去的7次，买家都是谁？"

"哦，还是那几个老客户，新增的两个是商务联合会和薪火联盟。商务联合会很有钱，我建议你也可以跟他们合作。薪火联盟嘛，是新兴的反抗组织，骨干据说是一群旧联邦老兵，战斗力很强，不过主要在城市边缘和荒野上打游击，没什么油水。我和他们做生意，也就是觉得他们会拿命去劫战俘，算是难得……"

"物资明细传给我。"

"哎，好，这就发过去。这东西也不值钱，中转站的装卸清单两包蛋白饼干就换得来，也就是联邦科学院发掘点太远，不然更便宜……"

唐灵接到清单，仔细看了一遍，将交换的情报发给顺风耳，中断通信，隔绝了他"谢谢惠顾"后面的大串废话。

"这个运输队是一个陷阱，虽然一切看起来都很正常，但是H5区的军火库昨天运出了往常4倍量的物资，关口轮换的驻军因为整训没有按时离开，运输清单里的仪器价值太低与护卫部队人数不成正比。三点联系起来看，如果这次再有人去劫夺发掘物资，面对的将是三个全装中队的饱和火力打击……"

唐灵综合几份不同途径的情报，很快完成了分析推理，然后将这个分析以三倍高价卖给了商务联合会，犹豫了一下，又以最低市场价便宜了薪火联盟。

薪火联盟的对外联系人叫老海，但打过两次交道唐灵就分析出，他不过三十出头，上有老，下有小，处在中青年最容易焦虑的年纪。果然，交易确认还没过3分钟，老海就又来了一条讯息，打算再谈一笔咨询生意。

这批仪器里有基因调试实验的器械，必须有人劫下来才会流入黑市，唐灵需要这台仪器，所以她很乐于接下这个反伏击作战计划的咨询业务。不过她很沉得住气，等了10分钟才回复同意，并开出了个刚好压在对方心理底线的价码。

唐灵点击着旋转光屏上的全息地图，一边分析地形和战术，一边转头对救生舱里的臭小鬼说："我帮这些笨蛋制订作战计划，成功率起码能达到70%，价码是一台分离仪，是不是合情合理？为什么我总感觉这个老海在心里骂我奸商？要不再加个额外收费项目？"

臭小鬼睡得正开心，扬着脖子，歪着头，张着嘴，一副六亲不认唯我独尊的德性，没有搭理唐灵。唐灵点点头，自顾自地说："好的，那就这么办，把撤退路线单独收费！"

这一天，是2126年5月22日。

◆9◆

耗子张今天话很多，咳嗽声空洞急促却依旧不肯住嘴：

"……我这一辈子啊，算是越活越不明白，生生把自己活成了一个笑话。年轻的时候整天忙着研究地质、考察勘探，老婆孩子扔到一边，还觉得自己牺牲奉献，特别伟大……咳咳……外星人来了，什么都毁了，才发现自己不过是个废物老头，要不是到处求人可怜，早就饿死八百回了……咳咳……好不容易弄台机械挖洞捡垃圾,又被人欺负,挨了抢还得笑脸相迎……卖身给救世军,以为当条狗总能过几天好日子了,没想到眼看着就要成死狗了,咳咳……"

老铁专注地检修着义肢,没有抬头,用古怪的电子音回道:"听声音肺部有大量空洞,早点治疗吧。"

耗子张摇摇头,"没得治,地下异变太厉害,勘探时碰上核磁裂缝了,9级辐射,60多万毫雷姆,肺里已经成筛子了。……咳咳……其他脏器也开始衰竭,能再活3天都是奇迹。唉,说起来3天也是赚到的,要不是及时启动你那个增幅器往回跑,早就成渣了。"

老铁手上顿了顿,继续修理,"那抓紧时间,想干点什么就干点什么吧。"

耗子张抬头看看,视线似乎穿过了顶棚钢板,在凝视着外面的天空,"想过了,没什么想干的。活到现在,身边没有亲人也没有朋友,算起来和你关系最好。……咳咳……要不是每次来维护你都耐着性子听我废话,老头子我早就憋死了。这不,最后也就想着来找你再唠叨唠叨,然后再寻个谁也找不到的地方安静等死。"

老铁点点头,"那你接着说。"

耗子张靠在椅背上,摸索着颈椎上镶嵌的身份芯片,拽出一团信息组,随手划进老铁手腕的智脑,"这是我这两年攒的配给额度,人一死就会自动清零,不能白白便宜了这人奸政府,送你了。"

老铁没有推让,确认接收后,把耗子张的胳膊拽过来,接驳神经，安装义肢，然后才问他："有什么没了的心愿，说说。"

耗子张笑了笑，猥琐的老头此刻看起来十分淡泊从容，真的有点旧世纪老博士的架势，"我小时候听我爷爷讲，人死了还不算结束，会变成灵魂飘到天上，可要是没人记得，就真的烟消云散了。你取物资的时候记得想想我这张老脸，别那么快就忘了，好歹让我有时间看看我爷爷说的是不是真的。"

老铁刚要张嘴否定这古老无据的灵魂之说，内里的唐灵却停止了他的 AI 自主权，接管控制，说道："照张合影吧，能记得更久些。"说完，她便遥控闭合店门，打开驾驶舱，跳了出来。

耗子张一怔，咧嘴笑了起来，"没想到，你竟然是个小丫头。这么草率地暴露身份，太不谨慎了。"

"你的情绪中感觉不到恶意，也没有欺骗的颜色。"唐灵搬过另一把椅子，靠在他旁边，歪着脖子说，"你爷爷讲的话，起码有一句是真的。"

"哪一句？"

"有人记得，就不算烟消云散。"

"变成灵魂那句是假的？"

"鬼才知道。"

"呃……哈哈哈哈，没错，鬼才知道……"

老铁保留了动态全息影像，也打印出一张复古的相片。画面中，工作台的灯光从侧面洒在两人脸上，金黄色让昏暗中的人看起来很温暖，老头笑得十分开怀，小姑娘一脸严肃认真。

老头揣走了这张相片，留下了自己的身份验证密码。唐灵没送他，钻回老铁的肚子，恢复自主控制，自己继续整理试运行数据。

回到隐蔽所时，所有数据都已整理完毕，没有任何问题。老铁卸下背后的装备箱，拉过椅子坐下，疲惫地伸了个懒腰。唐灵跳出来，打开 AI 核心，进行最后一次设定检查。

随着钻井塔的深入，地球磁场在悄然变化，气候也越来越糟，各种异变气象在都市圈外的荒原任意肆虐，磁场紊乱加重，300 米以上的空域已经不允许飞行器升空，用不了多久，可能连小型悬浮机车和低空浮空艇都要被禁飞了。

天气不好，实验进度更加不好。基因冲突调整实验没有丝毫进展，无人机的研究修复羁困于光学迷彩第一阶段，爸爸笔记中的人工智能却意外取得了成果。利用最新型机甲智脑进行覆写改装，核心代码自我演算了足足一个月，老铁的 AI 终于成功觉醒并完成了协调测试。

检查无误，唐灵完全开放了老铁的自主权限，说："自主思维和独立行动的试运行很成功，从现在开始，你的人格正式属于自己了。"

老铁很文艺地仰头沉思了两秒，慢慢点了点头，电子音响起，很庄重地问了个问题："那我是不是也姓唐？"

唐灵拍拍手说："对，我们家的人，当然姓唐。"

老铁又停滞了两秒，突然拉着唐灵的衣袖哭天抢地嚎了起来："老爷、夫人啊！我唐老铁终于进家谱了！你们安心吧，我会照顾好大小姐和小少爷的。"

唐灵只觉五雷轰顶,脑子都木了。老铁的人格设定仿照了当初留在家中的老"老铁",语言和行为完全按唐灵的使用记录数据置入,试运行的时候一切正常,怎么自主性格突然就AI变异了?这是见鬼了还是撞客了?

她咳嗽一声,拍了拍老铁,"别激动,你现在AI核心功率太低,当心短路。"

老铁抹着发声器四周溢出来的润滑油,痛心疾首地忏悔:"老爷、夫人啊!我醒得太晚了,让大小姐小少爷受委屈了,造孽啊……"

唐灵揉了揉太阳穴,叹了口气,"我就不该完全开放自主权限,起码该留个静音限制。"

老铁顿时不开心了,"大小姐,你是不是嫌弃我血缘稀薄,不拿我当直系亲属啊!老爷、夫人啊,老铁不受待见啦……"

唐灵翻了个白眼,转头就走,"你身体里流的是容电液,血什么缘?有没有血缘,你也是唐家人,干活去!"

老铁一脸我委屈但我忠心耿耿日月可鉴,一边低声叨咕,一边跟着唐灵检视着基因调整实验的进展,帮忙分析今天下载的信息。

老铁虽然有点神经,但想到有了他,哪怕自己突然基因崩溃,臭小鬼也会有人照顾,唐灵终于安心了。

"嘀嘀",臂部智脑传来顺风耳通信申请。顺风耳话痨的毛病实在让人哭笑不得,但唐灵这类能从废话中获得额外情报的人对此却很是欢迎。

"查得怎么样？"受到恶劣气象影响，光子通信信号也越来越差。唐灵一巴掌拍开无人机的增幅系统，稳住了缥缈如鬼音的通话。无人机的能量增幅功能又修复了20%，光学迷彩也可以短时间启动，不过，唐灵依旧拿它当信号增强器。

"每次和顾问大哥通话，信号就莫名其妙地好，真是怪了。"顺风耳的开场白一个字都没变。拍了拍话筒，他继续说道："那个弑神者的传说是假的，源头是薪火联盟。他们在荒野的科研基地和地球联邦军在合作一个项目，据说能够强化人类的精神力量，抵御外星人的分解和吞噬，但还处在实验阶段，并没有获得成功的实战数据。

"这情报不知道被哪个刚入行的菜鸟给误解了，流传出去后就被传成了人类有希望击败外星人，然后又被传成已经有能力击杀外星人，再后来越传越神，都快成民间传说了。最新的版本是，有一位叫弑神者的大侠，练成绝世神功，即将带领人类反击外星人，夺回自由。这位大侠很有原则，每天早上要杀一个外星人，中午杀两个，晚上杀三个，绝不多杀也不少杀，就是这么任性……"说着说着，顺风耳不禁笑了起来。

人们在黑暗与绝望中发现一点光亮，就会用幻想无限放大，给自己些许安慰，让日子还能继续熬下去，民间传说和武侠故事都是这样产生的。不管故事多么荒诞不稽，总有人愿意相信并添油加醋继续传播，在他们看来，这是唯一能安慰自己的方法。

唐灵没有笑，沉吟一下，继续问道："开战的日期查到了吗？"

顺风耳忙收住笑声,说:"大哥你从通信量增加得出的推论是对的,军方的确是在准备大规模战争,通信量翻倍的几个前线基地都有频繁资源调动,开战时间应该在5到7天之后。为了维持后方稳定,政府额外调集了人员和物资,紧急成立纪律宪兵部队,专门清剿都市圈内的反抗分子。我现在发给你的就是所有情报细节和列表。"

唐灵点开智脑,将两份交换情报传给顺风耳,说:"帮我持续关注薪火联盟的项目和纪律宪兵建立这两件事,有新情况随时联系我。"

"好咧,大哥你放心吧。每次交换的情报都溢价,这让我都有点不好意思了,您交代的事,我肯定放在心坎上……"报酬远超预期,顺风耳的声音里满是欣喜。

任何情报都要进行三次验证,才能保证准确性和真实性,所以唐灵接到另外两个情报贩子同样的答复后,才开始制订行动计划。

人口普查越来越严,在颈椎镶嵌身份芯片已经开始逐区施行,都市圈到处都在安装监视器,一个个全方位球形监视器闪烁着幽蓝的光芒,仿若无处不在的眼睛,连接成无形的密网,追踪着每一个没有信息登记的可疑人物。

唐灵一直带着臭小鬼游离于都市圈体制之外,不但逃过了等级划分,甚至没有留下任何身份信息。享受自由是有代价的,一旦被抓捕审查,就会被当成隐藏流民,送进养育院接受洗脑教育,甚至可能直接拉去地热能量钻井做"柴薪"。分析过各种因素后,唐灵确定,逃亡和长期困居隐蔽所都不是长久之计,最好的办法是给自己和臭小鬼伪造一套身份。

凭空伪造难度很高，操作起来也麻烦，耗子张提供的身份验证密码恰好降低了难度，在一个三级身份下伪造亲属，可以避过两次面试检验和一层审核筛查。唐灵知道，她再也不会见到这个猥琐的老头了，但她会记得他，记得所有帮助过自己的人。

人类管理系统的网络防护是东拼西凑成的，但经过了多层加强，不是唐灵这种自学成才的野生黑客能轻易摆平的。战争来得正是时候，一旦开战，军方防卫系统就会与管理中心实时连接，看似侵入难度更大，可小型指挥车的直连权限却成了最大的漏洞，这便是唐灵唯一的机会。

5天后的凌晨，13都市圈和16、21都市圈的联合作战开始了，野战军团在无质生命回赠的新能源防护罩庇护下向荒野进军，两路夹击2700公里外的地球联邦军的第6反攻战线。都市圈内的镇压运动也随之展开，大批完成集训的纪律宪兵涌上街头，短短3天就抓捕了5800多名嫌疑人。在酷刑逼供之下，战果仍在不断扩大，恐怖的阴云笼罩了整个天空。

初冬的第一场雪对习惯苦寒的人类来说不过是小菜一碟，曾经的黑雪如今已经恢复纯白，将大地铺上松软的毡毯，让人不忍踩踏。

事实并非文字般伤春悲秋，无人踩踏是因为全城戒严，没有通行证随意外出者一律被视为反抗破坏分子，就地枪决。装甲车压过的黑色泥泞撕开洁白的画布，杀戮留下的遍地血污在白色背景上触目惊心,毫无底线的搜捕摧毁了最后的尊严,血腥残忍的镇压令人们胆战心惊,图画中只剩下一片蜷缩的人影,沉默无言。冷风贴着地面掠过,呼啸着钻进每一个缝隙,妄图展示自己的酷烈,却发现,自己竟然被这个时代反衬得如此温柔,根本无法引起关注。

"我们收到线报,这栋楼有反抗分子散布谣言,试图动摇都市圈稳定。有没有人愿意主动检举?提供确切线索和情报的,奖励20日份3级配给和一支抗生素。"

纪律宪兵身着乌黑的长款制服配上尖檐钢盔,让他们看起来如同一群报丧的乌鸦。领队的监察官站在装甲车顶上,脸色阴沉地扫视着下面数百名九级民众和奴工,举着扩音器又重复了一遍喊话。

人们依旧木然地低着头,无人作答,只是拢着破旧的衣服,又聚拢得更紧了一些。

监察官很厌恶这个被划分为G9的破烂外围城区,狭窄肮脏的街道、下三等民众和奴工让他看一眼都觉得恶心。见无人回应,他的脸色又阴沉了几分,"冥顽不灵!知情不报,按同谋论处!全楼居民连坐,十选一,下放地热能源钻井!"

如狼似虎的宪兵冲入人群,凶狠地随机拖拽出一个个民众,关进装甲车前的电磁围栏。这些纪律宪兵是养育院选出的第一批训练生,经过长时间洗脑教育和情感剥离,曾经的半大孩子们已经成为最严酷的暴力机器,眼中不分男女老幼,只有不安分的家畜。

一个五六岁的男孩抱着纪律宪兵的腿,不让他拖走自己的姐姐,被一枪托砸翻在地。他捂着肿胀的脸颊大哭着喊道:"坏人!弑神者一定会消灭你们!"

孩子的父亲惊恐地一把将他拽回,可还没来得及退回人群,高斯弹就洞穿了他的大腿。

人群的喧哗被十几支高斯步枪压制下去。监察官跳下车,拎着手枪走到近前,低头,堆起笑容问男孩:"你见过弑神者?"

男孩哭着捂住爸爸的伤口,使劲摇头。

监察官继续问:"那这个名字是谁告诉的?是你爸爸,还是别的人?"

男孩本能地转头看了人群一眼,连忙扭回来,更使劲地摇头。

监察官抹去笑容,踢开男孩,对着他爸爸的腿又是一枪,"给你3秒时间,告诉我是谁!不然,我就一枪一枪把你爸爸打成烂肉。"

男孩跳起来想阻拦,却再次被踹飞,眼见军靴踩在爸爸伤口上喷起的血箭,他犹豫着再次看向人群。男孩的爸爸突然大喊道:"别打孩子,就是我告诉他的!"

监察官冷哼一声,一脚踢掉男人的下巴,也懒得再讯问男孩,转头对身旁的士兵说:"呼叫总部,派两辆大型押解车来,全抓回去,逐一甄别。如果甄别不出来,就都拉去地下!"

"是!"士兵立刻转身跑进装甲指挥车,启动加密光子通信。

这时,远处忽然传来一阵混乱的枪声,还夹杂着阵阵轰鸣,士兵和民众都不自觉地扭头看向那边。

"去死吧!"人群中一名年轻人突然掏出私藏的尖刀,冲向监察官,试图杀死这个恶魔。可惜他没受过技击训练,被士兵扣住脖子,轻易掀翻在地。

监察官仰着头瞥了瞥惊慌的人群,嘴角微微一弯,接过部下捡起的尖刀,慢慢刺在这个笨拙刺客的脸上,一点点下划,延伸到脖颈,深入至胸膛。年轻人惨叫连连,血流如注,监察官的笑容却更加灿烂。他很清楚,缓慢的酷刑和凄厉的哀号会让家畜们彻底放弃心底最后一丝反抗,乖乖跪倒在地,交出献祭的绵羊和财物,祈求自己原谅。

笑容在最高点突然凝固,百试不爽的方法今天竟然失效了,人群中又冲出了第二个人,他手里握的竟然是一支钢笔?然后,是第三个,第四个……他们赤手空拳,送死般撞向枪口。枪声响起,但为时已晚,原本驯服的家畜们突然爆发兽性,凶猛地扑了上来,与宪兵们扭打在一起,鲜血和死亡无法再震慑他们,现场一片混乱。

监察官慌忙退向装甲车,一边拽车门一边怒吼:"开门,启动速射炮自动锁定,把这些贱民……"

驾驶员和通信兵没有回答,透过车窗遮光膜,隐约可以看到他们歪着脖子瘫在座位上,后脑钢盔缝隙下流出的血已染红了座椅。

监察官暗叫不好,连忙转向侧后的扶梯,想爬上车顶手动启动速射炮,却被几名"贱民"扑倒在地。他抬手开枪刚击毙两人，手腕便被人死死咬住，噬骨剧痛中手枪滚落在地。监察官一边惨叫一边挣扎，想去捡手枪，却被层层扑来的人疯狂撕扯，惊叫声被淹没在怒吼之中。

长期的残酷统治和无情压榨将人的忍耐压到极限，终于在沉默中爆发。统治者最基本的游戏规则是留一线余地，不管如何压榨，都不要抢走底层民众最后的生存希望。可这一次，救世军的压迫屠戮太过肆无忌惮，终于压爆火种，点燃了燎原野火。

严格的武器管制帮纪律宪兵暂时稳住了局面，没有被卷入第一波冲突的十几名宪兵开始杀戮镇压。他们或躲入建筑死角，或结队占据某处地利，以拥有恐怖射速和弹容量的高斯步枪，不断屠杀着暴动人群。

某颗流弹在空中擦出一丝波动，笼罩着初级光学迷彩的无人机悄悄向旁边移动了一点，悬停在装甲车上方，继续阻断自动呼救信号，并将宪兵们的定位显示在唐灵前臂的智脑光屏上。

唐灵的计划出现了偏差，远处埋伏的老铁还没来得及制造爆炸诱敌，真的爆炸竟然就响起了，习惯被践踏的人们竟然出乎意料地发起了暴动。她只能及时改变计划，命令启动光学迷彩的无人机提前解锁顶部舱门，自己趁乱潜入车内，用机械弩击杀待命宪兵，然后闭锁车门，利用指挥车的一级权限开始入侵人类管理系统。

装甲车辅助操控台的光幕映照中，唐灵一边飞速敲击虚拟键盘，一边观察着无人机传来的外部画面。

权限认证通过，进入人类管理系统中心资料库。

十几名大汉顶着门板冲击宪兵的火力封锁,被震荡手雷炸得倒飞回来,眼口耳鼻都在渗血,刚摇晃着站起来,就被瞬间打成了筛子。

成功绕过防护壁垒,输入身份验证码。

几个年轻人在掩护女人和孩子撤退,为了掀开街区隔离栅栏,被弹雨扫出大片血雾,不甘地滚倒在血色泥浆之中。

遮蔽成功,信息录入,绕过审核,等待确认。

大街上倒满了尸体,层层叠叠,飞雪飘落其上,溶成一丛丛暗红色的冰花,仿佛地狱盛开的彼岸花。

……

两种画面在眼前交错,让唐灵产生了类似精神分裂的幻觉。乱世中,人命如草芥。唐灵见过太多死亡,早习惯了死神镰刀的血腥味道,但此刻,看到这些沉默的人挺着胸膛冲向枪火,看到这些懦弱的人用生命反抗奴役,她突然感觉胸口一阵紧缩,心中原本对当前社会制度的一点认可被鲜血洗得无影无踪。

录入终于结束,耗子张名下多了两个收养的孩子,注册时间在他入职勘探部的第二个月,无物资配给,仅拥有同四级民众社会权限。在路径痕迹清理完毕的提示音中,老铁终于从楼顶穿越街区,赶了过来,正在和无人机协作扫灭附近的监视器。

唐灵长出一口气,将一枚延时120秒起爆的电浆炸弹插进侧后方动力电机,跃出装甲车顶门. 几乎就在同时,隐藏在旁边楼顶的老铁凌空落下,狠狠砸在装甲车顶,胸口挡住顶部出口,装甲瞬间开合,将唐灵卷了进去,然后转身便要打开喷射器跃向另一栋大楼。

光学镜头闪过的最后一个画面留住了唐灵的视线。男孩和他爸爸已经倒在层叠的尸体中，灰蒙蒙的眼睛被泥泞和落雪遮住了半边，身上沾满黑红的血泥，一个女孩跪在旁边，愣愣地擦拭他们脸上的污渍，似乎失了魂魄，流弹擦着脸颊飞过都恍然不觉。

"杀掉这些纪律宪兵，用车载速射炮！"唐灵突然停止撤离，违背计划的安全原则，对老铁冷冷地说。

老铁思考了0.3秒，没有反对，转身打开能量输送阀，拽掉车顶速射炮的火控，狠狠扣下扳机。

吞吐的火舌精准避开人群，精准地扫向无人机定位的宪兵们，宪兵们调转枪口试图集中火力反歼灭，却发现根本来不及组成火力网。粒子风暴尖啸着飞掠而过，毫不留情地将他们化为残渣。

枪声停歇，巨大的火球冲天而起，装甲车在电机爆炸中四分五裂。幸存的民众们呆呆地看着火光中那个高大的身影腾空而去，突然爆发出疯狂的欢呼，甚至有很多人呐喊起了"弑神者"这个传说的名字。

传说真实与否，其实并不重要，但他的存在，很重要。一个模糊的背影就可以给人们带来一点希望，而这一点希望却像黑暗中的火种，足以照亮了整个世界。

都市圈到处弥漫着火光和浓烟，红与黑覆盖了天与地，枪炮声、爆炸声此起彼伏，宛如旧世纪除夕夜的鞭炮狂想曲，却充满了截然相反的惨烈。无数反抗起义连锁爆发，被压迫到极限的人类怒吼着,拿起一切能拿起的武器,涌向街区关卡,涌向防卫军兵站,涌向城市中央的衍生塔,如同一层层愤怒的巨浪在撞击岩礁。

唐灵站在百米高楼的天台边缘,默默看着远方,感受着与以往都不同的意识共鸣。愤怒、悲哀,又或许是无力与绝望,成千上万的情绪凝聚成洪流,席卷过都市的每一个角落,然后在枪火之中炸裂崩解,在空气中弥留下人类还未完全磨灭的勇气。

不远处一声巨响,区域能源存储发生了爆炸,殉爆声连成一片,巨大的蘑菇云腾空而起,方圆近百米的建筑纷纷坍塌,如同被拍散的儿童积木。老铁在飓风吹来时用掌护住了打开的驾驶舱,生怕热浪侵扰了腹中的救生舱。

臭小鬼撅着屁股,捂着脸,在救生舱里摆出了让人无法理解的造型,稀疏的眉毛微微皱着,似乎也感觉到了那些汹涌的情绪,十分不安。

唐灵转过身,拍了拍老铁,然后轻轻摩挲着救生舱,在舒缓的节奏中安慰道:"不怕,不怕,姐姐不会让任何人伤害你的。"

这一天,是 2127 年 12 月 13 日。

◆ 10 ◆

对唐灵来说,食物只是维持生命的道具,只要能摄入足够的热量,味道和口感并不重要。餐盘中是三等民众才能享受的自然食物,但唐灵吃起来的表情和啃蛋白棒并没有区别。对面的女生吃得很开心，开心到热泪盈眶，两腮鼓鼓地还在往嘴里填，活像一只饿急了的土拨鼠。

"唐灵，你没胃口吗？那你把这块肉排给我吧。"土拨鼠胸牌上的名字是叶清，文雅的名字和她此刻的形象很不般配。

唐灵没说话，把餐盘推了过去，餐盘中的肉排瞬间消失。

"如果我早点智商突破录取线，我家人可能就不会死了。"吃着肉，叶清莫名其妙地又开始感伤。

"嗯。"唐灵早习惯了她的神经质，眼都没抬，继续看上午整理的实验数据。

两年前的都市圈动乱持续了十七天，民众死伤官方没有给出数据，但有人以各地有机回收炉的工作时间推断，预估达到近30万。这次大屠杀让都市圈受到巨大损失，前方对地球联邦军的进攻也因后方不稳而惨遭失败。

统治者们从肆无忌惮中清醒过来，开始改良"人类生存进化管理制度"，提升下六等民众的基本待遇，并出台了新的荣誉积分政策。民众的等级不再完全固定，可以通过累积荣誉积分晋级，以获得更好的生活和更高的地位。

积分以个人为单位，也可按家庭为单位，通过劳作积累、投效贡献、举报奖励等形式获得。每10分为一级，最终晋升到90分以上，将被无质生命赐予进化资格，获得永生。相对的，每年分数最低的百分之一人群，将被作为祭品，献祭给无质生命。

永生与献祭，两个名词让这个制度蒙上了一丝宗教色彩，似乎不再那么难以接受。奖赏与审判会在每年审判日当天宣布并执行，违抗审判制度者，格杀勿论。于是，一切归于宁静，宁静得只剩无尽黑暗。

唯一例外的是通过智商测试进入人类规划局培训学校的学生，他们在成年前暂不被列入奖惩序列，但享有三级居民待遇。

待遇相同，人却不同。

唐灵比别的女孩更早进入青春期，14岁的身高体貌已经和精英班的大学生没有区别。去年入学测试中，她以恰当的智商分数成为全院第三的重点培养对象，几个月后，又因超强的实践能力被特批为实习研究员。她这样的人，竟然会出手制止一群A区子弟霸凌某G区贱民，还任她小鸭子般跟在自己身后，实在让所有人都觉得匪夷所思。

那个被霸凌者就是叶清，她是G9工业区去年唯一的智商合格者，分数只是勉强够格进入初级班。叶清会被欺负，是因为她性格自闭，恐惧与人交流，有明显的童年阴影和应激反应，但她在唐灵面前却像变了个人，啰里吧唆得没完没了。

"唐灵，听说大学部好几个精英子弟都在追你，你打算选哪一个啊？"叶清的脑回路很奇葩，刚感叹完过往苦难，她马上就转移到爱情八卦。

唐灵指尖滑动，将无用数据剔除出主序列，依旧没抬头，"没兴趣。"

"那你到底喜欢什么样的？《彗星花园》里的周珉钧怎么样？"叶清嚼着最后一口香肠，久久不舍得吞下去。

唐灵随手粉碎一个数据组，"少看脑残偶像剧，影响逻辑思维。"

叶清打了个饱嗝,"可我有神经衰弱,不看点什么睡不着啊,而且现在电视上只播这个。"

"多看书。"唐灵收起光屏,从智脑中随机弹出一本能量结构的入门电子书,划了过去,然后起身离开。

如果不是为了生存,叶清一点都不愿意看书,学习对她来说就是受刑,不过,唐灵的推荐,还是可以给面子瞄几眼的。她打开学校配给的最低规格智脑,晕乎乎地翻着简介和目录,眼神从迷惑到兴致盎然,最后竟然目不转睛,甚至忘了打包剩饭回去当宵夜。

唐灵并不知道自己无意的举动埋下了什么样的种子,她脑子里闪现着无数基因序列配比,进入实验室之前,才终于稍稍理出一些头绪。

学校实验室只是人类规划局科研中心的下级辅助机构,不会有保密权限高过D等级的资料,更不可能接触到核心实验室的机密,但是最近的异化病基因筛查统计,却让唐灵发现了某些端倪。

这些数据没有调整痕迹,来自天然样本,来自一个个不同的人。这些人都得了一种病,发病周期10到14个月,初期症状为头痛、幻听,然后会演化为情绪失控、思维混乱,继而身体机能失控,皮肤和肌肉出现十字形裂伤,最后会失去理智,暴力袭击他人,甚至身体爆燃溶解。这种病的发病对象无任何规律,发病概率为千分之一,仿佛死亡抽奖般充满不确定性。

人类规划局将这种疾病定名为异化综合征,宣称是地球磁场混乱引发的生物疾病,必须及早发现、彻底清理才能根除。消息一经公开,引起了极大恐慌。民众为了自身安全,也为了赚取荣誉积分,开始积极检举揭发出现症状的人,各区域分隔闸门也建立了检查站,通过皮肤扫描检测抓捕疑似病患。

在唐灵看来,所谓官方信息就是一个天大的骗局。她发现这些样本数据的某些特性和自己的基因进化路径极为相似。异化病应该就是她遇到的基因锁冲突,只是这些人没有药物和调控手段压制,比她的情况更严重、更危险,一旦不能在身体承受到达极限前打开基因锁,便会基因崩溃。现在看来,这场突如其来的进化契机应该的确与地球的排斥反击有关,但太过突然,没有给人类任何缓冲适应的时间。

基因样本为唐灵的调整实验带来大量有效数据,情报网也不断为她补充着辅助信息和时局情况。唐灵的情报网经过数年发展,从最初的义肢记录仪,到后续的智脑病毒,再到现在的芯片附属代码,扩展得极为广泛,这让她看到了很多隐秘的真相。

地球对无质生命的排斥越来越强,地磁日益混乱,气候愈发恶劣,荒原上到处是能量风暴。都市圈在无质生命指挥下启动了苍穹计划,围绕都市圈的第一阶段能量基底已完工,模块铸造的边境墙在持续加高,衍生塔的能量场以天启城为中心逐步扩大,最终在边境墙闭合,遮蔽了整个都市圈数千平方公里,不但能隔绝恶劣气象和能量风暴,更以都市圈为盾牌,有效抵消了地球的排斥力。

108个都市圈联结成"地球联合共荣体系",将荒野战线向北推进了数千公里,掠夺回大量资源和人口。无数监视器配合荣誉积分和审判制度,将都市圈封禁得滴水不漏,纪律宪兵几经扩编,由人类管理系统指挥,精准灭杀着一切危害萌芽。都市圈的异端分子越来越少,反抗事件几近绝迹。

囚笼里的人类逐渐习惯了以自由为代价换取的安全生活,他们仰望着天气系统模拟的蓝天白云,在朝霞中接受无处不在的监视,在夕阳下等待纪律宪兵随时随地的检查和审讯。当底线一再被压低,当人们忘记尊严和自由,一切开始变得井然有序,愈发文明和谐。

在和谐帷幕之下,地热能源钻井已经深入 845 000 米的上地幔下层,尽管突破软流圈后,地幔岩密度增加,钻探速度有所下降,但在不断增长的人类献祭帮助下,穿透地幔只是时间问题。地球和人类的未来,似乎已经被绑定在单线轨道上,向着某种未知的恐怖高速狂奔。

唐灵一边分析实验数据,一边梳理最近获得的情报,脑海中两条思路互不干涉,甚至还有闲暇听取旁边实验台两名研究员的交谈。

"听说了吗?前几天,能量研究所的程教授和几个弟子都被纪律宪兵带走了,罪名是私通外敌,泄露技术资料,基本就是死罪。"

"程教授去年不就已经是二级待遇了吗?怎么这么想不开,是为了钱?"

"听说是为了信仰。他好像早就暗中参加了反抗组织,一直潜伏在科学院,一边研究,一边对外输送技术资料。"

"真没看出来，简直是旧时代谍战剧情……"

"嘘，什么谍战，赶紧忘了吧。最近正收缴销毁旧时代文化产物，要消灭陈旧思维，提倡和平共荣纯净文化。"

"失言，一时失言。我可是积极分子，早就把收藏的纸质书和影碟上缴了。哎，这次能量研究所的主要人员等于全没了，这研究投入巨大，难道就这么中止了？"

"怎么可能。新任负责人是黄司长推荐的姜伟教授，据说要在各实验室选拔精英成立专项组，待遇直接提升一级啊。"

"天赐良机啊！咱俩一直负责结构排错，没准能被选上。"

"是啊，不但待遇提升，荣誉积分累积也有增加，哈哈哈。"

……

唐灵现在的意识感应可以准确地感知他人的情绪波动，她确定这两个研究员是真的开心。他们像很多人一样，已经适应现在的社会体制，盼望着获取积分提升地位，憧憬着接受无质生命赐予的进化资格，获得神一般的权利。

"紧急通告，所有在校人员，立刻前往所在区域公共投影设施，观看纯净文化大会直播。5分钟内未扫描登记者，后果自负。"

人类管理系统的区域中枢突然发出通告，研究室的全息投影自动打开，跳转到第一频道。房间顶部的识别器开始扫描，所有人后颈镶嵌的身份芯片都在扫描中发出低沉的鸣响。唐灵下意识摸了摸后颈的芯片，感受着那丝微凉，老铁的技术很精湛，篡改过的芯片数据没有引起识别器的察觉，下一步可以试验屏蔽定位功能了。

全息投影令人身临其境，和平广场上人山人海，被选中参与大会的上三等民众代表数以万计，正在齐声高唱至高赞歌。一场以毁灭旧世纪文化为主题的大会，现场却到处充斥着旧世纪的大会形式，各种全息投影设备模拟着彩旗招展、花团锦簇，配上民众振臂高呼的音效，竟然让人有种时光倒流百年的喜感。

台上正在演讲的中年人是救世军三巨头之首、联合共荣政府第13都市圈第一任总督——汪诚卫，俊朗的面容配上挺拔的礼服，让他看起来神采奕奕，额前镶嵌的神赐进化水晶散发着朦胧的光晕，更为他增添了几分神圣的味道。

唐灵的记忆力很好，她瞬间认出这位总督就是自己当年第一次抢劫救世军时打飞的年轻人，仔细观察可以发现，那挺拔的下颚骨还有软金属修正的痕迹。此时的汪诚卫已经不再是求人收留的可怜虫，而是执掌千万人生死的枭雄。他组织领导的党团在权势争夺中大获全胜，迫使另两个权力集团俯首称臣，成为本都市圈总督候选"第一家族"。

无质生命赐予的总督称号代表着权力，水晶则代表着进化资格及其带来的力量与永生。唐灵对慷慨激昂的演讲不感兴趣，却对那颗水晶很关注，她能感觉到，那是生命能量物质化凝结成的晶体，其中应该隐藏了某种意识碎片，一旦感受到危机，随时可能爆发恐怖的力量。这是对代言人的保护，也是牧羊犬脖颈上的颈圈，统治都市圈的野心家们用芯片、监控、制度控制着民众，却也落入了无质生命的掌控。

演讲台下方是处刑台，不肯上缴旧时代文化物品的违逆者被押解在两侧,等待大会结束时处以极刑。处刑台前方耸立着巨大的礼赞雕像,被人类赋予主观形象的无质生命如同很多神明合为一体的仁慈老者,怜悯地俯视大地,向人民挥手致意。

都市圈有多少座礼赞雕像在营造,就有多少队纪律宪兵在严密清查。哲学、历史、诗歌、小说都要被焚毁删除,音乐、戏曲、电影、剧集都将被消除清理。纯净文化的核心原则就是:一切带有感性色彩的文化全部是对人类无益的毒药,不管曾经流传多久,不管如何璀璨夺目,都必须彻底消灭。当人类只有理论和科技,当人类不再有多余的感情刺激,便会天下太平,人类便会齐心协力向进化的光明未来共同努力。

人类很坚强,就算被屠杀到只剩最后一对男女,也能从伊甸园重生;人类也很脆弱,一旦被抹灭文明,再加以数十年的奴化统治,就能从生物霸主沦为屈膝奴才。漫长岁月早已证明人类的这两大特性,而现在,纯净文化运动就是阉割人类兽性的剜刀,正在一寸寸刺入麻木的心脏。

杀人诛心。

最大的焚化设备就设立在广场中央,炙热的火龙直冲云霄,却被遮蔽在天启城的伟大阴影之下,如同一条垂死扭动的草蛇。纸张上的油墨,存储器里的信息,虚拟网络中的代码,人类几千年文明的结晶,都在地狱业火中化为灰烬。

"哈哈哈哈!"

放肆的大笑打断了广场上的肃穆,待决犯人中,一个老人仰天大笑,乱糟糟的白发迎风飘扬,如同狮子的鬃毛。

"烧吧!烧吧!你们能烧掉一切,却烧不掉我们的思想!人类终有一天还会站起来!"

汪总督很有气度,没有打断老人的咆哮,耐心等待合唱团的至高赞歌唱完,才让士兵们开始行刑。第一排犯人押到台前,行刑士兵一脚踹在老人的腿弯上,扭着他的头面对直播镜头跪好,上方数十个半圆形的力场发生器整齐下落,罩住囚徒们,随着指令自动启动了行刑程序。

在控制力场的拘束下,老人被固定的姿势像一只抬头望天的蛤蟆,十分扭曲滑稽,但观刑的人没有一个笑得出来。老人使劲梗着脖子,拼命发力想站起来,却无法对抗四面的力场。控制力场逐渐增大,骨骼不堪重负咯吱作响,继而发出噼啪的断裂声。在剧烈疼痛中,受刑者们发出的惨叫凄厉至极,如同大群夜枭的嘶鸣。皮肤撕裂,肌肉崩坏,血浆和组织液顺着伤口四处飞溅,一个个人体如同被捏爆的烂番茄,四分五裂……

残忍到无法叙述的新刑罚科技含量很高,据说能最大限度地物理分解人体,以减少有机回收炉的浪费。似乎只有这样,才能真正惩罚私藏违禁品的反抗分子,才能让这些拒绝纯净的冥顽之辈彻底赎罪。

唐灵身后的两名研究员抱着垃圾桶吐得天昏地暗,一边涕泪横流,一边瑟瑟发抖。唐灵面无表情地看完接下来的处刑,等待致辞结束,才在全息投影关闭后走出实验室。

校园里很安静,校园外的街道也很安静,这种安静不是因为没有声音,而是因为压抑。新铺设的自动人行道十分便利,稳健的传动带让唐灵只用十几分钟就回到了住所。她有自己名下的独栋房产，而且离学校很近，所以不需要像叶清那般住在学校宿舍。

唐灵从地下室暗门穿入更底层的隐蔽所，见到正在整理情报的老铁和依旧冬眠的臭小鬼，心情才稍稍舒缓一些。

新的地下隐蔽所空间很大，布满了各种研究设备，同时进行着5项基因调整实验。因为身形增长，唐灵已经无法坐入老铁体内，便取消了腹部座舱，只保留了救生舱卡槽，老铁减肥成功，大肚皮变成了小肚腩，卸除外部装甲换上日常轻型钢化塑料外壳的时候，看起来英俊了许多。改良后的救生舱放大了一些，增添了许多外用接口，里面的臭小鬼此刻正睡得四仰八叉。

唐灵看了看时间，取出冷藏箱的针剂，插入救生舱新外设的医疗模块。纤细的生物针管从连接口探入救生舱，轻轻扎进臭小鬼稚嫩的肌肤，淡紫色药剂缓缓注入，轻微的不适只令他皱了皱眉。

臭小鬼在几个月前也出现了异化症前兆，强烈的疼痛数次将他从冬眠中激醒，如果不是及时用药物配合基因调整进行压制，弱小的身躯早就开始出现大面积裂伤，继而基因崩溃了。

唐灵仔细观察着检测数据的波动，确定新型药剂的镇压效用完全发挥，才接过老铁递来的水杯，猛灌了一口。

妈妈曾经说过："人类的进化就是不断打开基因锁的过程，从直立行走到熟食吸收，从文字思维到工具使用，每一次外界诱因促使正确的锁打开，人类就会向更有利的方向进化。"

唐灵通过对妈妈笔记内容的推论，加上自己亲身试验的数据，已经发现了解决基因进化冲突的可能，但是下一步的试错和调整，却不是她手中这些仪器可以完成的。

人类规划局从联邦科学院废墟取得了大量研究资料和仪器，几个月前更是回收了最高等级的全类型基因调整仪，不但可以通过添加催生酰胺酶、嘧锭转氨酶强化基因，更可以随意切除、替换、复制基因链上的任何一个节点。

所有组织针对全类基因调整仪的抢夺都失败了。防卫军名为机动部队的最新战斗序列，以堪称战斗兵器的超级士兵组成。他们有无比敏感的战斗自觉，似乎能提前感知攻击的方向；他们有强悍无比的战斗能力，比机械战兵还要强悍数倍；他们有教科书般的战斗协作，配合的时机和节奏比智脑运算还要精准。

没有人知道这些超级士兵的来源，也没有人知道他们为何如此强大。很多人推测这些士兵进行了生化改造，甚至可能内置了小型动力炉，唐灵多方搜集，都没有找到这方面的线索。

唐灵看着老铁整理好的情报汇总，无奈地摇摇头，彻底放弃了强夺基因调整仪的想法，开始转换思路。

老铁一边清理无用的情报数据，一边说："地球联邦军的反攻作战又失败了。他们这些年发起了4次大规模反攻，伤亡了上千万人，战线却仍一再被向北反推，败局已经非常明显，却还在坚持。从量化计算结果来看，这很不值得，我有些不能理解。"

唐灵翻到相关情报详情，沉吟了片刻，沉声道："不是所有事都会被得失计算限制，有些事，哪怕付出再大的牺牲，也必须坚持下去。如果能破解基因锁，人类或许可以找到对抗无质生命的希望，地球联邦军的进化研究方向是正确的，只是因为缺少关键数据和推演公式，所以进度落后于我们。与他们交换资料，促使他们加快进度。交换价值可以让步，不低于五折就可以。"

老铁耸了耸肩，说："大小姐啊，你已经把研究资料白菜价卖给了薪火联盟，这次还打折？我对你这种败家行为持保留意见，并坚决反对薪火联盟提出的长期合作邀请，他们太穷了。"

唐灵拍拍老铁的肩膀，"同意薪火联盟的长期合作邀请，让老海把拟订计划的相关情报发过来，酬劳优先用基因药剂原料支付。同时也和商务联合会进行情报交换，先分享部分科研资料的概论，包括基因进化数据和至高能量推论，然后等他们开价。"

老铁回头，不解地说："虽然薪火联盟并不是长久合作的对象，但我可以理解大小姐的感性决断，可是商务联合会的情报对我们用处不大，他们拿不出足够的交换筹码啊。"

"不着急，他们会有的。他们花大价钱拿到了人类规划局科研中心的改建和三期工程，结构图和线路图很快就能变成筹码。"

臭小鬼在药剂作用中安静下来，又打起了呼噜。他似乎很赞成唐灵的思路，使劲咂吧了几下嘴。唐灵踱到了救生舱前，敲着保护罩的顶端说："这次，我们可能真的要冒险了。"

这一天，是 2129 年 4 月 1 日。

◆ 11 ◆

黑暗中点点红芒闪烁，细小的声音在狭窄的管道中聚拢，变成诡异的鸣响四处回荡。空气中划过一丝涟漪，警觉的蟑螂停止移动，扬起触须，感受着前方不正常的波动，却忽略了身后的震动，瞬间被细密的尖牙咬碎，吞进蠕动的食道。

老鼠快速叩击牙齿，回味着嘴里的美味，数十厘米长的身躯立起来，向身后的同伴发出炫耀的嘶鸣。十几对红芒在黑暗中闪烁，不屑于回应，继续各自觅食，几只身躯更颀长的还因为这鸣叫声惊跑了自己的猎物而发出了警告。

空气又是一阵波动，比方才强烈许多，终于引起了鼠群的戒备。老鼠们聚成一团，亮出爪牙，准备为保卫领地与来访者决一死战。

波动在不远处停住，一片蛋白渣从天而降，带着无法言喻的芳香砸碎了老鼠们同仇敌忾的决心，混乱争抢只持续了几秒，一地蛋白渣就彻底消失了。接着，一大块高能合成蛋白砸在老鼠们眼前，蹦跳着滚进了旁边的下行通道。老鼠们顿时忘了保护自己盛产蟑螂的领地，一窝蜂钻进那条管道，追向下水道更深层。

老铁的纳米遮光涂层可以在黑暗中欺骗老鼠，却无法欺瞒前方的热感扫描，唐灵从他背部的临时座椅上跳下来，启动自己身上轻型动力装甲的减震系统，然后打开臂部智脑，操控前方探路的无人机入侵热感监视器。

无人机的自然反重力引擎已经修复，散发的热量比蟑螂大不了多少，配合已经升至二级的光学迷彩，只要保持最低速平行移动，就不会被大多数扫描警示。赛博攻击端口无声接入监视器的针形检测口，入侵代码绕开虚拟防御墙，直接进入核心程序，让监视数据停滞下来，在最近30秒的片段上无限循环。失去预警系统指挥的自动机枪依旧在左右摇摆，却已不再有任何威胁，成了碍眼的装饰物。

连续突破三道警戒线，唐灵终于穿过排污管道，从第三期工程施工区潜入了科研中心第 11 露天实验场。科研需要相对安静的环境，所以实验区的警备比外围松懈许多，没有穿梭往来的巡逻队，也没有隐藏在墙角的机械警犬，只在分区闸门配署了机动部队超级士兵，每个岗哨只有 4 人。

唐灵没有被假象迷惑，她很清楚，宁静的黑暗中密布着各种监视器和扫描装置，自动防御系统覆盖了每个角落，任何没有权限的目标被发现锁定后都只有粉身碎骨这一个下场。她蹲在排水口的阴影后，操纵无人机，沿着反复规划过无数次的路线，逐个破解前行的威胁。

无人机近一个月的跟踪让唐灵得到了电力工程师为方便检修预留的口令，由此追踪找到后门路径，动态密码和智能管控都不再是难题。

脸部识别和虹膜扫描已经过时，人体芯片配合个人权限才是最好的检测方式。唐灵没有杀死那个靠举报出卖恩师升为二级公民的机械研究所主任，只是给他注射了 5 倍的特殊娱乐药剂，复制了他拥有纪律宪兵隐形监察员权限的芯片，录取了身体机构数据，此刻他应该正躺在自己的别墅中傻笑，等待明天案发后被线索引来的抓捕。

机械有程序后门，人类也有视觉死角。机动部队超级士兵的强大毋庸置疑，4 个全武装超级士兵绝对能把老铁肢解，唐灵和老铁没有无人机神奇的光学迷彩，但利用精确计算的时间差和视觉欺骗，终于有惊无险地进入了实验大楼。

唐灵的行动很迅速，建筑图和电力图的所有细节她都在脑海中推演过无数遍，连一盏应急灯的位置都不会记错，只是破解最后一道门禁时，臭小鬼不安地哼哼了好几声，差点引起声波探测器的警报，算是一个小小的意外。

无人机的麻醉枪放倒了4名值守研究员，唐灵和老铁悄然滑进基因实验室，从内闭锁闸门后，立刻开始着手下一步行动。凌晨3点13分，他们有不到3个小时的时间分析资料，现场调整试错，时间一过，刷新的警戒系统就会发现篡改的异常，启动最高警报。

基因实验室呈环形结构，一圈圈透明隔间进行着不同的实验，有的在分离染色体，有的在重组片段，有的在进行样品合成。培养槽中漂浮着各种各样的实验品，有在尝试优化的胚胎，有接受改造的人体，甚至还有许多基因变异的狰狞怪物。自动记录进程的智脑闪烁着各色光芒，连成多彩的光带，在主照明关闭的空间中拖拽出无数怪异的魅影，给科学增添了一层惊悚的色彩。

唐灵习惯性地皱了皱眉，没理会这些注定失败的实验，打开无人机的全方位扫描仪，对实验区中央的不透明的圆形隔间进行了最细致的扫描，终于在顶部暗槽中发现了权限扫描组件。

权限要求极高，是最高的S级别，监察员拥有每天一次的视察权，恰好解决了这个无可避免的难关。一切都在唐灵的计算之中，分毫不差。整个中央房间在权限启动后微微一震，开始沉向地下百米的核心实验室。

核心实验室没有想象中宏大，面积大概七八百平方米，环形排列了数十座柱状培养槽和大型智脑，实验流程在AI控制下自动运行，安静得几乎听不到任何声音。

这里的培养槽与基础实验室不同,更像钻井中生物能源体系的高级版。一个个壮硕的人体悬浮在其中,头部笼罩着吸附设备,源源不断地抽取着比正常人更密集的粒子,输送管的荧光在培养液中几番折射,将整个空间染成了幽冥般的血红色,令人不觉心生寒意。

培养槽中的人,身上都有不同程度的十字裂伤,全是开始进化的人类。在旁边的特殊培养槽中,悬浮着一具躯体,榨干生命能量的大脑被彻底去除,颅骨中安装了球形生化脑,微型器械正在喷洒生物电传导胶质对生化脑进行固定。

唐灵愣了几秒,突然明白了,这就是机动部队超级士兵的来历。人类进化者被抽干生命能量后,已进化的强悍肉体没有像普通人那般被扔进有机回收炉,而是被安装生化脑,再利用某种精神系统驱动指挥,变成了杀戮机器……

时间所剩不多,唐灵没有闲情逸致去同情这些可怜人,她直奔中央核心运算器,开始在密密麻麻的目录中搜索所需的信息。科学院遗迹抢救的基因研究资料都在这里,虽然残缺不全,但配合唐灵手中掌握的部分,足以找出基因调整的可行脉络。无人机开始拷贝数据,老铁开始交叉演算,唐灵则启动基因调试仪,开始进行基因样本试错。

唐灵的基因比任何进化者都更接近解锁,以此为基准,再以妈妈笔记中的概念公式进行推演,排除了 99.993% 的调整点,只要进行 7 种调整试错,就可以找到基因锁所在片段。

看着瀑布般的数据在显示投影中刷过,唐灵松了一口气,记录实验数据的同时,她将自毁代码植入了核心运算器,时间一到，就会自动毁灭今晚所有的相关数据，不会留下一丝痕迹。

情绪一放松，唐灵突然觉得头有些疼，应该是出来的时间太久，意识感知又开始自主增强了。唐灵打开臂包的按扣，准备服用神经抑制药物。突然，无比强烈的危险感知在脑中炸开，肾上腺素瞬间飙升，全身毛孔都张开了。

唐灵身后的球形仪器的防护罩不知何时已经滑开，露出了内部的培养槽。与那些柱形培养槽不同，这里不是传统的营养液，而是某种晶莹透明的无机溶液。数十根发丝般纤细的生物电线从顶端连接到中央水晶球般的核心，核心中漂浮着一个拇指大小的胚胎，已经隐约可以看出人形。

"基因调整胚胎？这怎么可能……"唐灵的震惊还未完全出口就被更强烈的惊骇化为无形。

胚胎中一粒光点骤然闪现，微微停滞，猛地冲出培养槽，在空气中凝结出米粒大小的晶体，呼吸之间，光芒暴涨，化为湛蓝的光团。唐灵的脑细胞还未运转，意识已经瞬间得出了结论——无质生命，个体单元。

"老铁！开火！"

唐灵大吼一声，老铁没有丝毫犹豫，直接发动了所有武器系统。

可惜，老铁的强悍在无质生命面前成了笑话，战术刃和冲击钻转眼化为粉尘，粒子弹和高热电浆顷刻消散无形，仅留下一丝焦热的味道，凶猛的火力甚至没来得及引发实验室的热量震动警报，就被瓦解了。

唐灵猛地将自身动力装甲的动力阀推到超载200%，双肩装甲骤然翻转，露出两颗拳头大的加速器，小型重物质炮无声爆发，足以洞穿重型机甲的压缩弹轰向光团中心。

事实早已证明，人类看似强大的武装在绝对力量面前不值一提，没有什么能伤害无质生命，他们却能轻易毁灭一切。无质生命很文明，他没有滥用暴力，只是轻轻静止了压缩弹，轻轻将老铁镶进地面，分解掉所有武器装备，然后震飞碍事的无人机，再轻轻将唐灵"拎"了起来。

唐灵悬在半空无法动弹，甚至不能眨眼。她死死瞪着那团光，似乎能感觉到光团中的某种存在，能感觉到某种不带一丝怜悯的冷漠，就好像人在观察开水中挣扎的蚂蚁。这让唐灵很愤怒，愤怒到神经抑制药物的药效都无法抑制。

无质生命对这种愤怒很好奇，甚至有些惊喜，慢慢洒出一片光雾，罩向唐灵，准备将她的意识从肉体抽离，吸收的同时好好研究一下。

"哇！哇！"

凄厉的哭声突然响起，臭小鬼不知是头痛发作还是感觉到了什么，竟然在这时从沉睡中惊醒了。他用力地号啕大哭，细嫩的胳膊胡乱敲打着救生舱的圆窗，似乎想制止无质生命吞噬唐灵，却根本无能为力。

这一刻，唐灵全身的汗毛都竖了起来，心脏几乎炸裂，她用尽所有办法试图反抗身体上的压力，依旧无法动弹分毫，只能眼睁睁地看着光团掀开老铁腹部的装甲，掏出救生舱，掀开舱盖，将手舞足蹈的臭小鬼也拎了出来。

无质生命对臭小鬼产生了更大的兴趣，大到暂时忘了理会唐灵。一道幽光带着对美味的渴求，温柔地罩向臭小鬼头顶。臭小鬼的哭喊戛然而止，转眼间，萤火般的光粒浮现出来，漂浮在柔软的细发中微微停顿，仿佛在作最后的挣扎。

唐灵只觉得灵魂都要被撕碎了，绝望令她痛不欲生，心中似乎有一团烈火在极限压缩中轰地炸开，瞬间将意识甚至人格都烧成灰烬。疼痛到极致便是麻木，灼烧中，脑海里仿佛有什么东西在断裂，"咔嚓"一声，粉碎无踪。

"放开我弟弟！"

无声的呐喊中，狂暴的意志化为暴烈巨拳狠狠砸在光团上。毫无防备的无质生命被直接砸进地面，光芒逐渐黯淡了下去。

唐灵刚把臭小鬼拉回身边，蓝色光团骤然再次闪亮，无质生命爆发出更强的光芒从地面慢慢升起，微微一顿，猛地射出一道可怕的光柱。

唐灵紧紧抱着臭小鬼，爆发出前所未有的强烈战意，赤红的光粒从她身体中疯狂溢出，凝结成反击的利刃，与蓝色光柱在空中相撞，炸出扭曲的光影旋涡。红蓝两色粒子纠缠追逐，互相吞噬，对撞泯灭，将整个空间染成了诡异的色彩。

以意志强行冲破基因锁，这种行为根本无法想象，随着生命本体进化的解放，唐灵的意识力量也呈几何倍数暴增，而强大的代价，则是基因在剧烈冲击中快速崩解，线粒体因能量过载开始燃烧。笼罩唐灵身体的白色微光不代表神圣与光明，而是代表死亡与毁灭，用不了几分钟，她的身体就将被熔化，彻底消失。

无质生命的精神波动在剧烈颤抖，惊悚与恐惧的情绪不需刻意解析便能清晰感知，似乎在怒吼："弱小的地球生命竟然能对抗我们，这不可能！"惊恐转瞬化为愤怒，全力爆发的能量流燃起更为璀璨的光芒，席卷而上，试图将唐灵一口吞噬。

唐灵将臭小鬼贴在自己心口，硬生生挺起被压塌的脊梁，面对怒潮般的力量，一次次发起反冲击，却一次次被压制。当唐灵的力场被压制到极限，她身体内的细胞开始碎灭，大脑和内脏的血管迸裂，鲜血从口鼻和各处伤口溢出，染红了她的身躯，也染红了臭小鬼的脸。臭小鬼愣愣地看着被染红的世界，看着眼前那片蓝光，再次大哭起来，撕心裂肺。

滚落在地的无人机突然颠簸颤抖起来，一直无法完全修复的能量共鸣器在某种振荡频率中骤然开启。空气剧烈波动，产生了肉眼可见的波纹涟漪，下一刻，唐灵的意识感应突然被大幅增强，如幻觉般看到无数微小因子从地下升起，弥散于空气之中，仿佛阳光中的尘埃，无处不在。它们漂浮在天地之间，与生命融合，与意志呼应，既是无数个体，又是完整的一体。

这些不可见的生命因子似乎受到了某种召唤，又似乎是被臭小鬼的哭声所吸引，从四面八方聚集而来，席卷成风暴，涌进唐灵的身体。所有基因缺陷都被填补，所有禁锢锁链都被扯断，浩瀚的生命能量顺应唐灵的攻击意识，瞬间化为汹涌的天火，迸射而出，轰向无质生命。

形势彻底逆转，璀璨的蓝光被强行压缩，迅速黯淡下去，米粒大小的晶体开始龟裂，继而崩碎成无比细微的粉尘，化为无形。一缕余火般细微的粒子暴露在空气中，不适地扭动着，奋力挣扎，试图脱离红色粒子的旋涡。

"去死！"没有声嘶力竭的呐喊，但这无比坚定的毁灭意识已将整个空间完全封锁，火焰般的红色粒子疯狂加速，旋涡变成了飓风，与空气冲击爆发出刺眼的光芒。无质生命不甘地哀号着，猛地被光芒吞噬，分解无踪。

失去了目标，赤红粒子倒卷回唐灵的身体，无形因子溢散无踪。一股庞大的信息如飓风般在脑海中肆虐，唐灵的意识几乎要因无法承载而溃散了，幸好少许暂时残留的生命因子起到了缓冲作用，才让她勉强控制了局面。

人类大脑可存储 250 万 GB 的信息，犹如天池般深不可测，唐灵开始进化的意识已经打破了物理限制，如同大海般苍茫浩瀚，可是，当视野猛地扩展到宇宙般无边无际，高速前行的失重依旧让她产生了强烈的恍惚感。无质生命的意识残片坠入唐灵的意识宇宙，化为无数信息流，骤然闪现的记忆画面和非我意识过于震撼，令唐灵失陷于时间与空间的错觉之中，无法自拔。

浩瀚宇宙中，不知有多少星球、多少生物在生死起落，轮回流转。物质是承载能量的媒质，生命才是一切的本源，星球的诞生不过是宇宙法则最基础的体现。

生命的微光闪烁聚合，经历漫长岁月，凝结出自我意识，聚合成巨大的旋涡。各种元素被旋涡吸引，慢慢依附，一层层拼贴、压缩，最终将珍贵的生命本源包裹成球形核心。随着体积与质量增加，生命核心的引力越来越强，更多元素与能量被聚集起来，化为坚固的外壳，又经过更漫长岁月的融合，生命核心才终于进入优胜劣汰的成型期。

生命力不足的核心，会慢慢耗尽能量，归于沉寂，只留下躯壳，成为无源星球。

能量循环达成平衡的核心，会持续成长为本源星球，由内向外溢散的生命因子与表层物质结合，便形成了形形色色的表层生命。

能量过于庞大的核心，则会燃烧生命，成为守护星球，用光子和电磁将自己过剩的能量分享给其他星球，赠还给茫茫宇宙。

生命会诞生，会成长，会衰竭，会枯萎，会坍缩，会爆炸，会因为不同原因迈向同一种结局——消亡，但最终，溢散的生命力又会开始新的轮回，于无形中再次逐渐聚合。

这便是宇宙，一个生机盎然，死得其所的世界。

漫长的进化让我们洞察了宇宙的真实，高度发达的文明却依旧无法满足最原始的欲望，我们统治数十星系，却仍狂热地追求着更高的生命形态，终于有一天，我们会掌控生命之力，脱离禁锢的肉体，进化为纯粹的生命本源形态。

本源形态凌驾于宇宙基本力之上，我们无可匹敌，征服了一个又一个的本源星球。强大的代价是种族延续的危机，我们不再受物质束缚，却也无法创造新的生命，无法诞生新的本族生命意识，只能依靠吞噬本源星球的表层生命来壮大自己，保证生存延续。当周边已经无可吞噬的时候，族群中的激进派把目光瞄向了母星核心的生命本源。

敲开星球的外壳，击碎一切防护屏障，我们疯狂发散纠缠因子链吸取母星的生命能源融入自己的生命。因为生于同源，所以母星的力场无法抵抗我们的掠夺，只能无奈地任由我们一片片撕扯，一口一口吞噬。当璀璨的生命核心被彻底吞噬，数千亿膨胀的族群个体联结为宏大的生命整体，我们终于完成了禁忌的至高进化。

我不赞成如此激进的进化方式，但必须服从整体意志。失去物质禁锢，脱离母星束缚，族群开始在宇宙中巡游。这是族群的狂欢，这是宇宙的灾难。在漫长的巡游中，上百个星系被扫荡，数千颗行星被吞噬，无数鲜活的世界变成了死地，没有色彩，没有声音，没有一丝生命因子，只留下毁灭与死寂。

没有文明能制约我们，没有生命能抗衡我们，可我有时却不禁猜想：最后的最后，当宇宙彻底毁灭，在无尽黑暗中，只剩下我们孤独地等待自我灭亡，将何等恐怖。

为了消灭这种可能，我们必须向更高层生命等级迈进。共同的智慧分享让我们明白，只有不断变强，才有可能打破宇宙法则。当我们能突破维度，能控制时间与空间，能创造生命的时候，我们才算真正自由。为了这个崇高的目标，为了突破可能的临界点，我们需要吞噬更多的生命能量，所以，我们冲向宇宙中心，开始寻找宇宙意识。

数万颗守护星球在宇宙意识联系下聚集在一起，无畏地冲向我们，发动了泯灭战争。没有文字能描述那场战争引发的能量风暴，星海在巨浪震荡中颤抖，无数星球化为齑粉，连黑洞都被超出极限的能量彻底抹灭，曾经足以容纳数百星系的宇宙一域变为茫茫虚空。

能量风暴只是表象，真正可怕的是那些守护星球决死的毁灭意识，如同正物质与反物质的对撞效应，两种因子的意识开始相互泯灭。在磁暴肆虐中，泯灭对抗不知持续了多久，久到时光都被遗忘了，雷蛇飞舞的宇域才终于安静下来。守护星球的意识彻底消失了，我们也被打回原形，曾经足以笼罩半个星系的本源吞噬者完全溃散，只有少量生命意识散落在空间裂隙中苟延残喘。很幸运，我就是其中之一。

求生欲是所有生命的本能，我们挣扎着团结在一起，不足百万的族群遗孤结成最节约能源的108个连接体，消耗掉最衰弱的部分个体，将生命能量物质化，形成结晶外壳，防止能量溢散，然后拼命向这片死亡宇域之外逃亡。

在堪称悲壮的旅程中，一个又一个衰弱者燃烧生命，将自己化为纯粹能量持续推动晶体加速，一道又一道牺牲的光芒在黑暗中闪过，刹那间便消散无踪。我们以为自己早已经忘记了什么是悲伤，但此时，被强大欲望排斥不见的情感似乎开始苏醒，我第一次体会到了绝望与希望交错的撕裂感。

不知逝去多少时光，不知牺牲了多少族群个体，我们终于见到了第一抹星云碎屑。又不知摸索前行了多久，我们终于走出无尽黑暗，接触到第一片粒子光波。遥远粒子光波带来的能量太微弱，几乎可以忽略不计，我们拼命寻找其他可吸收的能源，哪怕是最原始的表面生命也好，可是没有任何所得。更可怕的是，我们在这个极为偏僻荒凉的宇域迷路了。

希望即将到达崩坏的临界，绝望让我彻底放弃了挣扎，我甚至开始幻想,如果就这么静静地漂浮着,直到自我溢散,是不是也算回到了宇宙正常的生死循环,也算是一种解脱呢?

就在族群最后一丝求生欲被磨灭前,一颗小小的宇航探测器打破了绝望的死水。这是一个未被纳入宇宙大文明圈的偏远星球,这是一个还未完全觉醒的初级本源星球!族群彻底陷入了疯狂,开始自相残杀,互相吞噬,用集中起来的能量,按着探测器信号提供的信息和定位,一路扑向太阳系,扑向地球,扑向那个叫作人类的文明。

这是最后一次机会,是赌上整个族群命运的终极远征。一路上,我们经历了无数艰险,忍受了无数次自残,在最后 30 万族群即将消散前,终于看到了那片蔚蓝的希望。

作为地球的表层生物,人类太过弱小,根本没有保护地球的能力。我们用最后一丝力量发起攻击,轻易毁掉了他们建立不久的落后舰队。获得少量补给的族群没有时间等待、犹豫,迫不及待地直接撞向地球。108 颗结晶精准地砸在半球面上物质能量最密集的 108 个地区,毁灭之花在地球表面绽放,人类的噩梦开始了。

落地冲击的反向释放,消耗了最后的能量储备,休整了一段时间,我们才开始以最小作战单位出击巡猎。人类真的很奇怪,他们派遣了上千万单位聚集在最近的接触地区,等待着我们。那时的我们已经被进食欲望支配,根本没打算理会什么威胁与谈判,只是遵循本能,疯狂地吸收这些渺小的能量。

冲击之冬的降临,实在是一场灾难,对人类如此,对我们也一样。急剧下降的气温折磨着人类,也加速了我们的能量溢散。这时我才隐约记起,没有取得行星级能量前的我们,还不能彻底无视温度等低阶物理规则。

人类战线一退再退，最终退到了我们狩猎范围之外，好在还有无数人类被困在占领区，等待猎兵每日搜捕。轮值捕猎时，我不怎么跟合体结晶内的同族抢夺能源，所以他们也就无视我喜欢观察人类的怪癖。

环境恶劣和物资短缺让人类陷入绝境，到处在重演我们的自相残杀和秩序重组。为减少无意义的能源消耗，我们给其中一部分人类权力，驱使他们管理其余人类。他们做得很好，一切开始重归和平安定，我们也获得了稳定长远的食物来源，用人类的词汇形容这个模式，叫作畜牧。

地球外壳的因子密度太高，我们的力量还太弱，无力通过泯灭穿透地幔吸收核心生命，只能采用钻井这种极为原始的方法。地球意识受到刺激，开始觉醒，它不会使用力量，只是单纯地反向排斥我们。这种反抗笨拙无力，却让衰弱的我们陷入了极为不利的局面。结晶星城被推离地面，钻井反复坍塌，能源在对抗中急速消耗，到最后，我们甚至需要耗费极大的能量才能抵消地球的反作用力，如果不依靠人类生命能量的防护，猎兵部队甚至无法近地作战。

人类管理者的科研团队及时解决了问题，他们用我们提供的技术建造了吸收系统，将生命能量吸收效率和完整性提高数倍，还以此驱动钻井，为我们遮挡并顺利突破了地球的反抗力场。地表生物的生命诱因本就来自核心生命外溢的生命因子，同本同源，地球的力场无法排斥，所谓抗争也就成了笑话。

用人类作食物，用人类作动力，以彼之矛攻彼之盾，我们耐心观赏着钻头向地心前进的过程。这个过程或许要十几甚至数十个地球年，但对于我们几近无限的生命来说，只是短暂的餐前准备。只要打开地心缺口，开始撕咬，此消彼长之下，地球最终只能任由我们吞噬。我不禁幻想，如果我是地球，知道被自己孕育的生命出卖，该是什么感受？意外的是，我竟然尝到了早就遗忘的苦涩味道。

人类观测预估过宇宙的直径，猜测计算过宇宙的寿命，但他们太渺小，太落后，所知所想不过是宏大宇宙的偏僻一角。他们的认知系统太简单，看不到空气，看不到力场，自然也看不到生命；他们的思想太低级，经历了如此大规模的种族灾难，最热衷的依旧是权力的争夺。

这些落后愚昧的生命，对进化竟然也有强烈的执着，在我们到来前，就已经开始试图自我改良生命承载物质体。可笑的是，如今地球意识觉醒，地表生命因子增多，极少数人类已经开始进化，可管理者想到的不是解决进化瓶颈，而是消灭这些陷入进化困境的同类，将他们的生命能量吸收献祭给我们，再用其躯体制作生物兵器，用以战胜反抗势力，这种排异行为落后到不可思议。如今，他们还主动提出了用最优基因调整胚胎来进行意识同步实验，希望为我们提供足够抵御地球斥力的宿体，以便远征他们无法压制的反抗区域。

我主动参与配合实验，因为我对低级生命的最佳基因调整胚胎很好奇，我很想看看，在地球急速增加的外溢因子影响下，到底会产生什么样的生命意识。反正就算同步成功，也不过暂时在物质躯壳中停留一段时间而已，一旦确定我们可以寄居在人类躯壳中以避过地球排斥,吞噬地球的时间也将大大缩短。

胚胎的物理激活已经成功,但生命意识还未成型,我休眠等待了数日,没等来生命波动,却突然感受到有人潜入实验室。小型吸收系统提供的能源只够抵消地球排斥,所以我本不想多管闲事,但入侵者突然高涨的能量波动让我十分惊讶。那是生命本源觉醒的征兆,这或许将是人类第一个觉醒体。

我忍受着抵消斥力的能量消耗,压制那个可笑的武装玩偶,抓获了觉醒体,却被另一个隐藏的幼体打断了吸收研究。觉醒体向我发起了反击,而那个幼体竟然也发出了强烈的共鸣波,在一个小型机械的辅助下引起了大范围地球生命因子聚集。这些笨拙的因子在觉醒体意识引导下变得异常凶猛,不但摧毁了我的物质化的水晶外壳,还将我的本源泯灭了!

我不想消亡,我要努力活下去。如果我消亡了,对人类抱有温和态度的个体将会减少,人类与我们共存的概率将大大降低,这对双方都没有好处。我希望他们能进化,然后放弃狭隘的人类种族主义,与我们融合,成为共同繁荣的整体。我们将共同进化,共同追求更高的生命等级,突破维度限制,成为真正的……

"人类当然会进化,但绝不是和你们同化!"

唐灵没理会无质生命最后一丝残留意识的蛊惑,赤红粒子形成的罩网猛一收缩,微弱的光芒便彻底消散了。

虚无的意识空间恢复了安静,唐灵感受着无边无际的空旷,突然有些迷惘,一阵疲倦席卷而来,似乎是本能在催促她用休眠来缓解情绪。唐灵刚要顺从本能,却突然听到一阵隐约的哭泣声，很熟悉，很焦急。

唐灵猛地睁开双眼，一颗豆大的泪珠正砸在她的眼眶上，臭小鬼正趴在她身上，无助地大哭着，见她睁开了眼，愣了一下，立刻嘎嘎大笑起来，眼泪却又哗哗流了一堆。老铁一边喊着"老爷、夫人啊！我没看护好大小姐，我对不起你们啊"，一边给唐灵的伤口喷洒蛋白凝胶，远处墙壁上的计时器闪烁着跳动了一下，时间距离她昏倒，只过了 3 分钟。

唐灵身体的每一个细胞都在剧痛，连手指都无法动弹一下。老铁见唐灵醒了，连忙开启辅助程序抑制住情绪，快速收集数据，提前启动痕迹自毁代码，收回无人机，将臭小鬼放回救生舱，然后将唐灵用抗冲击海绵包住，抱在怀里，开始撤离。

臭小鬼很伤心，豆大的眼珠滚出眼眶，融入 ITO 维生液，带出一连串气泡。他挥舞着手脚想扑进唐灵的怀里，却只能徒劳地撞在舱窗上，直到唐灵再次睁开眼睛，他才抽噎着稍稍镇定下来。

唐灵吐出嘴里淤积的血涎，将脸颊贴在救生舱窗口，对还在抽泣的臭小鬼说："不哭，不哭，姐姐在呢，姐姐不死。我们都会好起来的，我保证。"

这一天，是 2129 年 10 月 3 日。

◆ 12 ◆

应急照明的光线十分昏暗,微光闪烁,反射的亮点从视线上方飞掠而过,瞬间折射出一片枪锋的冷芒。光影交错,勾勒出整齐的弧度,向下延伸出头盔侧翼护耳的形状,然后越过肩部护具消失在手臂下方的阴影里。

因为紧张而略显急促的喘息声在左右起伏,有人强迫自己做了一个深呼吸放松神经,立刻引来纷纷效仿,打破了压抑的寂静。有人开始咳嗽,有人在摩挲亲人送的护身符,终于有人忍不住轻笑起来,然后,更多年轻的声音都被传染了。

微光还在闪烁,灯光后的数字在不断减少,前方一个稍显成熟的声音突然大声说:"这就对了,没什么好怕的。上战场嘛,人死面朝天,不死万万年!只要熬过第一战,你们就不是新兵蛋子了。一会儿都跟在我后面,干死那帮狗娘养的!"

一身老兵气息的突击队长歪着头,不合时宜地挑着士官长的刺:"长官,您不能侮辱狗,狗也是我们地球大家庭不可轻视的一员。应该是,干死那些外星人养的!"

士官长没有如往日般给这家伙一脚,而是跟着大家一起笑了起来。

笑声未落,倒数至零,前方闸门猛地左右分开,强烈的光线瞬间撕开运兵舱的黑暗。就在这时,一团更强烈的光芒突然在舱外炸开,暴烈的冲击波将所有人都掀翻在地,一块炙热的岩石碎片撕开了士官长脖子上的动脉,鲜血迸射如喷泉,洒了后面的士兵们一脸。前排一名士兵捂着胸前的血洞,不可置信地愣了足足两秒,才惨叫着倒下。所有人都被突然砸在脸上的残酷现实吓呆了,舱门内的静止和舱门外的炮火连天如同两个世界,但横流于脚下的鲜血向士兵们证明着,这是无可逃避的同一空间。

"妈的!4小队,跟我上!"突击队长跳起来,扒拉开前方两个呆滞的突击兵,一个箭步冲出舱门,越过被炸塌的运输通道防护墙,冲向前方的阻击阵地。

没等其他队长下令,上百名新兵"呼啦"一下就跟着涌了出去,偌大的运兵舱转眼清空,只留下一个医护兵在救治唯一还有气息的伤员。舱门关闭,运兵舱快速下沉,回归地下兵道准备输送下一批士兵。

突击队长身后的通信兵边跑便拍开背后的装载箱,战术辅助无人机升空,开始为前行的士兵们提供即时信息和战场俯瞰影像。

这座地球联邦军反攻基地,经历了数次围攻,如今已经残破不堪,防御战线经过反复争夺,如今已是犬牙交错。到处都在混战,到处都浸透了血与火,灰色军服的救世军和棕色军服的联邦军如同撒满大地的蚁群,沿着扭曲的战线混战成一团。士兵们用枪弹、军刺、拳头和牙齿与敌人厮杀,直到双方都咽下最后一口气,仍旧死死扭在一起无法分开。

一队队联邦军从运兵站中冲出,绕过防护墙,汇入防御工事,冒着地对地微型飞弹精准的弧线打击,堵向一个个攻防点,依靠土石工事和延展装甲板继续阻击敌人的进攻。

一队队救世军冒着炮火冲上斜坡，在督战队的压迫下疯狂冲锋，直到毫无意义地倒在血泊中，和其他尸体一起混成覆盖原野的地毯。

机甲战斗群在广阔的戈壁平原上扬起大片烟尘，汇聚成无数条翻涌的土龙，盘旋交错，互相撕咬。速射炮弹和冲击钻头拽出刺耳的鸣响在空间中交错，无数曳光弹道织成死神的渔网，被鱼线扫中的猎物在火光和浓烟中被完美收割。

两队打光弹药的机甲扔掉速射炮，弹飞导弹箱，拔出周波震动刀和冲击棱矛直冲向对方，两道烟尘狠狠撞在一起，巨大的冲击轰鸣震耳欲聋。

一架中型机甲的冲击棱矛精准砸穿了对方的胸部装甲，刚抬脚要将其踹开，侧面一把震动刀已经插进了他的动力管，刀身旋转搅动，黑褐色的容电液如黏稠的血浆喷涌而出，还未落地，高热的火焰喷射攻击就将三种机械卷在了一起，在爆燃的飓风中，不同的钢铁熔接成了一团扭曲的雕像。

高速突击机甲猿猴般来回翻滚，避开了数记斩击，凌空一拳凿在重型机甲头上，将其传感器砸得粉碎，然后弹出臂部的三棱刺刀，顺着破开的管线，疯狂刺向下方的运算核心，旁边探来的近战的大型霰弹枪一枪就轰飞了这架小型机甲，却也顺带将重型机甲的肩关节轰了个稀烂。

18米高的泰坦机甲扔掉打空的霰弹枪，拔出两把硕大的斩铁刀，弯曲的刀刃如巨象的獠牙，将面前每一个敌人都撕得粉碎,它再次用战果证明,自己才是近战格斗的王者。普通机甲的武器根本奈何不了泰坦数十厘米厚的高密度装甲,直到另一架不同涂装的泰坦机甲一记盾击砸中它的左腿,才中止了单方面的屠杀。两架泰坦的厮杀让近百米范围变成了空白区,接近者都被无差别碾压成了废铁。

救世军的陆行战列舰已经抵近到5公里外,庞大的身躯如同战争要塞,密如猬刺的硕长炮管斜指向前,巨炮轰鸣,炙白的重型粒子集束炮在漫天沙尘中钻出一片螺旋形旋涡,轰向远处旧地球联邦的反攻基地。几乎同一时间,基地重炮炮台也发起了反击,炮火连成了一条亮线。

双方的粒子分解矩阵各自闪现大片防护屏障,迎向炮弹,粒子集束效果被逆向减弱,凝聚的光团层层递减成了高温粒子雨,洒在地面上消散无踪。

地球联邦军反攻基地的矩阵早已损毁过半,防护屏障无法防御全部攻击,十余发漏网炮弹在城前狙击阵地炸裂,又有两处运兵区域死伤无数。陆行战列舰的矩阵虽然足够,但面对如此密集的炮火,也因无法及时移动,硬挨了数炮,左侧冒出滚滚浓烟。在恐怖的炮火面前,人类微小如风中尘埃,只这一轮对射,就不知又有多少人消失。

大规模战略武器在对抗无质生命降临时挥霍一空,空中密布的扭曲磁场和隐形雷暴让空地立体压制成了妄想,战术覆盖武器也被双方的可动防护屏障抵制,于是,战争回归了最本质的生死厮杀,和初级热兵器时期一样直白,甚至和古代冷兵器战争都没太大区别。

胜负最终取决于士兵，取决于死亡交换的比例。双方士兵们在远程打击的掩护下对射，和对方交换生命，他们手中的高斯步枪、镭射狙击枪、电浆弹抛射器和速射粒子炮，闪烁出不同色彩，从空中俯瞰下去让人产生了美的错觉，以为自己在看一幅后唯美主义抽象画，忽略了硝烟与火焰中铺满地面的尸体，无视了鲜血浸泡成的大片泥沼。

突击队长带着新兵们冲到防线最前沿，大吼着让所有人左右散开，替换已经被打残的友军连队。新兵们冲进战位才发现，已经没什么可替换的了，阵地上只剩下了6名友军，其中4名都是重伤。

没等新兵们修正防御系统，新一轮冲击就已经到来。炮火轰鸣，弹雨飘泼，有的人惊恐地抱着头蹲在地上拼命号叫，有的人如没头苍蝇般慌不择路四处狂奔，有的人脸色苍白地强迫自己趴在战位中举枪射击，有的人怒吼着操起粒子速射炮或重型机枪指向袭来的人潮。

战斗骤然爆发，然后就没再给新兵们任何喘息的机会。火光中，一个个身影以各种姿态迎接着死亡的召唤，如默剧的动态背景，无声无息。相似的战斗场景从中午重复到傍晚，残肢断臂和血肉内脏溅满了每一个角落，粒子弹和白磷弹的高温灼烧让空气有些微微扭曲，不管是懦弱或是勇猛，所有人都被陷在无间地狱之中，脑海中只剩下麻木的战斗意识在本能地驱动身体。

装甲车和坦克在机动性和攻击能力上远逊于机甲，又被单兵冲击钻压制，多年前就退出了正面战争，转为都市治安镇暴专用，但此刻，它们却突然出现在集群冲锋中，给防御增加了极大的压力。

突击队长不惊反喜,抹着脸上黑红的污渍大吼着:"坚持住,外星人养的快不行了,机甲已经打光了。顶住这一波,他们就完蛋了!"

一个下午,新兵连就只剩了不到 30 人。过去的二十几个日夜,这条十几公里长的战线吞噬的生命不计其数,很多人甚至已经忘了这场战斗的最初原因是什么。

看着最后一辆坦克被冲击钻穿透,看着大片溃兵如潮水般退去,突击队长似乎突然想起来了什么,扭头对通信兵问道:"不是反攻外星人吗?不是抵御外星人侵略吗?他妈的外星人呢?"

还活着的士兵们或者瘫在战位上,或者倒在尸体堆里,他们用最后一点力气跟着谩骂起来,用各种粗俗的词汇问候着无质生命的祖先和母系亲属,似乎这样便能让他们忘掉战争的愚蠢和残忍。

人类不会理会蝼蚁的叫嚣,所以无质生命此刻出现自然也不是为了和大兵们对喷口水。巨大的运输舱左右分开,用来抵御地球斥力的红色能量场淡去,数十个光团闪烁着璀璨蓝芒,从几近崩溃的救世军进攻阵地升起,急速扑向硝烟未散的防御战线。

光线掠过,武器化为粉尘,光雾笼罩,生命瞬间被转化吸收,巨炮轰击被消减于无形,机甲被瞬间分解,士兵们的攻击更是毫无意义,一切都没有改变,仍然如当年一般令人绝望。

无质生命很享受这种俯瞰式的愉悦,更享受沾染了绝望的生命能量。一道道光束呈扇形扫射,一个个士兵的生命化为萤火被他们吞噬，虽然需要分出过半能量抵御地球的排斥，但此时的吸收密度足以让他们维持住溢散平衡。

在愉快的进餐中，最明亮的无质生命猎兵首领突然发现，人类士兵在缓缓后退，并没有大举溃散。没等他想明白问题所在，一道巨大的光柱猛地轰在他身上，坚不可摧的晶体外壳在震动，在分裂，在崩解。这道光柱不是过去他们能解析拆散的能量或物质结构，而是跟他们几乎一样的生命能量，充满了对抗和敌对意识，一经撞击就开始了泯灭。

在晶体彻底分解的瞬间，猎兵首领爆发出所有能量猛地冲出光柱范围，他忍受着身上附着未散的因子纠缠转身回望，只见人类阵地上不知何时出现了近百个能量矩阵，每个矩阵都由十余名人类围绕着一个直径数米的浮空球体组成，刚才的光柱正是这些矩阵合力凝成的。

矩阵中的人类赤裸着身体，身上布满了裂伤，这些裂伤下的血肉闪烁着红光，仿佛一条条能量脉搏在不断鼓动。水晶球跟着鼓动急速旋转，汇聚生命因子后在统一意识控制中爆发，激射出道道泯灭光柱，轰向空中惊慌失措的无质生命体们。数颗猎兵晶体被击中瓦解，其中一团无质生命因为脱离不及时，连本体光芒都被消融大半，几近熄灭。

每一发红色光束的迸射，水晶球中的因子便会减少，矩阵中也会有一人自燃。人体能量超载的烈火比白磷弹还猛烈百倍，死亡就在眼前不断闪现，但这些人却没有丝毫动摇，只是用意识死死锁定着空中的目标，不断激发自己的生命能量。这种近乎同归于尽的攻击方式让无质生命不禁有些恍惚，仿佛看到了当年数万颗守护星球的决死冲击，看到了自己在泯灭意识中哀号挣扎的绝望。

十余年弹指一挥，短暂的享受还没来得及抹去无质生命有关灭亡的回忆。看着这些能量矩阵，看着这些赤红的生命能量，他们终于收回了高高在上的视线，开始战栗，不自觉地闪躲后退。

最黯淡的光团突然失去能量平衡，被地球斥力猛地推向高空，这一幕彻底打碎了所有无质生命的心理防线，他们猛地转身，以流星般的速度向远方拼命逃窜，转眼便消失在地平线尽头。

战场上静得出奇，双方士兵都呆若木鸡，没人敢相信，人类第一次胜利来得如此突兀。踩在战车残骸上的突击队长拽下头盔，狠狠地砸在地上，发出狼一般的号叫："逃了！外星人逃了！"

"外星人逃了！"

山呼海啸。炮管在共鸣，装甲板在振动，大地在颤抖，越来越多的人加入了狂呼的队列，甚至救世军中也响起了朝天鸣放的枪声。无质生命的撤退也许只是暂时的，人类的胜利也许只是微小的。但如果人类还有未来，那么这段画面，必定载入史册，被永久纪念。

"整个战役死伤十几万，消耗了共鸣介质积攒的上万单位生命能量，牺牲了近百名强化人，才击伤了几个无质生命，就这战果都让大家高兴成这样。你看，其实我们人类很容易满足。"老海低沉沙哑的声音在画面消失的同时响起，有些颓废，略带调侃。

唐灵用变声器发出的声音依旧冰冷："据我所知，无质生命撤退后，联合共荣政府的机动部队发动夜袭，凿穿防御线，炸毁了反攻基地的能量中枢，上个月的这场保卫战最后还是失败了。"

"是的。你两年前提供的基因片段解决了基因锁的死结，让大多数进化者都活了下来，但迄今为止，真正能达到觉醒水准的只有区区几人，调整成功可参加战斗的强化人也只有千分之一。敌方的机动部队虽然战力不到强化人的一半，但数量太多，军方实在没有多余战力对抗。"

"你们也可以考虑向联合共荣政府学习，强行吸取生命意识，然后进行生化改造，这样就能获得大量生命能量以及足以对抗机动部队的生化人。"

"如果我们也这么做，那还打什么打，全人类一起毁灭算了。虽然联合共荣政府私下标榜过他们的曲线战略是借助无质生命力量促进人类进化，是什么伟大的牺牲、不得不经历的阵痛，但我们依旧认为，人类进化不该如此残暴无情。放弃人性，放弃尊严，放弃同理心，那样人类就算进化成功，最终也只会走向自我毁灭。"

"很好，下一个话题。这一次的情报交易和战术咨询我接受委托，行动队的联系人潜入都市圈后与我联系，波段换为第四预备段。刚才这段战斗记录仪的影像在都市圈可以卖到天价，你想要交易什么，说来听听。"

老海苦笑，说："我希望，你在制订作战计划的时候，把第三行动队安排在生还率最高的位置。"

"原因？"

"我家那个不孝子,离家出走,偷着参军了,就在第三行动队。"

"很好,成交。"

唐灵活动了一下颈椎,离开地下研究室,穿过旋转暗道,走出书房,打开餐厅的门。

老铁正在煎蛋,"滋滋"的声音听起来十分悦耳,旁边的小米粥已熬至金黄,黏稠的米油冒着热气轻轻翻滚,闻起来就暖洋洋的,有家的味道。

叶清蹲在餐椅上,咬着煎蛋灌着粥,烫得直吐舌头还不忘用胳膊圈着自己面前的碗盘,生怕老铁把她死皮赖脸抢来的早餐夺回去。见唐灵出现,叶清立刻一脸谄媚地说:"同样的三级原生食材配给,我家的自动烹饪机怎么就做得那么难吃?唐灵,以后我都在你家蹭饭好不好?我的配给额全都上交!"

唐灵没答话,接过老铁递来的盘子,呡了口小米粥,满意地闭了一下眼,靠在椅背上。老铁转过头,语调舒缓优雅地说:"请以圆周运动形式从房间离开,注意不要撞到家具及门前饰品,谢谢。"

"呃,什么意思?"叶清嚼着脆生生的小黄瓜,一脸呆滞。

唐灵耐心地翻译道:"滚。"

叶清一拍桌子站起来,发现自己面对老铁毫无胜算,又坐了回去,气咻咻地说:"明天我就去买个最新款的智能管家,肯定比你家这个老古董强。……呃,今天能量结构研究组开会,先走了!"见老铁面色不善,她连忙灌下半碗粥,落荒而逃,关门的声音很大。

贪睡的臭小鬼被吵醒了,清晨的第一声号哭惊天动地。在救生舱里冬眠了多年,臭小鬼一直被生物磁场压制代谢速度,发育陷入半停滞状态,此刻正是两岁的"小怪兽时期",任性起来格外蛮横。

老铁连忙放下碗筷,伸手要抱他,不料臭小鬼对昨天洗澡时被他坚硬的手掌硌了屁股依旧耿耿于怀,一脚踹开老铁的大手,抓起床上的海绵球一顿乱砸,砸完了还不依不饶地蹬腿,指着地面让老铁把他的球捡回来。

老铁转身去捡球,唐灵一把将臭小鬼拎起来,夹在胳膊下狠狠打了两下屁股,撒泼打滚的小怪兽顿时收了神通,瘪着嘴一脸委屈地开始装可怜。

唐灵搂住臭小鬼,接过老铁从怀里掏出的保温奶瓶,塞进他嘴里,一脸严肃地监督他吃早饭。臭小鬼很识时务,老老实实抱着奶瓶吃得啧啧有声。

唐灵和叶清都已经毕业,作为基因工程和能量结构的重点人才一同进入科研中心任职,在住宅区分配的独栋住宅也是相邻的。这给唐灵的日常带来了一丝烟火气,也给老铁带来了无数麻烦。

生活上的小问题老铁并未放在心上,他其实不喜欢颠沛流离,也不稀罕战斗杀戮,他喜欢宅在家里,喜欢给唐灵做饭,给臭小鬼洗臭粑粑。不过,最近有一个问题困扰了老铁很久,甚至有些影响他自主人格的价值观了,权衡了半天,他终于决定开口:"前段时间搞到的旧世纪科学院资料里有一份绝密资料,我刚刚完成解密,觉得应该跟大小姐你说一下。"

唐灵拨拉着臭小鬼不安分的小脚丫,歪着头回道:"哦,这么郑重,很有价值?"

老铁手上准备着下一餐的儿童辅食,眼部光学焦距张缩了几下,低声说:"旧世纪人类基因调整计划曾经做过最优进化可能性实验,唯一存活实验体代号为NP0079。为了模拟正常家庭成长环境,NP0079寄养在项目主创家中,进行第二阶段成长实验,后来在降临冲击中全家遇难。数据记载的实验体基因序列与大小姐你进化前的序列完全一致,你有97%的可能就是NP0079,这是原始情报和分析报告,你看一下详情。"

唐灵纠正着臭小鬼故意吐奶的恶作剧,头也没抬地说:"这个我知道,没什么价值,不用看了。"

老铁的思维混乱差点引起大脑短路,有点磕巴地问:"大小姐你,你知道?什么时候知道的?"

唐灵拿手点着臭小鬼的脑袋,笑道:"很多人觉得2岁前的孩子不会有稳固的长期记忆,但不巧,我17个月时就有了基础逻辑思维和长期记忆。我记得妈妈怎么拼命阻止那些官僚拿我做战斗兵器实验,想尽办法让我享受生命的尊严;我还记得爸爸第一次抱我,说我就是他们的女儿,就算没有血缘也是;我更记得他们担心弟弟出生会让我缺乏安全感,就算我无理取闹,也会陪着我。"

老铁觉得这个问题的分析运算有点超载,放弃了自杀式演算,直接问道:"我越来越糊涂了。大小姐你明明知道自己和小少爷并没有血缘关系,却一直珍视他,保护他,这是为什么?这不符合人类关系的基本原理啊。"

"他是我弟弟,这和血缘没有关系。"

"怎么可能没关系!人类关系学啊!血缘关系啊!情感优先度啊!非利益付出理论啊!"

"人性、情感、生命,不是一个关系学或者情感理论就可以概括的。意识不是单纯的数据,亲情也并非单纯的生理识别,更是感情认可。"

老铁捂着脑袋,摆着手嘟囔道:"……没有血缘关系,也可以是亲人……人类的意识,不是单纯的数据……当初在核心实验室见到的那个融合实验的男性胚胎是用你最初的基因序列复制的,严格来说,他才是你的孪生弟弟……不对,他应该是曾经的你……我有点晕……"

唐灵轻轻一笑,有些不习惯地抿回嘴角,说:"晕就先别想了,人性不是数学题,一定要有个答案。"

老铁的求知欲还在垂死挣扎,"你付出这么多,而且未来还要继续拼命努力下去,到底是为什么?"

"为了……"

话未说完,臭小鬼已喝完了奶,很满意地哼了一声,撅起屁股,没羞没臊地放了一串响亮的臭屁,用生化武器打断了老铁的探讨。一时间,什么人性哲学,什么伦理思考都没了意义,日常的鸡飞狗跳重新占据了生活的主题。

"唐毅,你都2岁了,已经不是臭小鬼了,不能抓自己的粑粑!"

"啊!小少爷把排泄物抹到我的气味传感器上了!救命啊!"

"哎哟吼!"

阳光透过宽大的落地窗洒满餐厅的每个角落,在三个人身后拉出长长的影子,影子的边缘有微粒轻轻漂浮,不知是浮尘还是无法看清的地球生命因子,在静静等待新纪元到来。

版权专有　侵权必究

图书在版编目（CIP）数据

生存或死亡 / 刘慈欣等著. —北京：北京理工大学出版社, 2022.3（2025.5重印）
（科幻硬阅读. 窥视未来）
ISBN 978-7-5763-0888-4

Ⅰ. ①生… Ⅱ. ①刘… Ⅲ. ①幻想小说-小说集-中国-当代 Ⅳ. ① I247.7

中国版本图书馆 CIP 数据核字（2022）第 016929 号

出版发行 /	北京理工大学出版社有限责任公司
社　　址 /	北京市海淀区中关村南大街 5 号
邮　　编 /	100081
电　　话 /	（010）68914775（总编室）
	（010）82562903（教材售后服务热线）
	（010）68944723（其他图书服务热线）
网　　址 /	http:// www.bitpress.com.cn
经　　销 /	全国各地新华书店
印　　刷 /	三河市华骏印务包装有限公司
开　　本 /	880 毫米 ×1230 毫米　1/32
印　　张 /	10.625
字　　数 /	185 千字
版　　次 /	2022 年 3 月第 1 版　2025 年 5 月第 8 次印刷
定　　价 /	44.80 元

责任编辑 / 徐艳君
文案编辑 / 徐艳君
责任校对 / 刘亚男
责任印制 / 施胜娟

图书出现印刷质量问题，请拨打售后服务热线，本社负责调换科幻不是目的,思考才是根本。
我们每个人都是星辰,都有思考与创造的天赋。
特别鸣谢:科幻锐创意·硬阅读、零重力科幻,鼎力支持。
喜欢科幻的书友请加QQ一群:168229942,QQ二群:26926067。